AF526430

The Rising of the Shield Hero

11

Aneko Yusagi

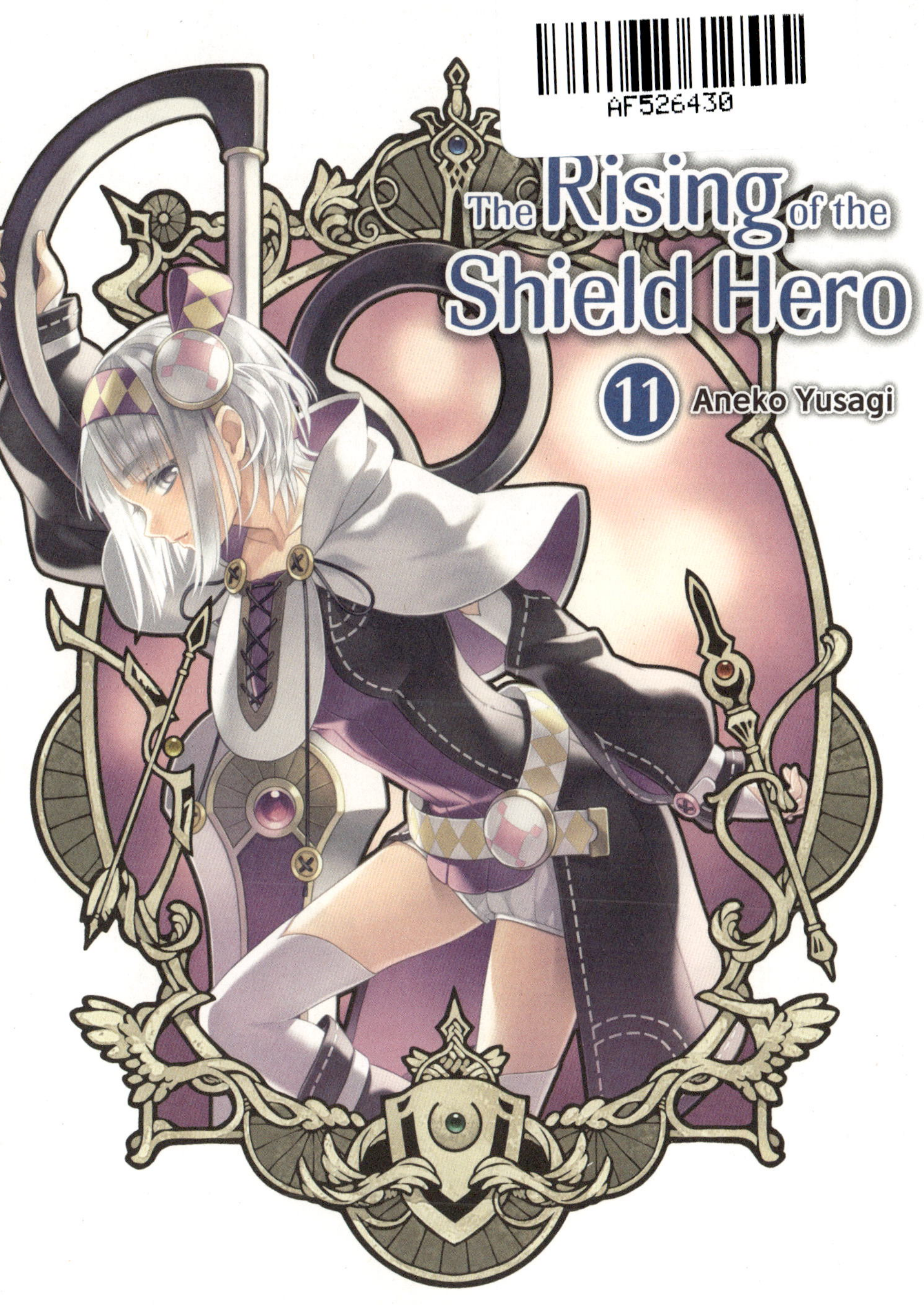

Ren Amaki
Filo
Motoyasu Kitamura
S'yne

Naofumi Iwatani
Raphtalia
Fohl
Atla
Charaktere

»Buhuuu-
huuuu …«
Mensch,
Motoyasu
flennte ja
echt.
»Meisteeer!
Hilfeee!«

The Rising of the Shield Hero

Der Mann mit der Maske

ANEKO YUSAGI

INHALTSVERZEICHNIS

The Rising of the Shield Hero

Der Mann mit der Maske

Prolog: Der Einkauf

»Hier entlang.«

Folgsam stiegen wir die Treppe hinab.

Mein Name ist Naofumi Iwatani. Eigentlich bin ich ein Student, doch ich wurde in eine andere Welt beschworen: als Held des Schildes.

Aktuell hielten wir uns in Zeltoble auf, dem Reich der Händler und Söldner. Und gerade wurden wir von Sklavenhändlern zu einem unterirdischen Sklavenmarkt geführt, um dort weitere Sklaven zu kaufen.

Nach den Wirren um die Geisterschildkröte hatte ich von der Königin Melromarcs Land und Titel verliehen bekommen. Ich hatte beschlossen, die Region zu bewirtschaften und unsere Truppe zu vergrößern, bis die nächste Schutzbestie, der Phönix, erschien oder die nächste Welle anbrach. Wir waren jedoch auf Schwierigkeiten gestoßen, und zwar in Lurolona, dem Dorf, aus dem Raphtalia stammte.

Deren Einwohner waren versklavt und misshandelt worden, bloß aufgrund ihres Subhumanoiden-Status. Dabei gehörten sie eigentlich ebenso wie die Menschen zum Volk Melromarcs. Durch mein Eingreifen waren dem Drecksack und der Drei-Helden-Kirche mittlerweile das Handwerk gelegt – die hatten nämlich hinter der Diskriminierung gesteckt. Anschließend hatte die Königin angeordnet, alle Sklaven freizulassen.

Doch leider war der Erlass ein klein wenig zu spät gekommen: Viele Sklaven waren bereits in ein anderes Reich verkauft worden, und die, die aus Lurolona stammten, hatte man zu unerhört hohen Preisen gehandelt.

Von Melromarc aus hatte ich verschiedene Anstrengungen unternommen, um sie in meine Obhut zu bringen. Das wiederum hatten sich die Händler zunutze gemacht und die Preise angehoben. Eine beklagenswerte Lage!

Es gab noch einen weiteren Grund für den Preisanstieg: Gerüchte über meine Mitstreiterin Raphtalia und ihre Heldentaten hatten sich wohl verselbständigt.

Jedenfalls waren bei den Sklaven aus Lurolona die Preise so sehr in die Höhe geschossen, dass ich sie mir nicht mehr hatte leisten können. Das hatte dazu geführt, dass wir in Zeltoble an einem Untergrundturnier teilgenommen hatten, um das nötige Geld in die Hände zu bekommen. Nach harten Kämpfen hatten wir es schließlich ins Finale geschafft, das Turnier gewonnen und die Sklaven zurückgekauft, die aus Lurolona stammten.

»Kleiner Naofumi, du willst noch mehr Leute?«

»Bis jetzt sind wir wohl kaum genug. Wir müssen ja auch das Land urbar machen.«

Die Frau, die sich gerade bei mir unterhakte, hieß Sadina. Für Raphtalia war sie so etwas wie eine große Schwester. Sie hatte ebenfalls im Kolosseum gekämpft und unabhängig von uns versucht, die Sklaven aus Lurolona zu retten.

Im Augenblick war sie in ihrer Subhumanoidengestalt. Sie konnte sich jedoch in einen Tiermenschen verwandeln: Dann sah sie aus wie ein Orca.

Wie beschreibe ich sie am besten? Sagen wir, sie war auf klassisch japanische Weise schön, wirkte ein wenig leichtlebig und betrank sich gern.

Sie war eine starke Kämpferin. Beim Turnier waren Raphtalia, Filo und ich zusammen gegen sie allein angetreten. Dennoch hatten wir lange mit ihr ringen müssen, bis wir sie endlich besiegt hatten.

Na gut, wir waren ja auch gerade durch einen Fluch geschwächt. Aber stärker als gewöhnliche Abenteurer waren wir allemal.

Sadina selbst hatte gemeint, so stark sei sie eigentlich gar nicht: mithilfe von Unterstützungsmagie hatte man uns geschwächt und sie gestärkt. Aber von der Technik und den Werten her war sie schon ein ganz schönes Tier.

Dass sie sich so hartnäckig an meinen Arm klammerte, hatte übrigens einen besonderen Grund: Angeblich hatte sie einst beschlossen, demjenigen den Hof zu machen, der es fertigbrachte, sie unter den Tisch zu trinken. Und leider hatte sie gesehen, wie ich, ohne mit der Wimper zu zucken, eine Lukolfrucht gegessen hatte – die waren praktisch purer Alkohol. Seitdem baggerte sie mich ständig an.

»Hm ... Du machst dir wirklich Gedanken, wie du unser Dorf wiederaufbauen kannst.«

»Na ja, klar. Es reicht nicht, sie bloß einzusammeln und zu beschützen.«

Wegen des Booms hatten dann auch noch Sklavenjäger unser Dorf überfallen. Zum Glück war es uns gelungen, die Angreifer zurückzuschlagen. Die Kinder waren gut trainiert gewesen, worauf ich auch Wert gelegt hatte. Sie durften sich nicht der Illusion hingeben, dass immer jemand da sein würde, um sie zu retten. Sie brauchten einen realistischen Blick, mussten ihr Dorf selbst beschützen wollen.

Die Leute in dieser Welt neigten dazu, sich in jeder Notlage auf die Helden zu verlassen. Es war schon ziemlich absurd, wenn man mal darüber nachdachte: Sie beschworen Leute aus anderen Welten, damit die ihre Probleme für sie lösten.

Diese Welt hatte übrigens viel von einem Videospiel: Es gab Level, und man stieg auf, wenn man Monster besiegte.

»Wie toll, kleiner Naofumi! Da verlieb ich mich ja gleich noch mal in dich!«

»Fass mich nicht an! Ich hab dir doch gesagt, dass ich auf so was keinen Bock hab.«

»Sadina, nun lass es doch bitte gut sein!«

Diese Ermahnung hatte Raphtalia ausgesprochen, ein Subhumanoidenmädchen. Einstmals war sie eine Sklavin gewesen, doch nun kämpfte sie schon lange treu an meiner Seite. Sie war die Auserwählte des Vasallenkatanas, einer Heldenwaffe aus einer anderen Welt. Ihre Kampfkraft war unbestreitbar. Da ich als Schildheld nicht angreifen konnte, erledigte sie für mich alle Feinde.

Ihre höchste Pflicht sah sie im Kampf gegen die Wellen. Themen wie Liebe und Sex stand sie ablehnend gegenüber. In der Hinsicht ähnelte sie mir. Wobei mir der ganze Kram zuwider war, seit mich damals das Miststück verleumdet hatte.

Übrigens stehen Raphtalia Miko-Trachten unfassbar gut, aber so eine trug sie aktuell leider nicht mehr: Bei ihr zählte allein die Leistung.

Sie hatte ein ausgesprochen hübsches Gesicht, dazu die Ohren und den Schwanz eines Tanukis – ein schöner Akzent, und es hatte auch wunderbar zu den Miko-Sachen gepasst. Am liebsten wollte ich, dass sie die immer trug. Insgeheim dachte ich darüber nach, ihr eine Maßanfertigung machen zu lassen.

»Du liebe Güte.«

Jetzt ärgerte sie sich über Sadina, weil die ständig an mir klebte. Sadina könnte sich ruhig mal in meine Lage versetzen und das sein lassen. Raphtalia bekam deswegen nur schlechte Laune, und ich musste sie später irgendwie versöhnlich stimmen.

»Ojeee ...«

Die, die hinter mir klägliche Laute machte, hieß Rishia. Wenn es drauf ankam, konnte man auf sie zählen, und war sie erst einmal aufgebracht genug, dann leistete sie Ungeheuerliches. Im Allgemeinen war sie jedoch eher für die Kopfarbeit zuständig.

In letzter Zeit hielt sie sich etwas bedeckt, widmete sich wohl allen möglichen anderen Sachen. Ich hatte sie allerdings auch im Kolosseum nicht mitkämpfen lassen können. Dafür war sie einfach noch zu schwach, das wäre zu riskant gewesen.

»Hmmm?«

Das kleine Mädchen, das gerade seinen Kopf schieflegte, hieß Filo. In Wahrheit war sie ein Filolial. Kutschen zu ziehen war für diese Monster das Größte. Zog ein Held einen Filolial auf, entwickelte der sich auf besondere Weise. Dann konnte er Menschenform annehmen, engelsgleich, mit Flügeln auf dem Rücken. Und solang Filo den Mund zu ließ, wirkte sie auch exakt so: wie ein Engel mit blondem Haar und blauen Augen.

Vom Charakter her war sie eher einfach und naiv, aber ihr Kampfgespür war herausragend. Ich hatte noch vor Augen, wie viel sie beim letzten Kampf geleistet hatte. Da ihre Magie geblockt gewesen war, hatte sie unsere Gegnerin mit Liedern unter Druck gesetzt. Diese Technik, die sie in Kizunas Welt gelernt hatte, fiel offenbar nicht unter Magie.

Filo war insgesamt eine verlässliche Kämpferin.

»Raph?«

Diesen Laut hatte Raphi gemacht, die auf Filos Schulter saß. Sie war ein Shikigami. In dieser Welt hießen solche Wesen Gehilfen. Ich hatte sie Raphi getauft, weil ich sie aus Raphtalias Haar gemacht hatte. Hätte Raphtalia sich wie Sadina in einen Tiermenschen verwandeln können, sie hätte bestimmt genau wie Raphi ausgesehen.

»Herr Naofumi, denkst du schon wieder was Freches?«

»Nanu, Raphtalia, weißt du etwa, was in dem kleinen Naofumi vorgeht? Wie beneidenswert ...«

»Schnauze.«

Nur an Raphi zu denken, verlieh meiner müden Seele gleich neue Kraft. Raphi machte bei allem gern mit, und wenn ich irgendeinen Schabernack vorhatte, war sie immer sofort zur Stelle. Ich konnte sie stärker machen, mithilfe meines verflixten Schildes, den ich nicht mehr hatte ablegen können, seit ich beschworen worden war. In letzter Zeit konzentrierte ich mich jedoch eher auf Attribute, die im Kampf keine besondere Rolle spielten, zum Beispiel ihr Fell. Ich wollte es optimieren, bis Raphi zum perfekten Kuscheltier wurde. Ich musste bloß aufpassen, dass Raphtalia nicht Wind von der Sache bekam.

Ich war ganz schön abgeschweift. Jetzt gerade liefen wir jedenfalls durch Zeltoble, um billig weitere Sklaven einzukaufen, die wir dringend brauchten, wenn wir das Dorf wieder auf Vordermann bringen wollten.

»Wir sind da. Ja, ja.«

»Ah, endlich.«

Wir waren die Treppe hinabgestiegen und zum Sklavenmarkt gelangt. Mir fiel auf, dass die Sklaven in eigenartig prunkvollen Käfigen hockten. Im ersten saß eine Subhumanoidenfrau, der so etwas wie Teufelshörner aus dem Kopf wuchsen. Sie hatte braune Haut und war ziemlich hübsch. Ihr Körperbau war etwas kräftiger und sie hatte üppige Brüste. Insgesamt konnte man sie als einmalig schön bezeichnen. Einen gesunden Teint hatte sie auch. Anscheinend bekam sie gute Sachen zu essen. Das war jedoch nicht die Art von Sklave, nach der ich suchte. So was fiel wohl eher in eine andere Kategorie.

»Ich hab kein Interesse an Sexsklaven.«

»Nicht doch, sie gehört zur Art der Kiki. Die gehören zu den besten Kämpfern unter den Subhumanoiden.«

»Bitte?«

Sie setzte so etwas wie ein Geschäftslächeln auf und winkte mich zu sich. Irgendwie überkam mich bei dieser Sklavin ein Schaudern. Es war die Art von Gesicht, bei der ich unwillkürlich die Hand zur Faust ballte. Aber aus ihrer Sicht war es bestimmt auch ein lästiges Gespräch.

»Die scheint auch teuer zu sein. Kein Bedarf.«

Als ich das sagte, wandte sich die Sklavin eingeschnappt ab.

»Nein, nein, ich möchte sie Euch zu einem guten Preis anbieten!«

»Trotzdem ...«

Irgendwie mochte ich sie nicht und wollte sie nicht kaufen. Ich hatte zwar nicht entschieden, ausschließlich Kindersklaven zu nehmen, meinen Kriterien widersprach sie also nicht, aber irgendwas störte mich dennoch.

Während ich so darüber nachdachte, kam ich plötzlich drauf: Sie hatte große Ähnlichkeit mit Bitch.

Als ich in diese Welt beschworen worden war, war sie noch eine der Prinzessinnen Melromarcs gewesen. Sie hatte mich zu Unrecht mit dem Vorwurf der Vergewaltigung belastet. Oh Mann ... In was für Geschichten ich immer verwickelt wurde!

»Gehen wir dann zum nächsten Sklaven über?«

»Ja. Sorry, aber die da nehm ich nicht.«

»Ach? Wie bedauerlich ...«

Sadina schmiegte sich demonstrativ an mich und warf der Frau im Käfig einen herausfordernden Blick zu.

»Wenn dir die gefällt, was hast du dann gegen mich?«, brüllte die Sklavin plötzlich.

War ihr Stolz verletzt? Sie war doch eine Sexsklavin. Ich verstand ihr Verhalten nicht. Warum wollte sie überhaupt, dass ich sie kaufte?

»Du bist einfach nicht mein Sklaventyp, das ist alles.«

»Du hast wohl ’nen Lolitakomplex!«

Jetzt beleidigte sie mich auch noch. Wie nervig ...

Ich starrte die Sklavenhändler an. Von denen gab es offenbar einen ganzen Klan. Vor mir standen der aus Melromarc und der aus Zeltoble. Sie waren einander wie aus dem Gesicht geschnitten. Wollte man sie unterscheiden, musste man nach dem Farbton des Fracks gehen. Als ich sie nun anfunkelte, wandten sie rasch den Blick ab.

Na, ich wollte mal nicht zu streng sein. Sie taten sonst ja allerhand für mich.

Ich wandte mich wieder der Sklavin zu.

»Wieso sagst du so was? Das klingt ja ganz so, als wüsstest du irgendwas über mich.«

Darauf erwiderte sie nichts. Was war hier los?

»Nanu?« Sadina hielt sich affektiert eine Hand vor den Mund. »Sieht Schwesterchen etwa so jung aus?«

»Wie alt bist du überhaupt?«

»Dreiundzwanzig. Hi hi!«

Sie klimperte mich den Wimpern. Schauerlich! Bei dem Getue wurde man ja erst recht misstrauisch. Ich zog eine Augenbraue hoch.

»Es stimmt«, bestätigte Raphtalia. »Mein Vater hat mir ihr Alter verraten.«

»Verheimlichen Frauen nicht ihr wahres Alter?«

»Das gibt es natürlich auch, aber in diesem Fall sagte mein Vater damals, man müsse so langsam mal einen Bräutigam für sie finden. Wenn ich zu dem Alter, das er mir nannte, die vergangenen Jahre hinzuzähle, komme ich tatsächlich auf dreiundzwanzig.«

»Herrjemine, das weißt du noch? Kinder haben doch ein erstaunliches Gedächtnis ...«

So redete sie ständig, daher hatte ich sie auch für älter gehalten. Ganz schön omamäßig, ehrlich gesagt.

Ich versuchte mir vorzustellen, wie ich wohl auf andere wirkte. Alle Sklaven, die ich gekauft hatte, waren Kinder und noch dazu überwiegend weiblich. Dabei hatte ich mich bloß auf die Sklaven aus Lurolona konzentriert; unter denen waren eben mehr Mädchen gewesen.

»Der Betonung und der Wortwahl nach müsste diese Frau ...«

Rishia schien eine Ahnung zu haben, woher die Sklavin stammte. Mir war nichts Besonderes aufgefallen. Was mich wieder einmal an die Dolmetschfunktion meines Schildes erinnerte. Auch in dieser Welt gab es die verschiedensten Sprachen. Mein Schild verfügte jedoch über die praktische Funktion, jedes gesprochene Wort für mich zu übersetzen. Die Amtssprache Melromarcs wurde, soweit ich wusste, in Reichen gesprochen, in denen es viele Menschen gab.

»Na ja, darum müssen wir uns keinen Kopf machen. Du auch nicht, Rishia.«

»N... Na gut ...«

»Also, weiter.«

»Sehr wohl. Ja, ja.«

»Waruuum?«, brüllte sie mir hinterher. »Warum weist du mich zurüüück?«

Ich beachtete sie nicht weiter und ging den Sklavenhändlern hinterher.

Kapitel 1: Die Medizin des heiligen Baums

»Dies wäre der Nächste.«

In diesem Käfig saß ein weiterer Subhumanoidensklave, dem Aussehen nach gesund und wertvoll. Es war ein Kind ... und zwar ein Mädchen. Es lächelte mich gekünstelt an und winkte mir zu.

»Nee ... Abgelehnt.«

»Häää?!«

Protest, ganz wie erwartet. Auch wenn es diesmal eine kindliche Reaktion war.

Es machte mich stutzig, dass die beiden so gesund und munter waren. Die Sklaven, denen ich bisher begegnet war, hatten mich alle aus leblosen Augen angeblickt, als hätten sie komplett aufgegeben. Selbst Kiru hatte damals nichts als blanke Furcht erkennen lassen, bis sie Raphtalia erblickt hatte. Dieses Kind hingegen sah mich mit großen, lebhaften Augen an, wie eine kleine Abenteurerin mit großen Träumen. Nie im Leben war das eine Sklavin!

Anschließend wurden mir noch weitere »Sklavinnen« gezeigt. Und auch die beschwerten sich, als ich sie abwies. So langsam ahnte ich, was das hier werden sollte. Ich sah die Sklavenhändler aus schmalen Augen an. Beide wischten sich den Schweiß von der Stirn.

»Hey.«

»Wir bedauern sehr, dass es uns nicht gelungen ist, ein Sortiment nach Euren Wünschen zusammenzustellen. Ja, ja.«

Ich seufzte. »Ich sehe schon, es geht wohl nicht anders, obwohl ich auf solche Mittel lieber verzichtet hätte.«

Ich zeigte auf die Sklavin, zu der sie mich geführt hatten, winkte sie näher – und packte sie am Revers.

»Und jetzt sag mir: Was geht hier vor sich?«, fragte ich in bedrohlichem Tonfall. »Der Held des Schildes will es wissen. Widersetzt du dich, werde ich dafür sorgen, dass dein Reich zugrunde geht.«

»Iiiek!« Das Mädchen ließ sich einschüchtern und plauderte alles aus. »P... Papa hat gesagt, ich soll den Schildhelden heiraten. Da Ihr Euch aber nur mit Sklaven umgebt, hat er einem Vermittler Geld gezahlt und ...«

Sie war noch ein Kind. Sie konnte nichts dafür.

»Und du bist damit einverstanden?«

»Hä?«

»Dass er dich zum Wohl der Familie jemandem zum Geschenk macht, den du überhaupt nicht liebst?«

Das Mädchen schien noch etwas jünger zu sein als Raphtalia damals. Anscheinend benutzte der Vater sie nur, um seine eigene Stellung zu verbessern. Der Gedanke widerte mich an.

»Kehre heim und erzähle, wir hätten dich durchschaut oder so. Wenn dein Vater sich damit nicht zufriedengibt, richte ihm von mir aus, der Held des Schildes helfe Subhumanoiden, die ernsthaft in Not sind.« Ich blickte mich zu den Sklavenhändlern um. »Unter diesen Umständen lehne ich jedenfalls dankend ab.«

Es sah so aus, als wären die Mädchen und Frauen als Gruppe eingeschleust worden. Diese Brautschau hatte sicher das Subhumanoidenreich Schildwelt ausgerichtet. Reiche oder Angehörige des Kronadels hatten ihre Kinder hierhergeschickt, damit sie so taten, als wären sie Sklaven, sodass ich sie kaufte.

»Ich dachte, das Wort des Schildhelden gilt in deren Reich als absolut. Oder muss ich denen erst persönlich schreiben, dass es von Nachteil für sie ist, wenn sie mir weiter Sklaven aufdrängen?«

»Wir haben verstanden. Ja, ja. Wenn der Schildheld es wünscht, werden sie sich gewiss zurückziehen. Ja, ja.«

»Wieder einmal ganz der Schildheld: Euer Auge ist so gut, dass Ihr falsche Sklaven auf Anhieb entlarvt. Ich erschaudere geradezu!«

»Das sieht doch wohl jeder!«

Ebenso gut hätten sie herausschreien können, dass sie Mogelpackungen sind! Und die Händler hätten sich auch mehr Mühe geben können, es zu verstecken. Zum Beispiel ein paar Sklaven aus einem Reich einkaufen, in dem die Menschen als überlegen galten.

»Wie erbärmlich ...« Selbst Raphtalia stand völlig neben sich. »So leicht ist Herr Naofumi wohl kaum in Versuchung zu führen. Sonst wäre es wohl kaum so schwer ...«

Hm? Wovon redete sie?

»Hier kommt Schwesterchen ins Spiel. Kleiner Naofumi, ich werde dein Misstrauen gegenüber Frauen schon heilen!«

»Raph!«

Raphi ließ sich von Sadinas Begeisterung anstecken und lärmte gleich mit. Mann, ging die Frau mir auf den Geist. Ich sollte sie einfach ignorieren.

»Oh ... Kleiner Naofumi, du sagst ja gar nichts. Heißt das etwa, du bist einverstanden? Jetzt gibt Schwesterchen sich aber richtig Mühe!«

Was?! Ich ignorierte sie, und sie drehte es sich einfach hin, wie sie wollte? Sie war so anstrengend!

»Dafür kriegst du eine Belohnung!«

Sie umarmte mich von hinten und drückte ihre Brüste gegen meinen Rücken.

»Mann, du nervst!«

»Herr Naofumi, beruhige dich! Und du lass es bitte gut sein, Sadina!«

»Och ...«

Sadina zog sich zurück. Aber wie sie schon wieder grinste, diese Nervensäge!

»Ojeeee ...«

»Meister, darf ich mich auch so an dir schubbern?«

»Nichts da.«

Jetzt dachte Filo auch noch, das sei ein Spiel: Sie nahm ihre Königinnenform an und versuchte, mich von hinten zu umarmen. Scheiße, wenn selbst ignorieren nicht half, was sollte ich denn dann tun?

»Mann ... Andere habt ihr nicht? Wenn ich den Weg ganz umsonst gemacht hab, werd ich aber sauer.«

»Doch, doch! Unser Hauptangebot kommt erst noch.«

»Manchmal versucht ihr schon, mich zu bescheißen, oder?«

Ernsthaft, ich wollte mit diesen Typen gar nichts zu tun haben.

»Was genau wünscht sich der Held des Schildes denn?«

»Im Augenblick vor allem Sklaven, die handwerklich geschickt sind. Außerdem welche, die gut kämpfen können.«

Ein paar fingerfertige Leute hatten wir schon im Dorf, aber wir brauchten noch mehr. Imiya lernte bei mir, wie man Accessoires machte. Nach Möglichkeit wollte ich weitere von ihrer Sorte gewinnen. Welche, die was auf dem Kasten hatten.

»Ich verstchc. Dann folgt uns bitte.«

»Aber nicht wieder irgendwelche Schwindler anbieten.«

»Nein, nein, wir haben verstanden!«

Wir ließen uns führen ... und dann zeigten uns die beiden ein paar Sklaven einer Art, die ich kannte.

»Ach, von denen habt ihr hier auch welche?«

Ich näherte mich dem Käfig, der voller Lumos war. Imiya stammte ursprünglich nicht aus unserem Dorf und kannte niemanden von früher. Vielleicht saßen in dem Käfig ja Bekannte von ihr.

Das könnte die Arbeit mit ihnen erleichtern. Wie bei Raphtalia und Kiru. Ob ich einfach mal fragen sollte?

»Kennt hier irgendwer ein Mädchen namens Imiya?«

»Das ist ein geläufiger Name ... Wen genau meint Ihr?«

Der Lumo, den ich angesprochen hatte – ich vermute männlich –, war ein wenig größer als Imiya. Hm ... Also hießen viele so? Wenn ich ihm nicht den Nachnamen sagen konnte, war hier wohl Endstation. Wie hatte sie denn noch mal geheißen? Ich wusste nur noch, dass der Name merkwürdig lang gewesen war. Irgendwas mit Leu ... Nein, es fiel mir nicht ein. War es sinnlos? Musste ich es aufgeben? Es schien beinahe so.

Ach ja: Rishia war doch hier fürs Denken zuständig! Vielleicht wusste sie es noch.

»Rishia, erinnerst du dich an Imiyas langen Nachnamen?«

»Ojeee ...«

Hm, bei der Reaktion anscheinend nicht.

»Es hilft nichts. Dann müssen wir sie nächstes Mal wohl hierher mitnehmen.«

Ich wollte mich gerade geschlagen geben, da sprach Raphtalia mich an.

»Herr Naofumi, ihr Name lautet Imiya Leuthurn Reethela Teleti Kuwariz.«

Wie selbstverständlich ratterte sie den kompletten Namen herunter. Was für ein Wahnsinnsgedächtnis hatte sie bitte? Klasse Prozessorleistung! War es eine Stärke von ihr, sich lange Namen zu merken?

»Herr Naofumi, du hast doch auch schon mal den langen Namen eines Gerichts auswendig wiedergegeben.«

»Ach, stimmt, das war so! Meine falschen Filets de Sardines au Basilic.«

Im Wesentlichen Sardinen mit Basilikum. In dieser Welt gab es keine Sardinen, aber ihnen ähnelnde Fische. Basilikum gab es hier auch nicht – ich hatte mit Heilkräutern geschummelt. Nachdem im Dorf halbwegs Ordnung hergestellt gewesen war, hatte ich zum Anlass unserer Heimkehr mal etwas Französisches zubereitet. Die Erinnerung daran war noch frisch.

»Das ist doch kaum kürzer als Imiyas Name.«

»Hm ...«

Bei dem Gericht wurden bloß mehrere Wörter kombiniert, daher war das nicht besonders schwierig. Bei Imiyas Namen hörte ich nur eine Aneinanderreihung von Silben.

»Ach, von der Imiya sprecht Ihr!«, sagte der Lumo-Mann.

»Also kennst du sie?«

»Das ist meine Nichte. Wie sollte ich sie nicht kennen?«

Hoppla – sah ganz so aus, als hätte ich tatsächlich einen ihrer Verwandten gefunden.

Das war ja ein Glücksfall!

»Gibt's hier sonst noch wen aus eurer Ecke?«

»Wir haben hier noch mehrere Leute aus derselben Siedlung.«

»Okay, dann nehme ich die alle mit. Dann gibt's ein großes Wiedersehen.«

Ich sagte dem Sklavenhändler, dass ich diesen Mann und alle Lumos aus seiner Heimat kaufen wollte.

»Sehr wohl. Ja, ja.«

»Und ... Was für jemand seid Ihr nun eigentlich?«, fragte der Onkel.

»Ein Sklaventreiber. Ist das nicht klar?«

Hätte ich wahrheitsgemäß geantwortet, hätten sich gleich alle Sklaven um mich geschart. Das wäre problematisch, darum verzichtete ich lieber darauf.

»Schon wieder eine Lüge ...«, beklagte sich Raphtalia.

»Sagt, geht es Imiya gut?«

»Oh ja. Sie lebt bei uns im Dorf und strengt sich ordentlich an.«

Folgsam war sie ja. Wenn auch ein bisschen durchsetzungsschwach.

»Wirklich? Ich freue mich darauf, sie wiederzusehen.«

Dass ein derart langer Name mal zu etwas gut war ...

»Herrje, dann wird es bei uns demnächst ja turbulent zugehen, was?«, sagte Sadina.

»Davon geh ich aus. Ach ja, das wollte ich noch fragen: In welcher Beziehung stehst du eigentlich zu Raphtalia?«

»Ich war eine Fremde, aus derselben Gegend wie Raphtalias Eltern. Sie waren sehr gut zu mir.«

»Ach ja?«

Dann hatten sie nicht schon seit Generationen dort gelebt? Ach klar, natürlich nicht! Das Lehen, das mir überlassen worden war, war ja erst unter Eclairs Vater aufgebaut worden. Man hatte die Gegend den Subhumanoiden überlassen, um gute diplomatische Beziehungen aufzubauen. Als jedoch der Machthaber gestorben war, hatte das für die Region den Ruin bedeutet.

»Hm ... Bei denen muss es wohl erst mal bleiben.«

Nachdem ich Sadinas Schulden beglichen hatte, herrschte Ebbe in meinem Geldbeutel. Mehr Sklaven zu kaufen, wäre schwierig.

»Also, kehren wir mal langsam heim, was?«

»Bitte wartet noch«, sagte der Zeltobler Sklavenhändler. »Ja, ja.«

»Was ist? Habt ihr noch was für mich?«

»Wir haben noch zwei Sklaven, die der werte Schildheld sich unbedingt ansehen sollte.«

»Wieder welche, die euch dieses Reich vermittelt hat? Von denen hab ich genug gesehen.«

»Nein, so ist das nicht … Dies ist sozusagen der heutige Hauptgang.«

»Mit Geld sieht's bei mir aber mau aus.«

»Mit solchen Sklaven muss man vorsichtig sein – sie sind wie eine starke Arznei. Ihr aber wisst zweifelsohne mit ihnen umzugehen, daher möchten wir sie Euch günstig überlassen.«

Eine starke Arznei, soso. Giftig bei falscher Anwendung, doch heilsam, wenn man wusste, was man tat. Ach, Anschauen kostete ja nichts.

»Na schön.«

Also ließ ich mich von den Sklavenhändlern weiterführen.

»Hier wären wir nun.«

Sie hatten mich in einen Bereich geführt, in dem Sklaven isoliert untergebracht waren. Die hygienischen Bedingungen waren nicht besonders gut. Ich hatte ganz bestimmt nicht die Absicht, Wohlfahrtsarbeit zu leisten, aber bei dem Anblick wurde man ja depressiv. Ich näherte mich einem Käfig, zeigte einem Sklaven ein Arzneifläschchen und winkte ihn zu mir.

»Uuuh …«

»Das ist Medizin. Trink.«

»H… Habt Dank.«

Das hier zu sehen, war für meine seelische Verfassung nicht gut. Also gab ich den leidenden Sklaven erst einmal Medizin. Mit dem Verkauf meiner Medikamente hatte ich in dieser Welt schon viel Profit gemacht. Sicher würden sie auch hier ihre Wirkung nicht verfehlen.

»Ich glaub zwar, ihr wisst Bescheid, aber …«

»Natürlich!«, riefen die beiden Sklavenhändler. »Wir erstatten Euch hierfür einen Teil des Kaufpreises!«

»Jetzt sprecht nicht auch noch im Chor! Ist ja eklig!«

Der Zeltobler Sklavenhändler fing an, auf und ab zu hüpfen. Wie abstoßend. Ich wünschte, er würde das lassen.

Schließlich gelangten wir zu den besagten Sklaven.

»Das sind sie.«

In dem Käfig vor uns befanden sich zwei Subhumanoide.

»W... Was ist? Ich mach doch ordentlich meine Arbeit! Warum seid ihr hier?«

Dies war ein Junge, etwa zwölf, dem Aussehen nach gesund und fit.

»Huch? Bist du nicht Fohl?«

»Du bist doch ... Sadina!«

Hm? Die beiden kannten einander? Ich zeigte mit dem Finger auf ihn.

Sadina nickte. »Als ich in dieses Reich kam, kämpfte der Junge im Kolosseum. Auch im Untergrund war er manchmal mit dabei.«

Ein Söldnersklave also? In Zeltoble, hatte ich gehört, gab es auch Leute, die sich in die Sklaverei begaben und kämpften. Dann war Fohl also ein Kampfsklave.

Ich zeigte auf eine zweite Gestalt, die weiter hinten auf einem Strohbett lag.

»Und wer ist das?«

»Die kenne ich nicht ...«

Im Halbdunkel konnte ich sie nicht gut erkennen. Sie schien jedoch nicht in allzu guter Verfassung zu sein, hustete vor sich hin.

Ich sah erneut den Jungen an. Als Erstes sprang mir seine Haarfarbe ins Auge: weiß und schwarz. Allein an der Farbe und Beschaffenheit erkannte ich, dass dieser Sklave hochwertiger war als die anderen. Seine Augen hatten blaue Iriden, und die Pupillen waren senkrechte Schlitze wie bei einer Katze.

Diese Augen ließen den Jungen einschüchternd wirken. Dazu kamen noch die wilde Miene und dieser Blick – als hätte er die ganze Welt gegen sich. Die Ohren waren für eine Katze etwas dick und rund. Zudem hatte er einen eindrucksvollen schwarz-weiß gestreiften Schwanz.

»Eigenartig«, sagte Raphtalia. »Irgendwie erinnert er mich an gewisse Gegner in Kizunas Welt ...«

»So ein Zufall. Mich auch.«

»Äääähm ... Meint ihr die weißen Tiger?«

Anscheinend hatte Filo die Verbindung auch hergestellt. Ja, genau das war es. Aus irgendeinem Grund erinnerte er mich an die weißen Tiger, gegen die wir in Kizunas Welt gekämpft hatten. Ich musste auch gleich wieder an die Frauen denken, die Kyo umgestaltet hatte. Mir war, als stünden wir vor der finalen Form, einem sehr gut gelungenen Hybriden zwischen weißem Tiger und Mensch. Na ja, Fohl war ja auch ein Tiermensch. Aber nach allem, was wir erlebt hatten, hatte ich hierbei gar kein gutes Gefühl.

»Der sieht teuer aus, auch wenn er ein Kind ist.«

»Ihr verschafft Euch einen ersten Eindruck und habt sogleich den Preis im Blick. Ich ziehe meinen Hut vor Euch, werter Schildheld.«

Auch Raphtalia kippte bei meiner Antwort fast um.

»Wunderbar, kleiner Naofumi, wie du das mit der Kosten-Nutzen-Analyse machst!«

Bloß nicht drauf eingehen! Aber vielleicht war es tatsächlich gar nicht so klug, von Anfang an nur aufs Geld zu schauen.

»Irgendwas hat er den anderen Subhumanoiden voraus.«

»Vortrefflich erkannt: Dieser Subhumanoide gehört der berühmten Hakuko-Spezies an.«

»Hakuko …«

»Diesen Namen trägt die Art seit uralter Zeit: Die ersten vier Heiligen sollen ihn erdacht haben.«

Haku und ko … Schrieb sich das mit den Kanji für weiß und Tiger? Las man die Zeichen falsch, konnte man zu diesem Namen gelangen. Und so lange gab es diese Art also schon? Das klang gar nicht schlecht, aber was, wenn der Junge immer größer wurde, bis er die Ausmaße der Geisterschildkröte annahm, und herumzuwüten begann? Das wäre überhaupt nicht zum Lachen.

Und wieso wurden die nun überhaupt so komisch genannt? Aber es hatte sich ja schon bei den Überlieferungen auf Cal Mira gezeigt, dass die einstigen Helden anscheinend kein Stilgefühl besessen hatten. Wobei ich vielleicht nichts sagen sollte, nachdem ich meinem Filolial den Namen Filo gegeben hatte.

»Aha … Und was machen wir jetzt mit dem?«

»Wir würden ihn dem werten Helden gerne schenken.«

»Ich glaube schon, dass er stark ist, aber wie eine Wunderwaffe sieht er jetzt auch nicht aus.«

Die weißen Tiger in Kizunas Welt waren keine unschlagbaren Feinde gewesen. Auch die Schilde, die aus deren Materialien hervorgegangen waren, hatten sich mir mit ihren schwierigen Sonderfunktionen eingebrannt. Zum Beispiel, dass durch sie alle Unterstützungsmagie unwirksam wurde. Das Katana, das Raphtalia daraus gewonnen hatte, war ebenfalls schrecklich eigenwillig im Gebrauch.

»Kann ich mir sein Level und seine Werte ansehen?«

»Selbstverständlich.«

Ich bekam eine Auflistung überreicht und warf einen Blick darauf. Ach, die beiden waren also Geschwister? Und Level 32?

Dafür sah er aber noch ziemlich kindlich aus. Die Sklaven im Dorf waren etwa Level 30 und bereits ziemlich groß.

»Unerwartet hoch. Und sein Aussehen, hängt das mit seiner Art zusammen, oder ist das was Individuelles?«

»Auf dem Level sind sie noch Kinder. Das ist eine Besonderheit dieser Art: Sie können erst ab Level 50 den Klassenaufstieg machen; ansonsten ist 60 die Obergrenze. Ja, ja. Und nach dem Klassenaufstieg können sie dann bis Level 120 aufsteigen.«

»Wenn er erwachsen ist, wird er also noch stärker.«

»So ist es.«

Wow. Das war ja eine ganz spezielle Art. Selbst Filo hatte ihren Klassenaufstieg mit Level 40 gemacht. Was würde wohl aus diesen Kindern, wenn man ihre Level hochtrieb? Zugegeben: Mein Interesse war geweckt. Ich warf auch noch einen raschen Blick auf die Angaben über seine Schwester: Sie war erst Level 1.

»Die Hakuko sind berühmt für ihre große Kampffähigkeit. Seinerzeit haben sie mehrmals den sogenannten weisen, klugen König von Melromarc mit all seiner Kriegslist zurückgeschlagen. Ja, ja«

Er führte den Drecksack als Beispiel an? Von dem hielt ich herzlich wenig. Hatte er mithilfe seines Einflusses die Tyrannei bis hierher ausgeweitet?

»Selbst wenn du sie mit dem ›weisen, klugen König‹ vergleichst …«

»Wäre er nicht gewesen, Melromarc wäre wohl keine Hürde für sie gewesen.«

»Du preist ihn ja ganz schön an.«

»Wie dem auch sei, die Hakuko gehören zu den fünf stärksten Arten dieser Welt, die Helden ausgenommen. Ja, ja.«

»Verstehe.«

Ließen wir einmal außer Acht, dass es um den Drecksack ging. Sie sprachen hier über seine Blütezeit. Einen taktisch derart überlegenen Gegner hatten die Hakuko mit purer Kraft zurückgeschlagen. Demnach waren sie tatsächlich herausragende Kämpfer. Für mich, der ich aufs Verteidigen festgelegt war, konnte das ein wichtiger Faktor sein. Vorausgesetzt, diese Spezies barg tatsächlich eine derartige Kraft in sich.

Der Sklavenhändler näherte sich mir, um mir etwas ins Ohr zu flüstern, wohl damit das Geschwisterpaar ihn nicht hörte.

»Übrigens sind selbst diese vielgerühmten Hakuko hilflos, wenn sie es im Wasser mit der Ruka-Spezies zu tun bekommen. Ja, ja.«

»Von wem sprichst du?«

Der Sklavenhändler warf einen Blick zu Sadina hinüber.

»Huch?«

Oha, gehörte Sadina etwa auch zu einer hochrangigen Subhumanoidenart? Nun, die Schriftzeichen für Fisch und Tiger ergaben zusammengenommen Orca. Waren die Ruka wegen dieser Verbindung so stark? Aber ich sollte mich lieber aufs Verhandeln konzentrieren.

»Der Junge ist bei bester Gesundheit, aber seine Schwester leidet an einer Erbkrankheit. Sie kann nicht sehen, nicht gehen und ist so gebrechlich, dass sie wohl nicht mehr lange durchhält. Ihrem Bruder ist sie jedoch das Allerwichtigste.«

Selbst in der Sklaverei passte der Junge noch auf seine kleine Schwester auf. Als Charakter in einem Manga oder so wäre er auf jeden Fall beliebt, selbst als Antagonist. Und als Angehöriger seiner Art hatte er auch die Kraft, für seine Überzeugungen zu kämpfen. Der totale Archetyp.

»Hm.«

»Ihr könntet Bruder und Schwester auch trennen. Den Jungen lasst ihr rackern, das Mädchen setzt ihr irgendwo auf weiter Flur aus. Mit gefälschten Nachrichten lasst ihr dann den Eindruck entstehen, sie sei noch am Leben und im Krankenhaus. Habt Ihr nicht ein Monster in Euren Reihen, das gut Stimmen imitieren kann? Lasst den Jungen einfach diese Stimme hören.«

Ich hatte unter meinen Untergebenen ein Monster, das Stimmen imitieren konnte? Meine Monster machten vielerlei: den Boden umgraben, unsere Handelskutschen ziehen, Gras fressen und kämpfen ... Oder meinte er Filo? Ich blickte in ihre Richtung.

»Waaas?«

»Filo, kannst du Stimmen nachahmen? Meltys oder so?«

»Kann iiich.« Und sofort legte sie los: »›Du bist ja so liebreizend, Filo!‹«

Es klang Melty zum Verwechseln ähnlich – als stünde sie gerade neben uns. Aber was für ein Satz war das überhaupt? Liebreizend? Was war hier denn los? Ich würde mit Melty offenbar mal ein Wörtchen reden müssen.

Ich bedeutete dem Sklavenhändler fortzufahren.

»Lasst ihr den Jungen im Glauben, seine Schwester sei noch am Leben, wird er gewiss bis zu seinem Tod weiterkämpfen. Und Ihr, werter Held, müsst nicht mehr tun, als eine Provision zu nehmen.«

Da unterbreitete er mir aber einen wahrhaft teuflischen Vorschlag. Es war nicht bloß abstoßend, ich würde mich mit so etwas auch ungeheuer angreifbar machen. Am Ende käme noch jemand wie Itsuki anmarschiert, mit der Absicht, den Jungen zu retten und mich dann gemeinsam mit ihm zu erschlagen. Darauf konnte ich verzichten. Ich würde so einen Angreifer natürlich erledigen, aber ich musste mir ja nicht absichtlich Feinde machen.

»Kein Wunder, dass ihr nur mit gewöhnlichen Sklaven zurechtkommt!«, tadelte ich die beiden. »Ich werde euch jetzt mal zeigen, wie man das vernünftig angeht.«

Ich bedeutete ihnen, das Schloss des Käfigs zu öffnen.

»W... Was hast du vor?«, fragte Fohl argwöhnisch.

»Halt mal kurz die Klappe, Bengel.«

»Was sagst du da? Ich bin kein Bengel!«

»Für mich siehst du wie einer aus.«

Ich ignorierte den aufbrausenden Bruder, betrat den Käfig und näherte mich dem Mädchen.

»Lass das! Fass Atla nicht an!«

Ihr Bruder stellte sich mir in den Weg. Ich holte eine Arznei hervor und zeigte sie ihm. »Ich will ihr nur das hier geben.«

Dieses Medikament hatte ich den Schild herstellen lassen. Aus eigener Kraft gelang es mir noch nicht, so schwierig war es.

Die nötige Fertigkeit – Wunderarzneirezept – hatte mir der Spirit Tortoise Sacred Tree Shield eingebracht. Mit ihrer Hilfe hatte ich diese Medizin herstellen können.

Spirit Tortoise Sacred Tree Shield 0/40 C
Fähigkeit freigeschaltet ... Ausrüstungsbonus: Wunderarzneirezept
Sonderfunktion: Schutz durch die antike Flora, Segen des heiligen Baums
Meisterschaft: 0

Der Effekt des Schildes an sich lag im Dunkeln. Es war nur klar, dass es irgendetwas mit Pflanzen zu tun hatte. Mit diesem Wunderarzneirezept ließ sich nur eine einzige Medizin herstellen. Überdies brauchte ich als Grundlage dafür enorm viele Zutaten: Heilmittel, hochklassiges Heilmittel, Wundsalbe, Magiewasser und Seelenheilwasser. Man mischte das alles mit einem präzise bemessenen Anteil giftiger Substanzen, der überstehenden Flüssigkeit nach dem Filtern und dem Harz des heiligen Baums, den es irgendwo geben musste.

Kürzlich hatte ich mich daran versucht, ohne den Schild zu Hilfe zu nehmen, und war gescheitert. Ich hatte den Apotheker gefragt, um das Problem zu lösen, aber er war wütend geworden und hatte gesagt, ich sei wohl übergeschnappt. So schwierig war es, diese Arznei herzustellen. Ein kostbarer Artikel, auf den ich nur mithilfe des Schildes Zugriff hatte – und das auch nur gerade so.

Die wundersame Arznei trug den Namen Yggdrasil-Elixier. Es war das Mittel, das ich damals der rüstigen Oma mit ihrem Stil der Unvergleichlichen Veränderung verabreicht hatte. An der Wirkung bestand also kein Zweifel. Das Mittel fiel wohl in die Kategorie ähnlicher Items, die man in vielen RPGs fand und die den gleichen Namen trugen. Es war zudem mit dem Namen Weltenbaum versehen, wenn das auch eine Übersetzung sein mochte.

Wie viel Geld hatte die alte Schachtel eigentlich, dass sie sich so etwas hatte leisten können? Hatte sie den Stil der Unvergleichlichen Veränderung erfunden und damit überall auf der Welt abkassiert? Dabei war ihr Sohn so mittelmäßig! Der stach wirklich durch nichts heraus!

Jedenfalls ließ sich mit diesem grandiosen Mittel jede Krankheit mit einem Schlag heilen.

»Von jetzt an werde ich dein Herr sein. Und das hier ist das Medikament, mit dem ich deine kleine Schwester rette. Du wirst dein Leben darangeben, es zu bezahlen.«

Der Apotheker hatte gesagt, der Marktwert sei beträchtlich. Es war eine überaus wirksame Arznei, die nur dann zum Einsatz kam, wenn es sonst keine Hoffnung mehr gab. Man sagte dem Mittel sogar nach, dass man damit Tote wieder zum Leben erwecken könne. Dementsprechend viele verlangten danach.

Die Sklaven aus Lurolona hätte ich mit dem Erlös trotzdem nicht aufkaufen können; dazu hatte ich auch zu wenig auf Lager gehabt. Wir waren auch nach wie vor knapp bei Kasse, daher hatte ich die Medizin heute mitgebracht, um sie überteuert an Begierige zu verkaufen. In dieser Situation kam es mir gerade recht.

Um die Wellen zu bekämpfen, brauchten wir Kampfkraft dringender als Geld. Hier bot sich mir die Chance auf einen starken Mitstreiter. Tat ich ihm jetzt einen derartigen Gefallen, würde er sich mir künftig ganz bestimmt nicht widersetzen. Ja, so wollte ich es angehen.

»Aber nicht das du lügst.«

»Erkennst du den Geruch vielleicht?«

Der Bruder roch an der Arznei. Ich versprach mir nichts davon. Hätte er den Geruch gekannt, wäre er jetzt sicher nicht hier. Er schnupperte jedoch eine ganze Weile. Dann hob er plötzlich den Blick und schrie: »Das ist das Yggdrasil-Elixier!«

»Gut erkannt!«

Hatte der Junge eine Hundenase? Lag das womöglich auch an dieser überlegenen Art?

»A... Aber es könnte sein, dass da Gift drin ist!«

»So verbringst du dein Leben? Indem du alle Medikamente anzweifelst und jeder Arznei misstraust, die du deiner Schwester gibst?«

»Äh ...«

»Falls du mir nicht glaubst, muss ich ihr das Elixier nicht geben. Aber wie rettest du sie dann? Und dich kauf ich so oder so, ob sie nun leidet oder nicht.«

Fohl knirschte mit den Zähnen. Stieß ein frustriertes Stöhnen hervor.

»Ist da jemand?«

Unter Hustenanfällen drehte sich das Mädchen um. Der Sklavenhändler hatte ja gesagt, sie sei blind. Schätzte sie Leute allein anhand der Stimme ein?

»Ich hab das Gefühl, da ist ein mächtiger, gütiger Mensch ... Habe ich recht, Bruder?«

»I... Ich weiß nicht ...«

»Ich spüre eine ungeheure Macht, aber ...«

Langsam wandte sie sich zu mir um. Der Bruder bedeutete mir zögerlich, dass ich hingehen solle, also näherte ich mich Atla. Wie schrecklich ... Sie war am ganzen Körper bandagiert. Ich sah nichts von ihrem Gesicht. Ihre Haut war übersät mit Geschwüren. Es war ein Wunder, dass sie noch lebte. Dass sie der gleichen Art wie ihr Bruder angehörte, erkannte man nur an den Ohren und dem Schwanz.

»Aber ... Was ist das?«

Anscheinend hatte sie mich bemerkt und wollte nun mit mir sprechen. Der Anfang war das Wichtigste – also würde ich ihr mit der üblichen Großspurigkeit begegnen.

»Unter der Güte und der Stärke spüre ich eine tiefe Trauer ...«

Eine tiefe Trauer, soso ...

Bitch fiel mir ein; ihr Verrat und mein rasender Zorn wurden jedoch sofort von Erinnerungen mit Raphtalia vertrieben.

Wäre ich gerade erst in dieser Welt angekommen, hätte das alles hier wahrscheinlich einen großen Reiz auf mich ausgeübt. In Manga oder Games gab es doch ständig Charaktere wie dieses Mädchen, in deren Worten irgendein tieferer Sinn zu liegen schien. Und dann noch ein kleines Mädchen auf dem Krankenbett.

Bisschen dick aufgetragen.

»Ähm ... Weswegen seid Ihr zu mir gekommen?«

»Du weißt, wo du gerade bist, oder?«

»Ja ... Man hält mich gefangen, und meinen Bruder zwingen sie, für sie zu arbeiten ...«

Sie schien alles zu verstehen. Überdies klang sie, als hätte sie aufgegeben.

»Oh Fremder mit der freundlichen Stimme, verratet Ihr mir Euren Namen?«

»Naofumi.«

»Herr ... Naofumi.«

Gute Aussprache. Es war das erste Mal, dass jemand meinen Namen richtig aussprach – abgesehen von den anderen Helden, einschließlich Kizuna aus der anderen Welt –, L'Arc und Glass hatten danebengelegen.

»Herr Naofumi, bitte kümmert Euch gut um meinen Bruder.«

»Atla! Was redest du denn?«

Sie wusste wohl, dass ihr nicht mehr viel Zeit blieb. Darum diese Bitte.

»Tut mir leid, aber ich habe nicht die Absicht, das zu tun.«

»Ach ... Nicht?«

»Ich hab nämlich vor, mich um dich zu kümmern. Hier, das ist Medizin.«

Sie setzte an, etwas zu sagen, aber dann nickte sie nur. Ich hielt ihr das Yggdrasil-Elixier an die Lippen. Anscheinend wollte sie nicht, dass er eingriff, also beklagte er sich nicht, sondern ballte nur still die Hand zur Faust. Und Atla trank fügsam die Medizin.

Huch? Neben dem Licht, das meine Wirkungsverstärkung verursachte, umgab sie noch ein weiterer, sonderbarer Schein.

Ganz schön heftige Wirkung. Ob es daran lag, dass ich durch Osts Einwirken die Geisterschildkröten-Serie komplettiert und alle möglichen Fertigkeiten bekommen hatte? Es war jedenfalls zu erkennen, dass die Wirkung der Arznei nun stärker war. Offenbar hatte alles geklappt. Atlas Atem beruhigte sich.

»Was … ist das? Ich fühle mich … mit einem Mal so leicht.«

»Atla?«

»Meine Haut … juckt und … mir ist ganz warm.«

»Es dauert wohl noch ein bisschen, bis das Medikament seine Wirkung vollständig entfaltet hat. Ich nehme mir die Zeit und gebe dir noch mehrmals davon. Bleib solange brav liegen.«

»Das werde ich … Danke, dass Ihr mir helft, obwohl ich Euch von keinerlei Nutzen bin.«

Ich stand auf und verließ den Käfig wieder.

»Und du heißt also Fohl?«

Kurz starrte er mich durch die Gitterstäbe an, doch dann wandte er den Blick ab.

»Verstehe. Tja, Atla ist zwar gerade eingeschlafen, aber dann muss ich wohl leider sie fra…«

»Ja! Ich heiße Fohl!«

»Und dein Nachname?«

Er verfiel in Schweigen. Er gehörte dieser überlegenen Art an, also konnte es gut sein, dass er von guter Herkunft war. Vielleicht hatte man ihm seinen Status aberkannt, und er durfte sich nicht mehr so nennen. In dem Fall musste ich ihn auch nicht unbedingt wissen.

»Aha. Also, du bist von jetzt an mein Sklave. Das ist dir klar, oder?«

»Ja. Das Mittel scheint ja echt gewesen zu sein, und die Kosten arbeite ich ab. Soll ich das Geld im Kolosseum verdienen?«

Hm, das wäre natürlich eine Idee, aber so einen Bengel in die Arena zu schicken … Zuerst sollten wir wohl seine Werte ein bisschen anheben.

»Ich hab mich noch nicht entschieden. Aber vorerst hab ich für dich was anderes im Sinn. Ins Kolosseum musst du nicht mehr.«

»Und wie verdiene ich dann das Geld?«

»Darum kümmere ich mich schon. Du musst einfach nur gehorchen. Du glaubst doch wohl nicht, dass ich dir was erlasse?«

Zeit, böse zu lachen. Fohl funkelte mich an. Aber so lief das eben zwischen Herr und Sklave.

»Meine Medizin ist teuer. Die ist mit dem Yggdrasil-Elixier auf dem Markt überhaupt nicht zu vergleichen.«

Ich wollte gleich sichergehen, dass er auch entsprechend dankbar war. Lieber spielte ich den Wert der Arznei ordentlich hoch, sonst versuchte er noch, sich bald aus dem Staub zu machen, indem er behauptete, er hätte seine Schulden beglichen. Nicht dass ich ihn abhauen lassen würde.

»Ich weiß«, antwortete Fohl ehrlich, wenngleich es ihm zu widerstreben schien. »Das erkenne ich daran, wie ruhig sie schläft.«

Er schien eine übertrieben starke Bindung zu seiner Schwester zu haben. Bisher hatten sie sich ja auch zu zweit durchgeschlagen. Sah er deswegen jetzt alle anderen als Feinde? Für diese Reaktion hatte ich durchaus Verständnis. Mir war es nicht anders gegangen, nachdem Bitch mich verleumdet hatte.

»Aber … Glaub bloß nicht, dass ich dir meine kleine Schwester überlasse!«

»Wovon redet der?«, fragte ich in die Runde.

»Ach, kleiner Naofumi, was für ein Herzensbrecher du doch bist!

Du bist einfach der Tollste!«

»Sadina, falls du glaubst, ich höre so was gern, irrst du dich gewaltig.«

Ich war schließlich nicht Motoyasu. So blöd war ich nicht, dass ich wegen solcher Schmeicheleien übermütig wurde.

Raphtalia war da ganz anders. Die schimpfte wenigstens, wenn ich was Schlechtes machte. Und genau so wollte ich es.

»Och ...«, machte Sadina gedrückt.

»Atla mag dich, Herr Naofumi«, sagte Raphtalia rasch. »Und Fohl ist deswegen eifersüchtig.«

»Raph!«, pflichtete Raphi ihr bei.

Hm, tatsächlich? Das war dann aber arg fehlgeleitet.

»G... Gar nicht wahr!«, schrie er und zeigte auf Raphtalia und Sadina. »Was redet die Frau, Nadia? Und wieso machst du auch noch mit?«

Da wurde wohl jemand übermütig. Sobald wir wieder im Dorf waren, würde ich ihm eine harte Ausbildung angedeihen lassen. Angeblich hatte er ja Potenzial. Ich freute mich schon auf seine Entwicklung.

Und was machte ich mit seiner Schwester? Das Elixier hatte die alte Schachtel damals geheilt. Ich glaubte, dass es bei Atla ebenso klappen würde. Und wenn sie erst einmal wieder gesund war ... Nun, ein paar Aufgaben im Dorf würde sie schon übernehmen können.

»Mach dir keine Sorgen.« Raphtalia lächelte Fohl an. »So jemand ist Herr Naofumi nicht.«

»Ach ja, Fohl« sagte Sadina, »ich heiße nicht Nadia. Sei ein Schatz und merk dir meinen richtigen Namen, ja?«

Irgendwie verflüchtigte sich gerade alle Anspannung, Das gefiel mir nicht so recht ...

»Dann werden wir später die Sklavenregistrierung vornehmen. Ja, ja.«

»Super, danke.«

Und so hatte man mir also dieses vielversprechende Geschwisterpaar überlassen.

Kapitel 2: Die Rückkehr ins Dorf

»So, dann stellt euch mal alle in einer Reihe auf. Sobald ihr registriert seid, schicke ich euch ins Dorf.«

Die Sklaven wurden nach und nach registriert, und immer wenn ein paar fertig waren, sandte ich sie nach Lurolona. Aufgrund der Abkühlzeit saßen wir immer eine Weile tatenlos herum.

»Raphtalia, wäre schön, wenn du auch einen praktischen Teleportationsskill hättest.«

»Immerhin haben wir das Heimwegmanuskript.«

»Damit könnten wir sie bloß zur Drachensanduhr schicken … Gut, von da aus könnte sie Filo nach Lurolona kutschieren.«

Die Abkühlzeit war allerdings ähnlich, bei Kizunas Rückkehr zum Drachenpuls auch. Hatte Raphtalia die Rückkehr zum Drachenpuls eigentlich benutzen können?

»Ach, es soll doch in Zeltoble einen dieser Sternhelden geben. Wo ist der wohl hin?«

Ich hatte erwartet, mit der Fürsprache der Königin, des Schmuckverkäufers und des Sklavenhändlers den Zeltobler Sternhelden treffen zu können. Im Augenblick war er jedoch nicht in der Stadt, sondern irgendwohin aufgebrochen. Es war mir zu mühsam, nach ihm zu suchen, daher hatte ich nach ihm schicken lassen.

Ich wusste nicht, ob dieser Held beschworen worden war, oder ob die Waffe ihn unter den Bewohnern dieser Welt auserwählt hatte. Jedenfalls hielt er anscheinend nicht viel von den vier Heiligen. Nun, hinsichtlich der Helden waren die Leute wohl insgesamt zu dem Urteil gelangt, dass alle außer dem Schildhelden Hochstapler oder verrückt seien.

»Na gut, immerhin haben wir dich registriert, sodass du die Rückkehr zum Drachenpuls nutzen kannst.«

»Ja ... Aber der Welt zuliebe wäre es schon schön gewesen, mit ihm zu sprechen.«

»Stimmt wohl.«

Von einem Gespräch mit dem Sternhelden versprach ich mir weitere Hochrüstmethoden, mit deren Hilfe ich wenigstens schon mal meine Werte steigern konnte – wäre er denn aufzufinden.

»Kleiner Naofumi. Um die Zeit zu überbrücken, könnten wir beide doch irgendwohin ...«

»Portal Shield.«

Sadina war mir zu anstrengend, also schickte ich sie schon einmal voraus. Sie übertrieb es wirklich mit dem Gebagger. Ich konnte sie nicht mehr um mich haben.

»Macht die bloß Witze oder ist das ernst gemeint?«

»Bei Sadina muss man sich immer fragen, ob sie etwas ernst meint.«

»Ich weiß schon, du bist da anders: Du willst nichts von Liebesgeschichten wissen, ehe die Welt gerettet ist. Stimmt's?«

»G... Genau ...«

Mit solchem Geplauder vertrieben wir uns die Zeit, bis wir den nächsten Schwung Sklaven wegteleportieren konnten.

Schließlich waren Fohl und Atla an der Reihe. Atla war noch in Behandlung, aber Fohl hatte sie schon mitgebracht, wohl damit sie liegen konnte, bis es so weit war. Nachdem er sie abgelegt hatte, holte er ihr Wasser.

»Danke, Bruder.«

»Ach was. Sag mir lieber, wie's dir geht. Alles in Ordnung?«

»Ja ... Ich fühl mich so viel besser.«

»Da bin ich froh.«

»Herr Naofumi«, fragte sie in meine Richtung. »Wann brechen wir denn auf?«

»Ist bald so weit.«

»Verstehe.«

»So langsam musst du wohl mal wieder ein bisschen Medizin einnehmen.«

Ich wechselte zum Spirit Tortoise Sacred Tree Shield und ließ sie den Rest vom Yggdrasil-Elixier trinken. Schon vorher war es ihr deutlich besser gegangen, aber nun hatte ich das Gefühl, ihre Genesung sei noch ein wenig vorangeschritten.

»Vielen Dank …«

»Nicht dafür.«

Fohl warf ich jedoch einen vielsagenden Blick zu. Er knurrte. Der schien sich ja mächtig zu ärgern. Diese Art … An irgendwen erinnerte mich das. An wen nur? Nun, er sollte jedenfalls mal tüchtig für das Elixier arbeiten. Die Hakuko waren doch angeblich so ausgezeichnet. Dann sollte er auch ordentlich für mich schuften.

»Herr Naofumi …« Atla ergriff meine Hand. »Bitte vertragt Euch mit meinem Bruder, ja?«

»Was denn?« Fohl legte mir aufdringlich den Arm um die Schultern. »Wir streiten doch überhaupt nicht!«

Was sollte denn diese Vertraulichkeit? Ich musste aufpassen, dass er nicht auf falsche Gedanken kam, was ihn und mich anging.

»Gib du dir bitte auch Mühe. Er ist nämlich ein sehr edler Mensch.«

»M… Mach ich doch!«

»Dann bin ich froh.«

Atla legte sich hin. Sie schien erschöpft zu sein.

Die Medizin wirkte zwar, aber noch war sie nicht genesen. Kein Wunder, dass sie total geschafft war.

»Ich bin ein bisschen müde.«

»Der Sprung nach Lurolona dauert nur eine Sekunde. Dann kannst du dich ausruhen.«

»Zapp, zapp, bist du da«, sagte Filo. »Ich renn zwar lieber, aber das macht Spaaaß – wirst du sehen!«

Filos Erklärungen waren so ungeschickt wie eh und je. Aber gut, sie erklärte den Teleport eben auf ihre eigene Weise.

»Euer Kutschvogel ist ja voller Energie ...« Atla zeigte in Filos Richtung. »Ich spüre eine unschuldige Kraft. Herr Naofumi ... Sie ist ebenso mächtig wie Ihr, nicht wahr?«

Sie hatte Filos Charakter gut getroffen. Sie konnte zwar nichts sehen, aber irgendetwas schien sie wahrzunehmen.

»Was ist, Meister?«

»Ach, ich wundere mich nur. Atla, die Sklavin, die ich neu gekauft hab, kann zwar nicht sehen, weiß aber trotzdem, wie stark du bist.«

»He he he ... Ich wurde gelobt.«

»Ich spüre, dass du unter Naofumis liebevoller Obhut herangewachsen bist.«

»Mhm!«, machte Filo stolz.

Liebevoll? Wer war hier zu wem liebevoll? Wovon sprach sie überhaupt?

Wir unterhielten uns noch eine Weile, und schließlich war der Moment gekommen.

»So, die Abkühlzeit des Portalskills ist rum. Dann wollen wir langsam auch mal nach Hause.«

»Gern«, sagte Raphtalia. »Es wird auch Zeit, oder«?«

»Es kann aber sein, dass wir noch mal herkommen. Der Sklavenhändler sucht weiterhin nach Überlebenden aus dem Dorf.«

»Hm, ja ... Die Preise steigen zwar nicht mehr, aber die Kinder, von denen man behauptet, sie stammen aus Lurolona, werden immer noch teuer gehandelt, stimmt's?«

Ich glaubte zwar, wir hatten den Großteil zusammen, aber es war nicht ausgeschlossen, dass uns ein paar entgangen waren. Deswegen ging die Suche weiter. Es war zwar nicht wahrscheinlich, konnte aber sein, dass weitere Sklaven als Söldner in den Arenen kämpften. Womöglich war es Sadina ja nicht gelungen, alle ausfindig zu machen. Wir wollten bloß sichergehen, dass keine mehr da draußen auf ihre Rettung warteten. Dass es so schwierig werden würde, hatte ich allerdings nicht gedacht.

»Portal Shield.«

Mit meinem Teleportationsskill sprangen wir zurück ins Dorf. Sofort kitzelte mich die salzige Seeluft in der Nase. Man merkte gleich, dass Lurolona ein Fischerdorf war.

»Das hier ist also Euer Dorf ...«

Atla blickte sich um, obwohl sie doch blind war.

»Sag bloß, du kannst wieder sehen?«

»Das nicht, aber ...«

Sie nahm ihre Umgebung also wahr. Obwohl sie blind war, schien sie gut zurechtzukommen. Ganz schön beeindruckend.

»Sie ist ja noch krank, also kommt sie erst mal ins Krankenzimmer. Fohl, bring sie in das Gebäude da drüben.«

Ich zeigte auf das Haus, das wir hierfür verwendeten. Es war extra errichtet worden, damit ich dort die Wunden der Sklaven behandeln konnte.

»I... In Ordnung.«

Fohl nahm Atla auf den Rücken und ging los.

»Herr Naofumi, ich möchte Euch gern bald wiedersehen.«

»Ich komm später nach dir sehen. Ruh dich erst mal aus.«

»Gut ... Dann lass uns gehen, Bruder.«

»Alles klar ...«

Mit Atla auf dem Rücken lief er zu dem Gebäude für die Kranken hinüber und sah sich dabei in alle Richtungen um.

»Oh, Imiya ...«

»Onkel! Und da sind ja auch alle anderen ...«

Die Verwandten umarmten sich, glücklich, einander wiederzusehen. Imiyas Eltern waren umgebracht worden; ein Glück, dass sie nun wenigstens ihren Onkel wiederhatte.

Fürs Erste sah es so aus, als begegnete man den Neuankömmlingen ganz von selbst mit Wohlwollen. Man veranstaltete eine Willkommensfeier zu ihren Ehren. Ich kochte für alle, um ihre Motivation zu steigern, und an dem Tag blieben wir noch lange wach.

Am nächsten Tag begann ich, die Neuankömmlinge und die Monster stärker zu machen. Während sie sich einlebten, sollten sie ruhig schon mal ein wenig leveln. Angeleitet von Kiru, Rishia oder Raphtalia legten sich alle mächtig ins Zeug. Auch Sadina half mit, ihre Level anzuheben. Denn stark war sie ja, das musste man ihr lassen. Ich hatte gehört, dass sie eine Horde angreifender Monster mithilfe ihrer Magie im Handumdrehen erledigt hatte.

Auf diese Weise vergingen zwei Tage.

Kapitel 3: Heidi

Es war Abend. Ich war ins Krankenzimmer gekommen, um Atla zu behandeln. Anscheinend wirkte die Medizin: Das Mädchen beklagte sich darüber, dass alles juckte.

»Sagt, Herr Naofumi … Ähm … Es ist mir höchst unangenehm, aber könntet Ihr meine Verbände wechseln?«

»Das mache ich!«, ging Fohl mich an.

Der wieder mit seinem Schwesterkomplex.

»Man könnte eine Salbe auftragen, die bei Hautkrankheiten hilft«, sagte ich. »Wenn ich das mache, bringt das mehr, weil meine Heldenkräfte mitwirken. Wie machen wir's?«

»Bitte wechselt Ihr sie, Herr Naofumi.«

Auf Atlas Bitte hin zog Fohl sich zähneknirschend zurück, und ich trat vor, um sie zu behandeln.

»Hm. Die ganzen Hautstellen, die wie verbrannt ausgesehen hatten, scheinen sich zu regenerieren.«

»W… Was?!«

Verdattert starrte Fohl Atlas Haut an. Warum war er so überrascht? Aber gut, es stimmte schon: Es war eine erstaunliche Besserung. Ich löste die Bandagen um Atlas Kopf, um einen genaueren Blick auf ihr Gesicht zu werfen.

»Oh …«, entfuhr es Raphtalia.

Ich war ja davon ausgegangen, dass es sich gebessert hatte, aber selbst ich staunte, als ich mir das Mädchen ansah. Sagen wir einfach, das Ergebnis übertraf meine Erwartungen bei Weitem.

Atla war so hübsch, sie gehörte definitiv zu den Schönsten im Dorf. Obwohl sie ein Sklavenleben geführt hatte, hatte sie glänzendes Haar und makellose, blasse Haut. Ihr Bruder sah wie zwölf oder dreizehn aus; sie war jünger. Ohne die Verbände wirkte sie mit einem Mal noch kleiner. Sie war etwa so groß wie Melty.

Ja, der Vorschlag des Sklavenhändlers war bereits teuflisch gewesen. Aber in den Augen dieses Mannes hätte eine Sklavin dieser Klasse doch sicher ihre Abnehmer mit gewissen Vorlieben gefunden. Vorausgesetzt natürlich, die Hautkrankheit wäre überwunden. Raphtalia und Filo waren auch schön, dafür brauchte man keinen wohlwollenden Blick. Atla spielte jedoch in einer anderen Liga. Sie hatte kindliche Züge und war von einer Zartheit, als wäre sie aus Glas gefertigt … Ich warf einen Blick zu Fohl hinüber und sah, dass ihm Tränen in den Augen standen.

»Was für eine Erleichterung. Danke, Herr Naofumi … Ihr reibt mich mit Eurer Salbe ein, ja?«

»Atla, was bist du schön geworden … Wie schnell die Zeit vergeht …«

Was war das denn? Fohl klang ja wie ein Vater am Abend vor der Hochzeit seiner Tochter!

»Entwickelt sich doch ganz gut. Du brauchst wohl keine Medizin mehr.«

»Ach, nein?« Die blinde Atla legte sich eine Hand an die Wange. »Meine Haut ist überhaupt nicht mehr uneben!«

»Scheint so.«

»Und nur Euretwegen, Herr Naofumi. Habt Dank!« Atla senkte den Blick.HaH

»Gern geschehen.«

Mir fiel auf, dass jemand durch den Türspalt hereinspähte und ich hörte, wie jemand mit leiser Stimme sagte, Atla sei eine Schönheit. Wie hatten die anderen überhaupt Wind von der Sache bekommen?

»Kleiner Naofuuumi! So ein niedliches Mädchen haben wir jetzt bei uns? Komm, darauf trinken wir!«

Sadina steckte dahinter?!

»Tja, Fohl, du weißt Bescheid.«

»Ja …«

Meine Worte hatten ihn aus seiner Verblüffung gerissen. Nun nickte er frustriert. Ich hatte seine kranke, schwache Schwester geheilt. Dafür würde er jetzt wie ein Ackergaul schuften.

»Sagt, mein Herr …«

»Was?«

»Erzählt mir doch bitte etwas … Ich würde mich gern ein bisschen mit dem Dorf vertraut machen. Was tun denn die ganzen Leute hier?«

Hmm …

»Ich bilde die Leute im Dorf zu Soldaten heran, die jeden meiner Befehle befolgen. Auch ihr beide werdet irgendwann frohen Herzens in den Tod …«

»Herr Naofumi!«, fiel Raphtalia mir ins Wort.

Mann, wie nervig. Ich hatte ihr doch bloß ein bisschen Angst machen wollen. Solche Streiche konnte Raphtalia jedoch überhaupt nicht leiden. Aber dazu hatte sie wohl auch Grund, so wie ich mich bisher verhalten hatte.

»Na ja, jedenfalls …«

Raphtalia und ich erzählten gemeinsam von den Dorfbewohnern und von allem, was wir vorhatten, und Atla hörte aufmerksam zu. Gerade war sie noch so gebrechlich gewesen, jetzt war sie wieder gesund. Eigentlich war das Arzneimischen eine belanglose Sache, aber nun freute ich mich doch, dass ich es gelernt hatte.

Irgendwann stellte ich fest, dass ziemlich viel Zeit vergangen war.

»So, dabei belassen wir's heute erst mal.«

»Aber ... ich würde mich gern noch weiter unterhalten.«

»Atla, sei nicht so egoistisch«, sagte Fohl.

Als ich aufstand, streckte Atla eilig die Hand nach mir aus, um mich zurückhalten. Fohl sprang nach vorn, doch Atla hatte zu viel Schwung drauf – es war fast, als wollte sie sich auf mich stürzen. Sie verlor das Gleichgewicht, rutschte von der Bettkante – und fing sich mit den Füßen ab. Fohl starrte sie wortlos an.

»Huch?«, machte Atla, offenbar selbst verblüfft. Dann stützte sie sich auf ihren Bruder und stand ganz auf. »Ui ... So ist das also, wenn man steht ...«

»D... Du kannst stehen!«

Was war denn mit dem los? Hatte er ein Alpenmädel gefrühstückt, oder was? Mist, ich kannte seinen Namen ja schon. Hätte ich ihn doch nur nicht danach gefragt – dann könnte ich ihn jetzt Heidi nennen. Mein geheimer Spitzname für ihn, wie bei Drecksack Nr. 2.

Atla machte schwankend einen Schritt vorwärts und lächelte.

»Herr Naofumi, lieber Bruder ... Danke!«

»Atla«, schniefte Fohl. »Du wirst wieder gesund ...«

»Ja, Bruder.«

»D... Deine Medizin«, sagte Raphtalia, »ist ja großartig!«

»Was ist groß dabei? Deine Krankheit hab ich doch damals auch geheilt.«

»Das stimmt schon, aber ...«

Das Mädchen war immer so schwächlich gewesen, dass es anscheinend noch nie gestanden hatte, und jetzt ging es ihr derart gut ... Das Yggdrasil-Elixier hatte schon eine erstaunliche Wirkung. Erst bei der alten Schachtel und jetzt bei Atla.

»Übrigens«, sagte Atla, »was sollen wir beide denn eigentlich tun?«

»Ach, das. Also, deinen Bruder will ich für mich kämpfen lassen. Du hast schon beim Leveln mitgemacht, stimmt's Fohl?«

»Ja, darin besteht meine Arbeit.«

»Habe ich schon gehört«, sagte Atla.

»Und was willst du machen?«

Atla war jetzt zwar auf den Beinen, aber allzu viel konnte sie bestimmt noch nicht leisten.

»Ich möchte auch gern lernen, wie man kämpft.«

»Atla!«, protestierte Fohl, auch bekannt als Heidi. »So was musst du nicht machen!«

Sie war seine geliebte Schwester, schon klar. Reagierte er darum so ablehnend auf ihre Äußerung?

»Nein ... Aber ich denke schon von klein auf: Wenn ich nur selbständig gehen könnte, dann würde ich lieber beschützen, als mich bloß beschützen zu lassen.«

»A... Aber ...«

Heidi kam wohl nicht damit zurecht, dass Atla so einen starken Willen hatte.

Hm ... Wenn ich mir angewöhnte, ihn in Gedanken Heidi zu nennen, würde ich ihn womöglich irgendwann auch so ansprechen. Ich blieb wohl doch besser bei Fohl.

»Und darum, Herr Naofumi, bringt bitte auch mir das Kämpfen bei und steckt mich in die Levelgruppe!«

Hm. Das entwickelte sich zwar anders, als ich erwartet hatte, aber eigentlich sprach nichts dagegen. Atla gehörte ja ebenfalls zur Hakuko-Spezies und müsste demnach Level 120 erreichen können.

»Na schön. Aber erst mal zu dir Fohl: Was möchtest du machen?«

»Ich kämpfe auch! Es ist meine Aufgabe, Atla zu beschützen.«

»Ich verstehe deinen Enthusiasmus. Dann mach ich mal einen Vorschlag. Die Sklaven eines Helden genießen verschiedene Vorteile …«

Ich erzählte den beiden von den Boni, die sie wegen meiner Heldenkräfte bekommen würden. Das Maximum würden sie wohl herausholen, wenn sie noch einmal bei Level 1 anfingen. Fohl war allerdings schon Level 34, ein bisschen ärgerlich wäre das also schon, aber auf lange Sicht würde es sich bestimmt auszahlen.

»Du liebe Güte …« Plötzlich streckte eine gewisse Trinkerin den Kopf durchs Fenster herein. Woher hatte die schon wieder den Wein? »Sollte ich mich dann vielleicht auch zurücksetzen lassen?«

»Du bist so schon stark genug.«

Sie hatte angeblich Level 98 erreicht – Raphtalia war Level 87. Auf dem Niveau brauchte sie das nicht. Wobei das vielleicht zu viel gesagt war. Man konnte es ja auch andersherum sehen: Sadina war schon jetzt so stark; wie mächtig würde sie erst werden, wenn sie meine Sklavin wäre und meine Unterstützung bei ihr zum Tragen käme? Neugierig war ich schon, aber ich hatte auch Bedenken. Am Ende würde sie noch so stark, dass ich mich gegen ihre Avancen gar nicht mehr wehren konnte.

»Ich will aber auch stark werden. Bitte, kleiner Naofumi!«

Andererseits durfte ich auch nicht zu behäbig an die Sache herangehen. Wer konnte sagen, was uns noch alles bevorstand? Jede Möglichkeit, noch ein wenig stärker zu werden, sollten wir nutzen.

»Na schön, wenn du mich schon extra darum bittest. Dann gehen wir die Tage mal dein Level zurücksetzen.«

»Danke!«

»Fohl, für dich gilt das Gleiche: Wenn du wirklich stark werden willst, müsstest du dein Level zurücksetzen lassen. Wie willst du's haben?«

»A... Also ...«

»Könnte gut sein, dass Atla dich allein mithilfe meiner Boni schon bald überholt ...«

Mal sehen, ob er sich ins Wanken bringen ließ. Bei Sadina würde es dauern, bis sie ihr jetziges Level wieder erreicht hätte, aber Fohl müsste ich bloß ein bisschen mit Filo losschicken, dann wäre er im Nu wieder bei 34.

»Ich würde gern mal gegen dich gewinnen, Bruder.«

»Wa...?!«

Fohl blickte Atla verwirrt an. Das wäre ihm sicher mächtig peinlich, wenn seine herzallerliebste Schwester ihn versohlte. Womöglich würde er sich nie davon erholen.

»Na gut. Ich lass mein Level auch zurücksetzen.«

»Ist vermerkt. So, es ist spät. Geh in das Haus rüber, das wir euch zugewiesen haben, und leg dich schlafen. Atla, wenn du gehen kannst, kannst du ihn begleiten.«

»Aber ich würde lieber noch ein bisschen mit Euch reden, Herr Naofumi.«

»Es ist schon spät. Leg dich lieber schnell schlafen und sammle Kraft für morgen.«

Es war nicht auszuschließen, dass Atla sowieso nur laufen konnte, weil das Elixier gerade wirkte. Bis auf Weiteres wäre es also besser, wenn sie es ruhig anging.

»Atla, dann lass uns mal langsam ... gehen.«

Glücklich lächelnd nahm er sie bei der Hand und zog sie hinter sich her.

»Ah, Herr Naofumi! Bruder, lass mich bitte los! Ich möchte doch Herrn Naofumi besser kennenlernen ...«

So ganz auf einer Wellenlänge waren die Geschwister ja nicht. Hoffentlich gab das keinen Stress ...

»Husch, husch!«, rief Sadina. »Abends gehört der kleine Naofumi mir!«

»Bring du lieber mit Raphtalia die Sklaven ins Bett!«

»Komm, Sadina«, sprang Raphtalia mir bei. »Manche Kinder haben nachts noch Angst, die müssen wir trösten.«

»Raph.«

Raphi saß auf Raphtalias Schulter und winkte. In letzter Zeit kam ich irgendwie kaum noch dazu, mit ihr zu spielen ...

Nachdenklich kehrte ich zu meinem Haus zurück.

Kapitel 4: Ein Schild für den Schild

Filo war gerade bei Melty. Rishia saß in dem ihr zugewiesenen Zimmer und rätselte weiter an dem Buch herum, das sie von Kizuna bekommen hatte. Ich verbrachte den Abend allein. Die Stille war eigentlich ganz angenehm. Ich mischte gerade Arzneien für unsere Handelsfahrten, da hörte ich ein Klopfen.

»Was gibt's?«

Ich öffnete die Tür und sah Atla dort stehen, die ihr Bruder vor nicht allzu langer Zeit erst weggeschleift hatte.

»Ähm ... Ich würde gern bei Euch schlafen ...«

»Du solltest eigentlich bei deinem Bruder bleiben.«

Wenn der davon erfuhr, gab es Krach – er war so ein Typ. Und auf derartige Scherereien hatte ich gar keinen Bock.

»Mein Bruder wacht so schnell nicht auf ... Kann ich bitte hier liegen, und wir unterhalten uns?«

Er wachte so schnell nicht auf? Wie meinte sie das denn? Sie hatte ihm doch wohl nicht irgendetwas ... Ach nein, sie wirkte so unschuldig. So weit würde sie doch nicht gehen, oder?

Anscheinend fühlte sie sich wohl in meiner Nähe. Mir gefiel es allerdings nicht besonders, wenn jemand bei mir schlief. Immerhin hatte ich schon einmal erlebt, wie mir im Schlaf alle meine Sachen geklaut wurden. Dieses Trauma schleppte ich zwar schon arg lange mit – das war mir selbst bewusst – wenn irgend möglich, schlief ich dennoch lieber allein.

»Das geht nicht«, sagte ich also.

»Dann schlafe ich eben vor Eurem Haus.«

»Was? Wieso?«

»Weil ich nicht woanders schlafen will.«

Was war das denn für eine Nummer? War sie genauso anhänglich wie Sadina? Sie wirkte auch keinesfalls, als wollte sie demnächst aufgeben.

»Ach, meinetwegen. Dann nimm Raphtalias Bett.«

»Verstanden.«

Gut, dass sie nicht hier war. Ich winkte Atla ins Zimmer. So langsam machte ich mir doch Sorgen, was mit Fohl war. Sobald sie eingeschlafen war, würde ich mal nach ihm schauen.

Ich führte sie zu Raphtalias Bett und deckte sie zu.

»Schlaft Ihr denn gar nicht, Herr Naofumi?«

»Nein. Ich mische noch Medikamente für den Verkauf.«

Es bestand eine hohe Nachfrage nach meinen Arzneien. Ich stellte zwar schon ständig welche mit dem Schild her, aber das ging zu schleppend. So langsam musste ich den Dorfbewohnern beibringen, wie man solche Mittel mischte. Überhaupt wollte ich einen umfassenden Plan aufstellen, wie wir an Geld kamen, aber im Augenblick herrschte noch Personalmangel. Ich ließ meine Sachen bereits in den Nachbardörfern verkaufen, aber wir kamen mit den Lieferungen kaum hinterher. Wir hätten auch die schieren Heilkräuter verkaufen können, aber dafür war der Stückpreis zu niedrig. Da ich in großem Rahmen handelte, hatte ich mit der Zeit alle möglichen Schilde mit Heilkräuterbezug angesammelt. Ich hatte aber bloß wenige Fertigkeiten dazugewonnen, etwa Gifte einzuschätzen oder sie wirksamer zu machen, beziehungsweise Resistenzen dagegen.

»Ihr seid ein arbeitsamer Mensch, nicht wahr?«

»Bloß weil ich Geld verdienen will.«

»Mag sein … Aber aus dem Grund kann ich nun wieder gehen.«

Dazu wusste ich nichts zu sagen. Mir war nicht wohl dabei, wenn man mir meine Berechnung als Güte auslegte. Unser

Schweigen dehnte sich aus. Irgendwie wurde ich mit dem Mädchen nicht so recht warm. Was auch immer ich sagte oder tat, Atla nahm alles einfach an, versuchte nicht einmal, mir wie Raphtalia den Kopf geradezurücken. Und das fühlte sich nicht richtig an.

Aus irgendeinem Grund fiel mir plötzlich Sadina ein. War es bei ihr nicht ähnlich? Womöglich müsste ich nur sagen: Los, Beine breit, und sie würde es tun. Oder mich anspringen. Ach was, wahrscheinlich würde Sadina gar nicht erst warten, bis ich etwas sagte, sondern von sich aus aktiv werden. Gruselig. Bisher ... war sie noch nicht zur Tat geschritten, aber es lag etwas in der Luft – als könnte es jederzeit passieren. Verflucht ... Ich musste wirklich aufpassen, bloß nie mit ihr allein zu sein. Ich bekam ja schon Gänsehaut!

»Herr Naofumi?«

»W... Was?«

»Raphtalia hat mir erzählt, sie sei Euer Schwert und schlage an Eurer Stelle die Feinde nieder.«

»Sozusagen.«

Ich konnte ja nur verteidigen. Die Beschränkung wurde mir durch meinen Schild auferlegt, und daran hatte sich nichts geändert, seit ich in diese Welt gekommen war.

»Raphtalia steht mir mit ganzer Kraft zur Seite. Ich kann mich auf sie verlassen.«

Schon die ganze Zeit über kämpfte Raphtalia mit Herzblut, um die Wellen zu bezwingen und ihre Welt zu retten. Ihr dabei zuzuschauen, hatte auch mich motiviert, mich ins Zeug zu legen. In dieser Welt war Raphtalia die, der ich am meisten vertraute.

»Wenn ich mich hier so umhöre, kommt es mir vor, als hättet Ihr alle hier in Lurolona unter Eure Fittiche genommen.«

»Unter meine Fittiche, hm?«

Vor meinem inneren Auge sah ich eine Vogelmutter, die ihre Küken schützend mit ihren Flügeln bedeckte. Dann war das Dorf sozusagen ein Vogelnest. Jetzt sah ich Filo vor mir.

»Ihr behütet alle, bis ihre Zeit gekommen ist, das Nest zu verlassen.«

»Ihr dürft ruhig flügge werden. Hauptsache, ihr beschützt das Dorf, sonst gibt's Ärger.«

Was wir hier wiederaufbauten, war Raphtalias Heimat. Hier würde sie einen Platz zum Leben haben, wenn ich fort war. Irgendwann würde ich in meine Welt zurückkehren, aber dann hätte sie immer noch Kiru und Sadina. Filo würde ich Melty anvertrauen. Raphi würde wahrscheinlich im Dorf verweilen, als das von allen geliebte Maskottchen. So leicht würde das Dorf wohl nicht untergehen. Immerhin hatte der Schildheld es geschaffen, der die Welt gerettet hatte. Versuchte irgendeine Gruppe, es zu zerstören, wäre das ihr Ende, ob sich nun die Krone darum kümmerte oder jemand anderes.

»Im Dorf habe ich alle von Euren großen Taten erzählen hören. Ich finde, Ihr könnt sehr stolz auf das sein, was Ihr vollbracht habt. Wie widrig die Umstände auch sein mochten, Ihr habt sie alle überwunden, und dafür achte ich Euch.«

»A… Ach ja? Ich will ja nicht übertrieben bescheiden sein. Ein bisschen was hab ich wohl erreicht.«

»Ihr beschützt alle, Herr Naofumi – aber wer beschützt Euch?«

»Hä?«

Wovon redete sie? Mich beschützen? Warum? Ausgerechnet ich sollte beschützt werden? Wie kam sie nur darauf? Sie redete hier immerhin mit dem Schildhelden! So töricht konnte sie doch nicht sein. Wobei ich allein es ganz sicher nicht so weit gebracht hätte.

Ich hatte viele Mitstreiter, auf die ich zählen konnte. Das durfte man nicht außer Acht lassen.

»Es gibt schon Verbündete, die auf mich aufpassen.«

Raphtalia, Filo, Melty, die Königin ... Sie alle hatten zu mir gehalten, als meine Stellung auf dem Spiel gestanden hatte oder gar mein Leben.

»Ich denke nur gerade: Wenn Raphtalia Euer Schwert ist, dann möchte ich Euer Schild sein.«

»Mein Schild, hm? Stell dir das nicht zu toll vor.«

Es war kein besonders angenehmes Gefühl, für irgendwen den Schild zu spielen. Ich hatte immer wieder damit gehadert und mich gefragt, warum ausgerechnet ich das machen musste. Es war manchmal schlimm, aber darüber durfte man nicht nachdenken. Es brachte einen nicht weiter und führte vielleicht noch zu Streit. Ein Gedanke hatte mein Unbehagen immer vertrieben: Ich beschützte Raphtalia, Filo und alle anderen, die mir wichtig waren.

Aber dass nun Atla plötzlich mein Schild werden wollte ... Da hatte sie sich ja ein hohes Ziel gesteckt. Ich konnte mir vorstellen, woran es lag: Von Geburt an war sie immer von irgendwem beschützt worden, und jetzt verlangte es sie eben danach, selbst mal jemanden zu beschützen. Raphtalia war meine rechte Hand, und nun wollte Atla meine linke sein ... Aber unangenehm war mir dieser Wunsch nicht.

»Werde erst mal stärker, ehe du solche Sprüche klopfst.«

»Ja, ich will unbedingt stark werden. Ab morgen werde ich mich tüchtig anstrengen!«

»Mach das.«

Ich saß eine Weile da und wartete, ob sie noch etwas sagen würde, doch bald hörte ich sie ruhig und gleichmäßig atmen.

Oh Mann ... Darüber hatte sie also mit mir sprechen wollen?

»Na dann ...«

Ich hob Atla hoch und trug sie in das Haus, in dem Fohl tatsächlich tief und fest schlief.

»Hey ...«

»Zzz ...«

»Zzz? Ist das hier ein Manga, oder was? Aufstehen!«

»Ah!!«

Ich legte Atla in ihr Bett, dann führte ich Fohl aus dem Haus, um mit ihm zu sprechen.

»Kümmere dich gefälligst ordentlich um deine Schwester. Die stand plötzlich vor meiner Tür und wollte bei mir übernachten.«

»W... Was? Aber dann ... Hast du sie etwa ... Aargh!«

Er hatte mich angestarrt, als hätte ich seine Eltern auf dem Gewissen. Zur Strafe hatte ich sein Sklavensiegel getriggert.

»Wer kommt nur auf solche Gedanken?«

»Du ... Willst du damit sagen, Atla wäre nicht liebenswert?«

»Mann, du nervst! So was interessiert mich überhaupt nicht!«

»Lügner! Ich hab doch gesehen, wie Nadia sich an dich geklammert hat! Und überhaupt bist du nur mit Frauen unterwegs!«

Verflucht, dagegen konnte ich nichts sagen! Dabei dachte ich schon längst nicht mehr daran, hier irgendwelche Mädels aufzugabeln. So langsam musste ich mir wohl sorgfältiger überlegen, wer mich begleitete. Andererseits hatte ich bei meinen Gefährten noch nie aufs Geschlecht geachtet.

»Meinetwegen könnten das auch alles Männer sein«, erwiderte ich. »Ich achte nicht aufs Geschlecht oder so was.«

»W... Was? Bedeutet das etwa ...?«

Fohl erbleichte und ging auf Abstand. Hatte er mich missverstanden? Dachte er jetzt plötzlich, ich hätte Interesse an Männern?

»Komm bloß nicht näher! Auf so was steh ich nicht!«

»Ich doch auch nicht!«, rief ich verzweifelt.

Ehrlich, diese Geschwister waren so anstrengend!

Aber dass Atla mein Schild werden wollte … Seltsames Mädchen.

Kapitel 5: Drecksack und die Hakuko

Am nächsten Morgen baten mich die Sklaven inständig, für sie zu kochen. Die Vorarbeit hatte schon der Küchendienst erledigt, also musste ich nur noch den Kochlöffel schwingen.

»So, hier kommt das gewünschte Essen.«

»Jippiiie!«, riefen sie alle.

Meine Güte ... Äußerlich wirkten sie schon so erwachsen, aber innerlich hatten sie sich überhaupt nicht verändert. Dabei war Raphtalia doch nicht nur körperlich, sondern auch charakterlich gewachsen.

»Huiii«, jubelte Sadina. »Das sieht aber lecker aus!«

»Jaja. Aber nicht so früh am Morgen schon wieder saufen!«

»Ist ja schon gut!«

Hm? Wen hörte ich denn da zanken? Ach, Fohl und Atla!

»Wenns Herrn Naofumis Essen ist, schleck ich hinterher auch noch den Teller ab!«

»Atla, benimm dich!«

Bloß nicht drauf eingehen, dachte ich, während ich Essen auf Teller häufte. Die Sklaven hielten mir ihre Tabletts hin und gingen dann damit zu ihren Plätzen. Das Ganze ließ mich ans Mittagessen damals in der Grundschule denken.

Mittlerweile waren wir ganz schön viele. Ich hatte zwar auch mehr Helfer, aber mittlerweile bekamen wir bei jeder Mahlzeit drei große Kochtöpfe leer ...

Ich wurde aus meinen Gedanken gerissen: Vor mir stand ein Mädchen, das ich nicht kannte.

»Hm? Wer bist du denn?«

Sie stand wie selbstverständlich in der Essensschlange an.

Wie alt mochte sie sein? Fünfzehn vielleicht? Auf den ersten Blick sah sie wie ein Mensch aus. Sie wirkte müde, schien kaum die Augen aufhalten zu können. Silbern waren die, ebenso wie ihr Haar. Inmitten der vielen Subhumanoiden stach das zerbrechliche Mädchen mit der blassen Haut hervor. Es ließen sich zwar auch Soldaten aus dem Schloss Essen ausgeben, aber die trugen andere Kleidung. Auch die Sklaven warfen der Fremden schon Blicke zu und begannen zu tuscheln.

»Raphtalia, wer ist das Mädchen? Gab's so jemanden bei euch im Dorf?«

»Nein … Zu den Soldaten gehört sie nicht, oder?«

»Nanu?«

»Raph?«

In dem Moment kam auch Filo angelaufen.

»Meister! Ich bin wieder daaa!«

»Oh, hallo. Willst du auch was?«

»Mhm! Ich hab zwar schon bei Mel was gegessen, aber da geht noch was rein!«

Die hatte einen Appetit …

»Huch? Du bist doch das Clownmädchen?«

»Ja …«

Clownmädchen? Kannten wir jemanden, auf den diese Bezeichnung zutraf? Oder hatte Filo sie irgendwo kennengelernt? In letzter Zeit war sie ja öfter ohne mich unterwegs, auf Handelsfahrten und so. Vielleicht waren sie einander auf diese Weise begegnet.

»Was ist? Warum bist du hiiier?«

»Filo, kennst du sie?«

»Meister, du bist ihr doch auch schon begegnet!«

Nicht nur Filo kannte sie, sondern auch ich sollte ihr schon begegnet sein? Wer war das nur? Jedenfalls stand sie nun mit

schläfriger Miene vor mir und wollte etwas zu essen.

»Bitte, ich möchte ...«

Was war das denn? Der Rest des Satzes ging in Rauschen unter. Das kam mir doch irgendwie bekannt vor. Ich spürte, wie mir der kalte Schweiß ausbrach.

»Wer bist du? Filo scheint dich zu kennen ... Antworte!«

»Hm?«

Das unbekannte Mädchen zückte eine Schere und zeigte sie mir. Die allein half mir aber nicht weiter. Dann verwandelte sie die Schere vor meinen Augen in ein Garnknäuel und zog eine Maske hervor, die ich schon einmal gesehen hatte.

»Erkennst ... jetzt?«

»Du?!«

Diese Ausrüstung gehörte Murder Pierrot, jener dubiosen Gegnerin, gegen die wir vor ein paar Tagen zusammen mit Sadina im Untergrundkolosseum gekämpft hatten! Da hatte sie diese Maske getragen und dazu noch die bekloppten Clownsklamotten. Deswegen hatte ich sie nicht erkannt. Dabei hätte mir das charakteristische Sandsturmrauschen in ihrer Stimme alles sagen müssen. So jemanden gab es nur einmal!

»Murder Pierrot?! Wie kommst du in unser Dorf?«

»Zu Fuß?«

»Ich mein nicht, auf welche Art du hierher gelangt bist! Und was soll überhaupt das Fragezeichen?«

War die blöd? Und überhaupt könnte sie das mit dem Rauschen mal lassen.

»Hm ...«

Murder Pierrot steckte ihre Erkennungszeichen wieder ein und hielt mir auffordernd ihr Tablett hin.

»Glaubst du, du kriegst hier was umsonst?«

»Nein …«

Diesmal fischte sie etwas aus ihrer Tasche und drückte es mir in die Hand. Es waren zwei Silbermünzen. So hatte ich das jetzt auch wieder nicht gemeint … Und zwei Silbermünzen kam mir auch ein bisschen happig vor. Immerhin bekam man in dieser Welt schon für dreißig Kupfermünzen leckere Mahlzeiten. Für zwei Silbermünzen gab es die besseren Menüs von der Karte. Man konnte es mit hochwertigen Speisen in namhaften Restaurants vergleichen. Ich zog eine Augenbraue hoch, aber sie sah mich ungerührt weiter an.

»Ach, meinetwegen.«

Ich war irgendwie aus dem Konzept. Am besten gab ich ihr erst mal etwas. Reden konnten wir hinterher immer noch. Ich häufte ihr etwas auf den Teller und reichte ihn ihr. Wie selbstverständlich suchte sie sich einen Sitzplatz und fing an zu essen.

»Da sieh an …«

Sadina lief beschwingt hinüber, setzte sich zu Murder Pierrot und begann mit ihr zu plaudern.

Sie bekam allerdings keine vernünftigen Antworten, führte also praktisch ein Selbstgespräch.

»Was für ein Mensch ist sie überhaupt?«, fragte Raphtalia.

»Na ja, ich nehm sie später in die Mangel. Jetzt müssen wir erst mal Essen ausgeben.«

Das Mädchen schien keinen Ärger machen zu wollen, und ich wusste ja, dass Sadina aufpasste. Die Dorfbewohner wirkten zwar ein bisschen nachdenklich, aber allzu erstaunt auch wieder nicht: Es waren ja gerade erst viele Neue dazugestoßen. Aber zu welchem Zweck war sie überhaupt nach Lurolona gekommen?

Als ich mit dem Verteilen fertig war, nahm ich mir selbst etwas zu essen und setzte mich dazu.

»Kleiner Naofumi, das Mädchen sagt, ihr alter Arbeitgeber habe ihr den Vertrag gekündigt, und sie sei jetzt wieder frei. Jetzt ist sie hier, um zu fragen, ob du sie vielleicht einstellst.«

Sie hatte also in der Arena nur gegen uns gekämpft, weil das ihr Auftrag gewesen war. Und dann hatte sie mittendrin einfach die Biege gemacht ... Aber was wusste ich schon darüber. Vielleicht war das im Söldnergewerbe ja ganz normal.

»Ich brauch keine Söldner.«

Ich versuchte gerade, die Dorfsklaven stark zu bekommen, mir stand nicht der Sinn danach, irgendwelche suspekten Gestalten einzustellen.

»Dann ... mich als Gefährtin auf.«

»Sag mal, hörst du mir eigentlich zu?«

»Ähm, warum möchtest du das denn?«, fragte Raphtalia vorsichtig.

Doch das Mädchen schwieg.

»In der Arena hast du gesagt, wir sollen uns anstrengen, damit man uns nicht umbringt. Wie hast du das gemeint?«

»Ich wollte euch nur ...«

Schon wieder dieses Sandsturmrauschen. Was war das bloß? Es war, als spräche man mit jemandem über eine schlechte Telefonverbindung.

»Herr Naofumi«, rief plötzlich Atla, die gerade mit Fohl im Schlepptau dazukam. »Was ist denn los?«

Eigentlich hatten sie nach dem Essen schnell nach Hause gehen und sich aufbruchfertig machen sollen. Schließlich wollten wir heute zum Schloss, um die Level zurücksetzen zu lassen.

»Ach, es geht um die da. Wir haben in einem Zeltobler Kolosseum gegen sie gekämpft, und jetzt soll ich sie als Gefährtin aufnehmen.«

»Tatsächlich?«

Atla wandte das Gesicht Murder Pierrot zu.

»Ich spüre eine flüchtige Kraft, die jederzeit vergehen könnte, aber auch Reinheit. Herr Naofumi, ich glaube, sie ist kein böser Mensch.«

»Mag sein, aber …«

Den gleichen Eindruck hatte sie über mich geäußert, als sie mich gesehen hatte. Aber ihre Wahrnehmung war schon eigentümlich, ich wurde nicht so recht schlau daraus.

»Und du kannst uns nicht mal sagen warum?«

Murder Pierrot schüttelte den Kopf.

»Ich möchte hier …, bis die Welle … Dafür arbeite ich mit euch zusammen.«

Dass man ständig raten musste, was sie meinte, war schon frustrierend. Ich fand es arg mühsam, mit ihr zu sprechen.

»Das wollte ich dich eh fragen: Wer bist du überhaupt? Und was für eine Waffe ist das?«

Murder Pierrot dachte eine Weile nach, dann machte sie ein paarmal hintereinander den Mund auf und zu.

»… und … darum …«

Leider kamen nur die wenigsten Wörter durch, der Rest ging im Rauschen unter. Was war nur mit ihr?

»Aus unserem Gespräch während des Kampfs schließe ich, dass du entweder zu den sieben Sternhelden gehörst oder die Trägerin einer Vasallenwaffe bist. Hab ich recht?«

Ich war schließlich auch nicht blöd. Sie hatte doch sicher nicht geglaubt, ich würde mich bloß über ihre Waffe wundern. Das Mädchen konnte sie in rascher Folge verwandeln und mit ihren sonderbaren Kräften ihre Gegner fesseln. Wer solche Kunststücke beherrschte, musste doch mindestens ein Vasall sein. Ihre Waffe war jedoch nicht unter denen gewesen, die die Königin mir damals aufgelistet hatte.

»Du wolltest uns wohl warnen: Wenn wir nicht stärker werden, kommt irgendwann ein Vasallenwaffenträger rüber und bringt uns um.«

Als ich das sagte, nickte Murder Pierrot mehrmals. Da hatte ich den Nagel wohl auf den Kopf getroffen! Offenbar kam bei ihr an, was ich sagte, das war schon mal gut. War sie womöglich wie Glass und die anderen in diese Welt herübergewechselt, um die vier Helden umzubringen, und hatte wegen der Barriere der Geisterschildkröte nicht mehr heimkehren können?

»Du scheinst uns für schwach zu halten, aber ich beherrsche die Hochrüsttechniken der vier heiligen Waffen. Im Moment sind wir nur wegen eines Fluchs geschwächt.«

Doch auf meine Erklärung hin schüttelte sie plötzlich den Kopf.

»Das reicht ni... Ihr braucht mehr ...«

»Jaja, lass stecken. Ich bezweifle, dass wir hier ein vernünftiges Gespräch zustande kriegen. Aber wir wissen, was die Wellen sind – und dass du hier bist, um die vier Heiligen umzubringen.«

Und wieder schüttelte sie den Kopf.

»Ich verni... bestimmt kei... Welten.«

Der Sandsturm wütete jetzt noch heftiger, und ich hörte fast nur noch Rauschen. Was zur Hölle war mit ihr? Hatte sie womöglich ihre Curse Series verwendet und dadurch ihre Redefähigkeit eingebüßt?

»Sorry, aber ich verstehe dich kaum.«

Als ich das sagte, verfiel Murder Pierrot in Schweigen.

»Herr Naofumi, was machen wir?«

»Wir können kein Vertrauen in sie setzen. Sie könnte vortäuschen, unsere Verbündete zu sein, und im entscheidenden Moment fällt sie uns in den Rücken.«

Sie tat womöglich nur so, als wäre sie hier gestrandet, näherte sich mir an und wartete auf einen günstigen Moment, um mich umzubringen. Selbst wenn sie uns verriet, wer sie war, konnten wir ihr nicht trauen.

Sie schien um eine Antwort verlegen, sah mich bloß wortlos an. Was war das nur für ein Blick? Irgendwie erinnerte er mich an Raphtalia oder Filo. Feindseligkeit nahm ich ganz gewiss nicht wahr. Ich witterte auch kein Komplott. Ihr zu vertrauen war dennoch viel verlangt. Wenn sie nicht gegen uns kämpfen wollte, hatte sie ja noch weniger Grund, zu uns zu kommen. Sie hätte einfach bis zur nächsten Welle warten und dann überwechseln können.

»Wenn mein Aufenthalt ... kostet, bezahle ich es.«

Oha, sie wollte unsere Truppe verstärken und uns auch noch dafür bezahlen? Das waren ja günstige Konditionen. So ein schmackhaftes Angebot konnte man ja kaum ausschlagen. Irgendetwas steckte dahinter. Vielleicht verfolgte sie böse Absichten.

»Im Leben wird einem nichts geschenkt, falls du verstehst, was ich meine. Zieh weiter.«

»... gut.«

Murder Pierrot ließ verzagt den Kopf hängen. Sie aß noch rasch auf und erhob sich dann.

Irgendwie ging von ihr etwas Ähnliches aus wie von Glass, nachdem wir uns versöhnt hatten. Ließ sich ihre Anwesenheit womöglich auch anders erklären? War sie wie L'Arc und die anderen bloß herübergewechselt, um stärker zu werden oder um irgendwelche Stoffe zu sammeln, die sie zum Hochpowern brauchte? Von L'Arc und den anderen wusste ich außerdem, dass es Gemeinsamkeiten zwischen den Welten gab, was Fertigkeiten und Statusboosts anging. Ich hatte es sogar selbst erlebt: Nach dem Übertritt in Kizunas Welt war ich zwar auf Level 1 zurückgesetzt worden, hatte jedoch alle meine Boni behalten. Vielleicht wollte Murder Pierrot also gar keine Heiligen umbringen, sondern war nur in Not, weil sie nicht in ihre eigene Welt zurückkehren konnte.

Eine Sache ließ mich dennoch nicht los. Was hatte Atla da erzählt von einer Kraft, die jederzeit verschwinden konnte?

Im Schneckentempo ging Murder Pierrot davon und blickte sich mehrmals zu mir um. War das eine Verzögerungstaktik? Hoffte sie, dass ich sie aufhielt? Wenn ich nichts sagte, drehte sie sich um, ging wieder ein paar Schritte, bis sie sich erneut umsah.

»Ähm ... Herr Naofumi?«

»Gar nicht reagieren. Das macht sie nur, damit ich sie zurückrufe.«

»Kleiner Naofumi, wenn du es schon weißt, dann erfüll ihr doch den Wunsch. Das Mädchen ist doch stark, oder nicht?«

»Wer kann schon sagen, ob die mir im Schlaf die Kehle durchschneidet? Der ist nicht zu trauen.«

»Ach ... Ein Jammer, nicht?«

Abermals blickte Murder Pierrot sich um.

»Gib's auf. Ich halte dich nicht zurück.«

So langsam wurde es unangenehm.

Klar, ich hätte an später denken und sie erst einmal aufnehmen können. Falls sie versuchte, uns zu verraten, würden wir sie eben erledigen. Aber im Augenblick hatte ich für so was nicht die Ruhe. Und so sahen wir ihr also nach, während sie sich entfernte und dabei immer wieder flüchtig umwandte.

»Jetzt mach schon – hau endlich ab!«

Als sie endlich aus dem Dorf heraus war, fing ich an, das Geschirr abzuräumen. Ich kam jedoch nicht weit, dann sprach Raphtalia mich an.

»Ähm ... Wie ist Murder Pierrot eigentlich hierher gelangt?«

»Sie hat zwar gesagt, sie sei gelaufen, aber vermutlich per Teleport.«

»War sie womöglich schon einmal hier?«

Konnte das sein? Ich hätte sie wohl fragen sollen, aber ich hatte nur daran gedacht, sie wieder loszuwerden. Jetzt bereute ich, dass ich sie nicht ausgequetscht hatte, als sie ihren Wunsch verkündet hatte, sich uns anzuschließen. Etwa darüber, warum sie im Kampf gegen Helden so versiert war.

»Soll ich ihr nachlaufen?«

»Das könnte heißen, dem Feind direkt in die Falle zu gehen. Sowieso lasse ich sie nur sang und klanglos abziehen, weil sie nicht gegen uns kämpfen will. Ich denke aber bestimmt nicht daran, meine Deckung fallen zu lassen.«

Ich war bereits ganz schön unvorsichtig gewesen. Sie konnte es gut auf mein Leben abgesehen haben. Außerdem konnte sie den anderen drei Helden über den Weg laufen. Wir mussten die Dummköpfe eilig unter unseren Schutz bringen, sonst brachte sie noch jemand um, ob nun Murder Pierrot oder jemand anderes.

Nun gut, wir hatten aufgegessen. Es wurde Zeit, dass wir zum Tagesgeschäft übergingen.

»Springen wir erst mal zum Schloss, da waren wir schon lange nicht mehr. Fohl und Sadina, ihr beide kommt mit: Wir setzen wie gestern besprochen eure Level zurück.«

»Herr Naofumi«, sagte Atla. »Ich möchte Euch ebenfalls begleiten.«

»Okay, dich nehmen wir auch gleich mit.«

Es war wohl wirklich besser, wenn sie dabei war. Dann mussten wir uns nicht allein mit Fohl herumschlagen. Filo war sofort nach dem Essen wieder zu Melty gelaufen. Raphi hatte sich aus eigenem Antrieb aufgemacht, Rishia und den Dorfbewohnern zur Hand zu gehen. Ich hätte sie zwar gern mitgenommen, aber gut.

»Portal Shield!«

Wir machten den Sprung zum Schloss von Melromarc. Vor den Toren angekommen, blickte Sadina zu den Bergen auf der Geisterschildkröte hin.

»Ui ... Ich war lange nicht in der Schlossstadt. Außerhalb der Mauern sieht's ja schlimm aus!«

»Du warst schon mal hier?«

»Ich gehöre immerhin auch zum Volk Melromarcs.«

Sadina sah im Gehen weiterhin zu der Geisterschildkröte hinüber. Bei genauerem Blick stellte ich fest, dass mittlerweile alle Bäume gefällt waren. Die Ausschlachtung ging weiter voran. Die Menschen hier waren schon ganz schön willensstark. Sie gaben sich größte Mühe, die Notlage zu überwinden.

»Und wohin müssen wir jetzt?«

»Wir melden uns bei der Königin. Sie ist bestimmt nicht auf unser plötzliches Erscheinen eingestellt.«

Erst einmal wollte ich ihr Bescheid geben. Im Gegensatz zu Klassenaufstiegen wurden Levelresets bestimmt nicht ständig gemacht.

»Ins Schloss, ja? Gesehen hab ich es schon, aber ich war noch nie drin.«

In einem Reich, in dem Menschen als überlegene Spezies galten, war wohl auch nicht anzunehmen, dass man Subhumanoide oder Tiermenschen in den Palast ließ.

»Verstehe. Jetzt sind wir jedenfalls schon mal im Hof.«

»Ich bin jedes Mal wieder erstaunt, wie groß das Schloss ist«, sagte Raphtalia.

»Ungefähr so groß wie L'Arcs Schloss. Für Subhumanoide allerdings nicht das beste Pflaster ...«

»Wohl wahr.« Raphtalia seufzte. »Mit manchen hier komme ich zwar gut aus, aber insgesamt ist es doch eher unangenehm, hier zu sein.«

»Glaube ich sofort«, sagte Sadina.

Die Schlosssoldaten erblickten uns und verneigten sich, guckten aber komisch, als sie Sadina sahen. Sie lief wie meistens in ihrer Tiermenschengestalt herum. Also musste ich wohl künftig mit mürrischen Mienen rechnen, wenn ich sie dabeihatte, was? Ach, damals bei jenem Bankett, nach unserem Sieg über die Welle, waren unter den eingeladenen Abenteurern ebenfalls nur wenige Subhumanoide gewesen. Erneut wurde mir bewusst, was für einen schlechten Stand sie in diesem Reich hatten. Die Königin behandelte sie zwar nicht anders als die Menschen, aber in der Bevölkerung waren solche Vorbehalte tief verwurzelt.

Apropos, wo war denn nun die Königin? Saß sie wie gewöhnlich in ihrem Büro und steckte die Nase in irgendwelche Dokumente? Ich fragte die Bediensteten, wo sie sei. Angeblich hatte sie schon von meiner Ankunft gehört und war auf dem Weg. Dann mussten wir also nur auf sie warten? Na schön, dann machten wir es uns solange im Schlosshof gemütlich.

»Wir warten hier«, sagte ich.

»Verstanden«, sagte Fohl. »Atla, stehen ist bestimmt anstrengend für dich, oder? Setz dich doch hin.«

»Es geht mir gut, Bruder.«

Plötzlich hörte ich es poltern, als wäre etwas heruntergefallen. Ich blickte mich um und sah den Drecksack dort stehen. Er starrte uns mit offenem Mund an.

»D... Das ist doch ...«

Der war also auch noch hier ... Aber warum war er halbnackt? Er trug nichts als eine Unterhose und seinen Umhang! Des Königs neue Kleider, was?

»Was soll der Aufzug? Ist das 'ne Strafe? Oder hast du 'ne Wette verloren?«

Ich spürte, wie sich meine Mundwinkel hoben. Wenn er uns hier so eine Show ablieferte, dann sollte er mir ruhig einen Vortrag halten. Ein Schild hing ihm um den Hals: »Dies ist eine Strafe. Ich muss so durchs ganze Schloss gehen. Niemand darf mir helfen, was ich auch sage.« Was hatte der Kerl wieder angestellt?

»Da zeigt der Schild endlich sein wahres Gesicht!«, brüllte der König und zeigte auf mich. »Seht nur alle her! Seht den Schild an! Wir müssen diesen Teufel aus unserer Welt tilgen!«

Er riss sich das Schild herunter und rannte auf mich zu. Die Schlosssoldaten ringsum sahen verdattert aus, stellten sich ihm jedoch in den Weg und packten ihn an den Armen.

»Lasst mich los!«, rief er. »Der Schild! Der Schild ist mit diesen Hakuko hier hereinspaziert! Tretet sofort beiseite! Wie soll ich sonst den Schild töten?«

Ich hatte ja gehört, dass es zwischen den Hakuko und dem Drecksack eine alte Fehde gab – aber was für ein Zorn! Sein Auftreten erinnerte an einen Filmschauspieler.

»Was?« Atla fuhr zu Drecksack herum. »Aber ...«

Eben noch hatte der König die Fäuste geballt, doch nun ließ er plötzlich die Hände sinken. Wie angewurzelt stand er da, einen eigenartigen Ausdruck auf dem Gesicht. Weinte oder lachte er? Ich wusste es nicht zu sagen.

»Bruder ...« Atla wandte sich abwechselnd Fohl und dem König zu. »Seit wann hast du einen Doppelgänger?«

»Was redest du da, Atla?«

Was war denn mit ihr los? Konnte sie etwa den König und ihren Bruder nicht auseinanderhalten? Na gut, Großmäuler waren sie beide, in der Hinsicht ähnelten sie einander, aber sonst ... Allein vom Alter und der Statur her passte das doch gar nicht. Was die blinde Atla natürlich beides nicht wissen konnte.

Eine Weile starrte der Drecksack sie wortlos an. Dann schien er zu sich zu kommen. Er machte auf dem Absatz kehrt und schlurfte davon, als hätte ihn mit einem Mal alle Kraft verlassen.

»Hey!«

Aber er schien mich überhaupt nicht zu hören.

Was war hier überhaupt los?

»Was ist mit ihm?«, fragte Raphtalia. »Er war ja nur ein Schatten seiner selbst!«

»Er hat sich böse erschrocken, als er Atla gesehen hat, oder?«, meinte Sadina.

»Denke auch.«

Hatte er in ihrem Gesicht irgendetwas Unglückverheißendes gesehen?

»Was war denn hier für ein Tumult?«

Da, die Königin. Sie musste uns schon von Weitem gehört haben. Einige Minuten waren seit der Konfrontation vergangen. Ich berichtete ihr, wie Drecksack anfangs bei Fohls Anblick herumgeschrien hatte und dann plötzlich verschwunden war, nachdem er Atla gesehen hatte.

»Hm ... Na so etwas.«

»Hast du 'ne Ahnung, was dahinterstecken könnte? So hab ich Drecksack ja noch nie gesehen.«

»Atla war dein Name, nicht wahr? Zeige mir doch bitte mal dein Gesicht.«

»Ähm … Na gut …«

Atla trat vor, sodass die Königin sie genauer in Augenschein nehmen konnte.

»Ah, darum ging es also …«

»Hast du irgendwas rausgekriegt?«

»Es dürfte etwas länger dauern, das zu erklären.«

»Aha. Eigentlich haben wir auch so schon genug um die Ohren, aber man macht sich ja schon Gedanken, wenn man Drecksack so sieht.«

»Keine Sorge: Ich werde mich bemühen, alles gestrafft zu schildern.«

Dann begann die Königin zu erzählen, warum der König plötzlich so still geworden war, als er Atla erblickt hatte.

»Lucius, der Held des Stabs, hatte eine deutlich jüngere Schwester. Sie hieß Lucia und war blind.«

Warum nannte sie ihn nicht Drecksack? Ach, meinetwegen. Eine jüngere Schwester also.

»Es gibt ein paar besondere Umstände, was Lucius' Geburt betrifft.«

»Inwiefern?«

»Sein eigentlicher Name ist Lucius Lansarz Faubrey. Er war ein legitimer Sohn der Königsfamilie und stand an dreißigster Stelle der Thronfolge.«

»Faubrey? Ist das nicht das größte Reich dieser Welt? Und er war dort ein Prinz?«

»Der jüngste, aber ja. Dann ereignete sich jedoch etwas, das ihn dazu gebracht hat, auf sein Erbrecht zu verzichten: Hakuko brachten seine Eltern um und auch alle anderen, die ihm nahestanden.«

Drecksacks Leben war ja voller furchtbarer Ereignisse gewesen. Ach, darum hatte er Fohl so hasserfüllt angesehen: Weil er derselben Art angehörte wie die Mörder seiner Eltern!

»Lucius und seine kleine Schwester kamen mit dem Leben davon, weil sie zu der Zeit nicht vor Ort waren. Aus politischen Gründen brachte Faubrey jedoch keine offiziellen Anschuldigungen gegen Schildwelt vor. Seither hegt Lucius einen starken Groll, und zwar gegen Faubrey *und* Schildwelt. Er änderte seinen Namen und begab sich in dieses Reich, das den Subhumanoiden feindlich gesonnen war.«

Die Königin ließ einen Moment verstreichen, ehe sie zu Drecksacks kriegerischem Lebensabschnitt überging.

»Er verheimlichte, dass er von königlichem Blut war, und erwarb große Verdienste, indem er für Melromarc, das in Kriegswirren steckte, als General in die Schlacht zog. Schließlich wurde er zum Träger des Sternenstabs bestimmt und machte sich einen Namen als Held.«

Da hatte er sich ja fabelhaft emporgekämpft. Ich beneidete ihn ein bisschen. Die Königin blickte jedoch ein klein wenig verlegen drein.

»Auch ich war damals noch jung, und mit seiner Kriegslist und Stärke eroberte er mein Herz im Sturm.«

»Die Liebesgeschichte kannste ruhig überspringen.«

»Dann verschwand plötzlich seine blinde Schwester, die er über alles liebte … und man fand Blut, was den Anschein erweckte, sie sei durch die Hand von Hakukos ums Leben gekommen. Nun war Lucius' Herz von noch größerer Rachsucht erfüllt, und am

Ende warf er den König von Schildwelt nieder, der ebenfalls zu den Hakuko gehörte.

»Und was hat das alles mit Atla zu tun?«

Aber ich hatte bereits so eine Ahnung. Konnte es sein, dass ...

»Ihr vermutet richtig, Herr Iwatani: Das Mädchen hier ist seiner geliebten kleinen Schwester Lucia wie aus dem Gesicht geschnitten.«

»Also tatsächlich ...«

Über die damaligen Vorkommnisse konnte ich nur Mutmaßungen anstellen. Eine Möglichkeit kam mir in den Sinn: Ein Hakuko aus Schildwelt könnte seine geliebte kleine Schwester zur Gespielin genommen haben, und daraus waren die Kinder Fohl und Atla hervorgegangen. Mir kamen jedoch gleich Zweifel an dieser Idee. Warum etwa hatten sie seine Schwester nicht als Geisel verwendet? War es wie in einer Seifenoper gewesen, und in Wahrheit hatte sie sich in einen Hakuko verliebt – in den Feind?

Ich wusste nicht, was genau passiert war. Aber möglicherweise hatte Atla Drecksack mit Fohl verwechselt, weil sie eine Blutsverbindung gespürt hatte. Die Familie musste jedenfalls über beträchtliche Ressourcen verfügt haben, wenn Fohl Atlas Heilungskosten so lange hatte tragen können.

»Diese Geschichte erscheint mir doch recht unwahrscheinlich«, sagte Raphtalia

»Ach«, sagte Sadina. »Und wie du dem kleinen Naofumi begegnet bist, das kommt dir wohl nicht unwahrscheinlich vor?«

»Nun ... Schon, aber ...«

Ach, Unsinn. Meine Begegnung mit Raphtalia hatte wohl kaum etwas mit Schicksal oder Ähnlichem zu tun. Aber Sadina sah es ja auch als Fügung des Schicksals an, dass mich der Alkohol dieser Welt nicht betrunken machte.

»Seid ihr beide Halbmenschen?«, fragte ich Atla.

»Ich war noch zu klein, als unsere Eltern gestorben sind. Aber mein Bruder kann vielleicht Genaueres berichten ...«

»Ich weiß auch nicht mehr, als dass Großvater klasse gewesen sein soll. Man hat uns auch nahegelegt, unseren Nachnamen nicht zu verraten. Ich war selbst noch klein, als meine Eltern im Krieg fielen, und erinnere mich nicht gut an sie. Aber ich glaub, wir waren reich: Wir hatten Leute, die sich um uns gekümmert haben.«

»Haben eure Untergebenen euren Besitz veruntreut oder so?«

In dieser Welt gab es viel Abschaum. Sicher sind sie dem zum Opfer gefallen und so in die Sklaverei geraten.

»So jemanden hatten wir nicht. Wir konnten nur irgendwann Atlas Behandlungskosten nicht mehr bezahlen. Daher verteilten wir unsere Habseligkeiten unter unseren Untergebenen und sagten ihnen Lebewohl.«

Also hatte Atlas Krankheit den Ruin der beiden herbeigeführt. Ihnen hatten loyale Untergebene zur Seite gestanden? Dann hatten sie ja großes Glück mit ihnen gehabt.

»Euer Großvater?« Die Königin blicke Fohl unverwandt ins Gesicht. »Das Schicksal nimmt doch wundersame Wege ...«

»Wieso?«

»Euer Familienname ist doch sicher Fayon, nicht wahr?«

»Uns wurde geraten, uns nicht so zu nennen, aber dem ist wohl so. Was ist damit?«

Als die Königin das hörte, nickte sie. »Folge unbedingt dem Helden des Schildes: Es würde deinen verstorbenen Großvater freuen!«

»Das ist mir doch egal!«

Ja, bei so etwas zeigte sich natürlich Fohls Widerspruchsgeist.

Warum sollte er mir auch folgen wollen?

»Woher wisst Ihr überhaupt von unserem Großvater?«

»Er und der Mann, der hier vorhin so einen Lärm gemacht hat, waren erbitterte Feinde.«

»W... Was sagt Ihr da?«

Ah, nun verstand ich es! Fohl und Atla waren also die Enkel seines Erzfeindes. Aber das war noch nicht alles: In Atla hatte er seine tote Schwester wiedererkannt, die ihm so wichtig gewesen war. Darum hatte er ein solches Gesicht gezogen und war einfach gegangen.

»Wisst ihr beide denn über euren Großvater Bescheid?«

»Unsere Eltern haben uns nur erzählt, dass er großartig gewesen sein soll. War er etwa der König von Schildwelt?«

»Hm ... Ich hätte diesen Punkt wohl lieber nicht zur Sprache bringen sollen.«

Fohl sagte nichts, guckte nur unsicher. Machte ihm zu schaffen, dass er ausgerechnet an diesem Ort etwas erfuhr, was seine Eltern ihm vorenthalten hatten? Aber vielleicht war das auch zu kompliziert gedacht. Sicher wollte er gern mehr über seine eigenen Wurzeln erfahren. Allerdings machte er keine Anstalten, der Königin weitere Fragen zu stellen. Er stand nur gedankenverloren da.

»Was auch gewesen sein mag: Ich gehöre zu Herrn Naofumi!«

Okay, Atla machte sich also nichts aus ihren Wurzeln.

»Herr Iwatani, verzeiht, dass ich solch einen Wirbel verursacht habe ... Wie läuft es denn bei Euch?«

Offenbar wollte die Königin lieber das Thema wechseln.

»Na ja, ganz gut.«

»Auf Eurem Lehen, nicht wahr? Ja, mir ist schon einiges zu Ohren gekommen. Ihr erscheint übrigens genau zur rechten Zeit.«

»Wieso? Ist irgendwas los?»

»Berichtet mir erst einmal von Eurem Anliegen. Ihr tretet doch sicher in einer wichtigen Angelegenheit vor mich?«

»Ja. Ich hab ein paar Sklaven, deren Level ich zurücksetzen lassen möchte, damit ich sie von Grund auf trainieren kann. Mit denen bin ich hier.«

Die Königin nickte freundlich. »Ich verstehe. Dann will ich sogleich die nötigen Vorkehrungen treffen. Bis Ihr mit Euren Gefährten bei der Drachensanduhr eintrefft, wird gewiss alles bereit sein.«

»Ist 'ne Riesenhilfe. Und was wolltest du jetzt mit mir besprechen?«

Die Königin klappte ihren Fächer auf und hielt ihn sich vor den Mund. »Die anderen drei Helden sind in der Umgebung Melromarcs gesichtet worden. Und wir haben einen Ort bestimmen können, an dem einer von ihnen höchstwahrscheinlich demnächst auftauchen wird.«

»Was? Echt jetzt?«

Die Königin nickte. »Es handelt sich um den Helden der Lanze, Herrn Kitamura.«

Er also. Ausgerechnet. Aber gut, das war eben nicht zu ändern.

»Es ist nämlich eine seiner Gefährtinnen wieder aufgetaucht.«

Ach, tatsächlich? Eins von Motoyasus Weibern? Es klang nicht so, als wäre Bitch gemeint. Dann war es also eine der anderen beiden Frauen, die immer mit dabei gewesen waren. Ich beschloss, sie vorerst Frau Nr. 1 und Frau Nr. 2 zu nennen. Auf diese Weise war zwar schwer zu bestimmen, wen ich gerade meinte, aber ich kannte ihre Namen nicht und hatte auch kaum mit ihnen gesprochen. Es fiel mir sogar schwer, mich an sie zu erinnern. Nervig waren sie gewesen, das wusste ich noch. Doch außer diesem Eindruck war nichts geblieben.

»Und wie ist sie aufgetaucht? Als Leiche?«

»Nein. Ihr Vater ist ein Adliger in diesem Reich. Er hatte sich große Sorgen um seine verschollene Tochter gemacht, doch eines Tages, als er nach Hause kam, war sie einfach da und half ihrer Mutter im Familiengeschäft.«

Was für eine Vorstellung! Die vermisste Tochter tauchte urplötzlich wieder auf und tat, als wäre nichts geschehen? Da fühlte man sich doch getäuscht.

»Und welche von ihnen ist es?«, fragte Raphtalia.

»Bitch jedenfalls nicht«, sagte ich. »Es muss eine der anderen beiden sein.«

»Bitch?«, fragte Sadina. »Etwa eine Freundin von dir?«

»Wohl kaum.«

»Fieser Name«, bemerkte Fohl.

»He he ...«

Ich grinste breit. Ja, da hatte ich meisterliche Arbeit geleistet.

»Worauf du nur wieder stolz bist, Herr Naofumi ...«

»Wir sollten ihm Beifall zollen«, sagte Atla. »Sicher beschreibt der Name diese Frau ganz vortrefflich.«

»Du hast zwar nicht unrecht, Atla, aber ...«

Ach, Raphtalia war einfach zu ernsthaft. Egal, weiter im Text.

»Habt ihr sie nicht in Gewahrsam genommen?«

»Das nicht, aber befragt haben wir sie. Hier nun meine Bitte, Herr Iwatani: Trefft Euch mit dieser Gefährtin und überredet sie, den Helden der Lanze hervorzulocken!«

Darum ging es hier also. Sie glaubten, Motoyasu würde versuchen, sich seine Gefährtin zurückzuholen, und wenn er aufkreuzte, könnten wir ihn uns greifen. Na, ob das klappen würde? Aber schlecht war die Idee nicht. Versuchen konnte man's.

»Und du glaubst, die hilft uns, den Plan umzusetzen? Sie könnte uns auch hintergehen und Motoyasu heimlich Informationen zustecken.«

»Wir haben bereits einen Schatten abgestellt, der sie überwacht. Im Augenblick zeigt sie sich kooperativ.«

»Hm ...«

Versuchte sie, ihre eigene Haut zu retten, indem sie einen Deal mit der Justiz machte? Das passte. Von Motoyasus Frauen hatte ich ohnehin das Bild, dass er da nur Pack um sich geschart hatte.

»Na schön. Sobald der Levelreset erledigt ist, kehren wir ins Dorf zurück und machen uns auf den Weg zu dieser Gefährtin.«

»Dann will ich Euch Ihren Standort mitteilen.«

Die Königin breitete eine Karte aus und zeigte uns die Stelle.

»Hopp, hopp, Leute! Level zurücksetzen, und dann zurück ins Dorf. Wir haben was Wichtiges zu erledigen.«

»Hoffentlich gelingt es uns, sie zu überreden.«

»Klingt schon ein bisschen nach Wunschdenken, wenn du mich fragst.«

Die Sorgen wollten einfach kein Ende nehmen.

Kapitel 6: Der Einfluss körperlichen Trainings

Wir eilten zur Drachensanduhr und sprachen den Soldaten am Empfang an. Offenbar hatte er die Anordnung der Königin bereits erhalten. Alles war so weit vorbereitet, dass das Ritual beginnen konnte.

»Du kommst zuerst dran, Sadina.«

»Schöööön! Schwesterchen wird sich auch richtig Mühe geben.«

Hm? Wie damals beim Klassenaufstieg war wieder Personal zugegen, das bei dem Ritual mithelfen sollte. Diesmal hatten sie aber eine Trage dabei. Das kam mir komisch vor, also sprach ich einen Soldaten darauf an.

»Dabei geht's um die Reaktion auf den Reset. Man muss sich wohl ein paar Tage davon erholen.«

Ach, tatsächlich? Offenbar machte es dem Körper zu schaffen, wenn ganz plötzlich die gewohnten Werte allesamt abstürzten … Wenn ich in dieser Welt plötzlich wieder auf Level 1 gesetzt würde, würde mich das wahrscheinlich auch erst mal aus der Bahn werfen.

»Aber es kommt wohl auf die Person an.«

Das Ritual begann. Die Drachensanduhr leuchtete auf und ließ Kraft in das magische Symbol strömen. Es war ein ähnlicher Anblick wie bei unserem Klassenaufstieg.

»Hier und jetzt ist eine Frau unter uns, die ihre Kräfte gehen lassen möchte, um einen neuen Pfad zu beschreiten. Welt, gib ihr die Gelegenheit dazu und weise ihr den Weg!«

Sadina winkte mir aus dem magischen Kreis zu.

»Sieh her, kleiner Naofumi: Jetzt wird Schwesterchen neu geboren!«

Die hatte ja die Ruhe weg. Und schon sah ich, wie etwas aus Sadina herausströmte und sich in alle Winde verstreute.

»Es ist getan«, sagte der Leiter des Rituals. »Wie fühlst du dich?«

»Ziemlich schlapp ... Aber nicht so, dass ich mich nicht bewegen könnte.«

Schwerfällig kam Sadina zu mir herüber. Sie war anscheinend ziemlich robust.

»Fohl, du kommst als Nächster.«

»Rasch, Bruder, Herr Naofumi hat es befohlen!«

»A... Atla ... Na gut!«

Irgendwie begann ich Fohl zu bemitleiden. Doch kurz darauf war auch sein Level erfolgreich zurückgesetzt. Wie erwartet konnte er ebenfalls noch gehen.

»Die Resets laufen ja unerwartet glatt. Brauchen wir die Trage wohl doch nicht?«

»Kleiner Naofumi, stützt du mich, wenn ich nicht mehr kann?«

»So schwach bin ich nicht!«, brüstete sich Fohl.

»Ihr seid beide ganz schön hart.«

Atla fragte sich wohl, ob wirklich alles in Ordnung war, und verpasste Fohl probeweise einen Knuff gegen den Arm.

»Gnnnnnnn!«

Das hatte offensichtlich weh getan.

»Ha ha ha, ich bin doch so kitzlig!«

Bei Sadina schien Gelassenheit die Werkseinstellung zu sein.

Kam man vielleicht besser mit dem Reset zurecht, wenn man gut in Form war? Sie waren ja beide durchtrainiert. Körperliche Fitness schien nichts mit dem Level zu tun zu haben. Verließ man sich nicht allein auf Statusboni, sondern stählte auch seinen Körper, dann warf einen ein kleiner Rückschlag nicht gleich aus der Bahn. Die beiden hatten wohl die nötige Trainingsdisziplin, wie auch Raphtalia. Durch einen Levelreset sanken zwar die Werte, aber der Trainingsstand blieb erhalten. Mein Schild mochte auch einen gewissen Effekt beigesteuert haben. Die Trage kam wohl vor allem bei Leuten zum Einsatz, die hauptsächlich zauberten – oder bloß mit starken Kämpfern herumzogen, wie etwa die verwöhnten Bälger irgendwelcher Adligen, die Abenteurer anheuerten, um ihre Level hochzutreiben.

Einen gewissen Effekt konnte man sich davon versprechen. Ich machte es mit den Sklaven aus dem Dorf ja auf ähnliche Weise. Es war keine schlechte Technik. Es gab jedoch ein Problem: Hatte man einmal die Levelobergrenze erreicht, blieb einem nichts anderes mehr übrig, als mit herkömmlichen Methoden stärker zu werden, etwa durch Training oder mithilfe der Meditationsübungen der alten Schachtel. Bei den Helden gab es angeblich keine Levelgrenze, aber auch mir käme es sicher zugute, mehr Zeit in derartige Übungen zu investieren.

Dies war eine Welt, in der Level und Werte selbstverständlich waren. Wer Tag für Tag kämpfte und zauberte, dessen Kapazitäten stiegen. Trainierte man dazu auch noch von Kindesbeinen an, wie Fohl oder Sadina, dann konnte man womöglich dementsprechend stärker werden. Ob es wirklich so war, wusste ich nicht. Ich hatte ja auch nicht vor, in dieser Welt zu bleiben. Für mich waren solche Übungen ganz pragmatisch ein Mittel, um die Wellen zur Ruhe zu bringen. War ich erst einmal wieder in meiner Welt, spielten Level oder Werte ohnehin keine Rolle mehr. Und mein Schild auch nicht.

Was ich auch tat, er ließ sich nicht ablegen, und wollte ich ihn verstecken, konnte ich ihn höchstens in den Book Shield verwandeln. Müsste ich den auch noch in meine eigene Welt mitschleppen, wäre er im wahrsten Sinne ein verfluchtes Item!

Irgendwann würde ich ins Erwachsenenleben eintreten. Käme ich mit dem Schild ins Büro, würden doch alle in Gelächter ausbrechen: Da ist wieder der komische Kerl mit dem Buch am Arm!

Aber so durfte ich gar nicht denken. Es brachte nichts, sich wegen ungelegter Eier Sorgen zu machen. Sollte der Schild tatsächlich weiter an mir hängen bleiben, konnte ich dann immer noch darüber nachdenken.

»Dann kehren wir sofort ins Dorf zurück und bereiten uns auf die Abreise vor.«

Mit dem Teleportationsskill sprangen wir zurück nach Lurolona.

»Sadina, Fohl, Atla. Geht ihr mal schnell leveln, ich muss aufbrechen. Und irgendwer soll Filo holen.«

»Jaaaa. Schwesterchen eilt und fliegt.«

Sadina lief los, aus irgendeinem Grund in Richtung Meer. Die wieder ... Ob sie allein zurechtkam?

»Klar doch«, sagte Fohl. »Atla, komm. Du kannst gern einfach nur zugucken.«

»Aber Herr Naofumi! Ich will auch mit!«

»Steigere du erst mal dein Level«, sagte ich. »Ehe du dich nicht ein bisschen verteidigen kannst, ist an so was nicht zu denken.«

Immerhin hatten wir vor, die Lockvögel zu spielen, und nicht für irgendwen, sondern für Motoyasu. Wenn der wild um sich schlug und Atla einen Treffer abbekam, käme sie bestimmt nicht mit einem blauen Auge davon. Wir konnten sie nicht mitnehmen.

»Ich erhöhe mein Level und steche meinen Bruder aus. Dann hab ich Euch ganz für mich allein. Ich gebe mein Bestes!«

»Was redest du da bloß?«, rief Fohl,

»Genau!«, sagte Raphalia. »Lass es bitte gut sein!«

Wäre mir sehr recht. Wobei sonst immer ich solche Sätze zu hören bekam. Aber eins stand fest: Atla war ganz schön unerschrocken. Was war nur aus dem kleinen kranken Mädchen geworden?

Ich setzte Fohl und Atla in eine Kutsche, die Filos Untertan Nr. 1 zog, und schickte sie los. Gleich darauf kam auch schon Filo angerannt.

»Du hast mich gerufen, Meister?«

»Ja, wir müssen was erledigen. Kannst du hier weg?«

»Mhm!«

Damit hatte ich schon einmal Raphtalia und Filo dabei. Würde das reichen? Rishia war mit Eclair bei der alten Schachtel und übte. Es schadete ja auch nicht, wenn sie erst einmal den Stil der Unvergleichlichen Veränderung lernte. Außerdem kam Motoyasu mit ihr nicht gut klar. Wenn ich sie mitnähme, würde das alles nur verkomplizieren. Sie sollte lieber hierbleiben.

Raphi versprühte unter den Dorfleuten ihren Charme und kümmerte sich um sie. Für diese Aktion brauchte ich sie wohl nicht unbedingt.

»Gut, dann kommt nur ihr beide mit. Es wird ja keine Handelsfahrt. Dürfen wir auf dir reiten, Filo?«

»Kutscheee!«

»Na schön.«

»Endlich können wir mal wieder meine Kutsche nehmen. Meine Kutscheee!«

Seit ich den Teleportationsskill hatte, behalfen wir uns meistens mit Mietkutschen. Daher hatte Filo in letzter Zeit ihre eigene Kutsche kaum noch verwendet. Höchstens mal auf einer Verkaufstour. Na ja, das war schon in Ordnung. Es änderte so oder so nichts.

»Auf dem Rückweg können wir dann eigentlich auch gleich ein bisschen was verkaufen.«

Gut, dann also schnell auf zu Motoyasus Gefährtin! Wir stiegen in Filos Kutsche und machten uns auf den Weg.

Kapitel 7: Der Plan, den Lanzenhelden zu fangen

»Elena! So ein Glück, du lebst!«

Mit unserem Wissen waren wir eilig zu dem Ort gefahren, an dem Motoyasus Gefährtin sich aufhielt – und da sahen wir ihn bereits. Gerade hatte er herzlich Frau Nr. 1 begrüßt, die am Verkaufsfenster eines großen Geschäfts stand. Für eine Besprechung oder irgendwelche Vorbereitungen war keine Zeit mehr – unser Jagdobjekt war uns zuvorgekommen. Also versteckten wir uns in einer etwas abgelegenen Gasse und beobachteten das Ganze.

»Wenn das nicht der Lanzenheld ist«, sagte die Frau kühl.

Womöglich erinnerte ich mich nicht richtig, aber mir war, als wäre sie früher deutlich schriller gewesen – und dümmer. Jetzt wirkte sie ganz anders. Hatte sie die Schnauze voll von Motoyasu? Aber dann wäre sie doch bestimmt fieser zu ihm. Motoyasu schien diese Reaktion jedenfalls zu verwirren.

»W… Was hast du denn?«

»Ach, was soll ich schon haben.«

»Ich hab mir wirklich Sorgen gemacht!«

»Dazu besteht nun wirklich kein Grund. Aber schön, dass du überlebt hast.«

»Ist das nicht selbstverständlich? Ich habe doch dich und die anderen, da kann ich doch nicht sterben.«

Motoyasu klang ehrlich froh, sie zu sehen. Frau Nr. 1 ließ das jedoch völlig kalt. Wie sie ihn anblickte: als wäre er ein Stück Dreck. Das war also damit gemeint.

»Herr Naofumi, sollten wir nicht hinübergehen und mit ihm sprechen?«

»Wäre bestimmt lustig, sich das weiter anzuhören, aber du hast wohl recht. Wechseln wir mal ein Wörtchen mit ihm.«

»Hmmm?«

Filo sah Motoyasu an, und ihr Fuß zuckte verdächtig. Ich hatte ihr einmal befohlen, ihm einen Tritt zu verpassen, wann immer sie ihn sah.

»Komm doch wieder mit mir! Gemeinsam retten wir die Welt!«

»Tut mir leid«, sagte sie nüchtern, »aber ich muss den Familienbetrieb weiterführen. Ich kann nicht mehr mit dir herumziehen.«

»A... Aber ...«

Sie wirkte ganz und gar nicht so, als würde sie sich von Motoyasu umstimmen lassen. Er schien das auch zu begreifen und wirkte schrecklich ratlos. Bisher war wohl immer alles nach seinen Wünschen gelaufen. Einfach beneidenswert. Was sollte ich dazu sagen? Ich war mittlerweile Graf und hatte Landbesitz, verbrachte jedoch meine Tage damit, für die ganzen Sklaven zu kochen. Oft kam es mir vor, als wäre ich für alle die Mutti. In letzter Zeit hörte ich manchmal schon die Soldaten tuscheln. Dann nannten sie mich Held des Kochtopfs und Ähnliches. Neulich etwa ...

Hach, was für wunderbares Essen der Held des Kochtopfs macht!

Rede nicht so gedankenlos daher! Er ist doch der Schild, nicht der Kochtopf.

Ach, stimmt ja! Aber irgendwie sieht sein Schild wie ein Topfdeckel aus ...

Du solltest vielleicht mal bei der Krankenstation vorbeischauen. Ha ha ha.

Topfdeckel? Die tickten wohl nicht richtig! Die sollten bloß aufpassen, diese Helmträger! Sie waren da, um beim Wiederaufbau zu helfen. Ich würde sie noch so richtig ranklotzen lassen. Ach, worüber ich schon wieder nachdachte. Jetzt ging es um Motoyasu.

»Elena, jetzt sag doch mal ehrlich: Was hast du? Du bist ganz anders als sonst.«

»Und wennschon ... Ich denke, es ist richtig so.«

»Hä?«

»Motoyasu ... Nein, Held der Lanze. Ich hatte schon eine Weile genug davon, mit dir herumzuziehen.«

»W... Was sagst du da ...?«

»Dass du Ansehen und Geld hattest, ist schon lange her. Und jetzt schau dich nur an!«

»Hä? Aber ich bin doch ein Held.«

»Um ehrlich zu sein, bin ich es leid, deine Gefährtin zu sein.«

»W... Was passt dir denn nicht an mir?«

»Ständig machst du irgendwelchen Mädchen den Hof. Du hast überhaupt keine Ahnung, was in Frauen vorgeht, siehst uns nur als Statussymbol.«

Das Blut wich aus seinem Gesicht. Ah, er hatte wohl noch nie einen Laufpass bekommen. War es das vielleicht? Verdammt. Motoyasus Unglück mitanzusehen, brachte mich doch glatt zum ...

»Herr Naofumi, du musst doch wohl nicht etwa lachen?«

»Aber ... Guck doch mal, wie blass er ist!«

Schon hart, wie die mit ihm redete. Er war schließlich immer noch ein Held.

»Wenn du die Zeit hast, mich hier zu beschwatzen, solltest du dann nicht lieber schnell ins Schloss zurückkehren?«

Ich hörte ihn mit den Zähnen knirschen. Da fehlten ihm wohl die Worte.

»Mit dir geht es rapide bergab. Wenn du mich an deiner Seite

willst, dann sieh zu, dass du was aus dir machst. So wie der Held des Schildes.«

Und so wies Frau Nr. 1 Motoyasu ab. Es war die typische eklige Tour bei dieser Art von Frau. Jede Schuld wies sie von sich, alles schob sie ihm zu. Oh Mann ... Wäre sie die Hauptfigur in einer dieser Dating-Simulationen oder so, dann hätte mich diese Szene stinksauer gemacht. Aber nun, da es um Motoyasu ging, machte es mir einen Riesenspaß. Das kam davon, wenn sie einen immer als Schummler beschimpften!

»Herr Naofumi!«

Raphtalia war sauer. Wenn ich mich nicht zusammenriss, würde sie sich noch von mir abwenden, und dann wäre ich Sadina ausgeliefert. Das wollte ich lieber vermeiden.

»A... Aber was ist denn nur? Früher warst du doch Feuer und Flamme!«

»Dennoch ...«

Motoyasu war so in sein Gespräch vertieft, dass er uns nicht bemerkte.

»Das meinst du doch sicher nicht ernst, oder?«

»Doch.«

Als ich mich näherte, bemerkte Frau Nr. 1 mich. Sie schien die Situation zu erfassen.

»Hey, Motoyasu.«

Als er meine Stimme hörte, wirbelte er herum. »N... Naofumi?!«

»Genau der. Da schlägt man sich in einer anderen Welt rum, bringt mit Mühe alles wieder in Ordnung, kehrt endlich heim und unterdessen machst du dir hier 'nen Lenz. Die ganze Drecksarbeit überlässt du wohl einfach mir.«

Und ehrlich gesagt wäre ihm das alles nicht passiert, wenn er mir zugehört hätte. Wenigstens er. Ich hatte ihm ja gesagt, er solle aufhören, Frauenärschen nachzulaufen, und stattdessen seine Pflichten als Held erfüllen.

Er presste die Zähne aufeinander. »Elena, hast du mich etwa verkauft?!«

»Sag nicht so was Schändliches. Ich bin auf der Seite des Stärkeren. Damals wie heute.«

»Was ist das denn für ein beschissener Spruch?«, schnauzte ich sie an. »Wäre ich Motoyasu, ich wüsste nicht mehr, wem ich noch trauen könnte, und würde dich mit der Lanze zur Rechenschaft ziehen!«

Eigentlich war ich hier, um Motoyasu zu überreden, aber aus irgendeinem Grund nahm ich plötzlich Frau Nr. 1 ins Gebet – und mir war danach, sie so richtig niederzumachen. Was war nur los mit mir?

»Was sagst du da?! Was willst du Elena antun?«

Eigentlich nahm ich ihn gerade in Schutz. Merkte er das nicht? Aber wir hatten wohl zu lange nicht miteinander gesprochen, und ich hatte verdrängt, wie er drauf war. Unglaublich. Wie wichtig konnten ihm Weiber denn sein?

»Also«, sagte Elena. »Dann werde stark, so wie der Held des Schildes. Mach's, wie er es gemacht hat.«

»E... Elena ...«

Etwas mehr Mitgefühl als Bitch schien sie ja zu haben. Ich fand sie trotzdem scheiße.

Motoyasu wurde klar, dass ihm die Felle davonschwammen. Er hob seine Lanze. Wollte er hier kämpfen? Mitten auf der Straße?

»Hör mir zu, Motoyasu.«

»Es tut mir leid, aber ich muss mich wohl beweisen.«

»Beweisen?« Ich seufzte. »Pass mal auf: Ich will dir nichts Böses. Ich hab schließlich nichts als Schwierigkeiten, wenn du nicht bei den Wellen mitmachst. Zum tausendsten Mal: Ich bin aufs Verteidigen spezialisiert und kann kaum angreifen.«

»Ich bin nicht schwach!«

»Hör doch mal zu!«

»Ich vereine meine Gefährtinnen wieder, und dann retten wir die Welt!«

»Gerade deswegen will ich doch ... Mann, ist das mühselig!«

Ich wollte ihm sagen, er solle lernen, wie er seine Waffe vernünftig hochrüstet, und stärker werden, damit er nicht weiter mir, dem Reich und letztlich der ganzen Welt zur Last fiel. Das war doch schon alles. Ansonsten konnte er tun und lassen, was er wollte. Solang er bei den Wellen mitkämpfte natürlich.

»Jedenfalls will ich nicht über dich richten oder so. Du sollst mir wirklich bloß zuhören.«

»Nein, danke!«

»Du hast doch mal zu mir das Gleiche gesagt, oder? Jetzt haben sich unsere Rollen vertauscht. Oder hast du wie ich damals einen besonderen Grund?«

»Nein!«

»Mann ...«

Warum lehnte er es nur so hartnäckig ab, mit mir zu kooperieren?

»Ich darf mich hier nicht verhaften lassen!«

»Du wirst doch überhaupt nicht gesucht! Ich will nur mit dir reden!«

Ich drang nicht zu ihm durch. Dann blieb mir nur, ihn erst einmal mit Gewalt festzuhalten. Meine Werte waren gerade auf ein Drittel gesunken. Konnte ich so überhaupt gegen ihn kämpfen? Aber ich hatte ja Raphtalia und Filo bei mir. Das würde schon gehen. Motoyasu hatte ausschließlich die Hochrüstmethoden seiner eigenen Heldenwaffe verwendet, selbst wenn sein Level höher war, war er bestimmt etwas schwächer als wir. Außerdem war er offenbar allein. Wir mussten nur aufpassen, dass er nicht floh, dann gäbe es kein Problem.

»Bitte komm einfach mit uns«, sagte Raphtalia und zog ihr Katana.

»Hmmm?«

Filo war in ihrer Monstergestalt und wirkte geistesabwesend.

»Raphtalia, nimm ihm alle seine SP weg!«

Die Teleportskills löste man mit SP aus. Normalerweise hätten wir ihn mit anderen Mitteln von der Flucht abgehalten, aber im Augenblick fehlten sie uns .

Es gab Teleportblockmagie. Wann hatten wir uns nicht teleportieren könne? In der Nähe eines der Schutztiere ging es nicht. Man konnte aber auch die Umgebung magisch manipulieren, um einen Teleport zu verhindern. Ursprünglich hatte ich vor Motoyasus Erscheinen eine Falle präparieren wollen. Wir hätten verhindert, dass er sich wegteleportiert, und dann hätte ich versucht, ihn zu überreden. Doch leider war unser Jagdobjekt aufgetaucht, ehe wir Vorkehrungen hatten treffen können.

Unter diesen Umständen gab es nur zwei Optionen: Entweder schlugen wir ihn sofort K. o., oder wir schröpften seine SP.

Langsam näherten wir uns, doch da hob Motoyasu seine Lanze.

»Portal Spear!«

Verflixt! Seine Silhouette verzerrte sich, und eine Sekunde später war er weg. Ich hatte es mir zwar schon gedacht, aber ... Ach, es war schon extrem schwierig, einen Helden zu fangen.

»Er ist uns entwischt ...«

»Wohin ist er wohl verschwunden?«, fragte Raphtalia.

»Wer weiß.« Ich wandte mich zu Frau Nr. 1 um – Elena. »Lange nicht gesehen. Oder sollte ich lieber sagen: Schön, dich kennenzulernen?«

»Ebenso.«

»Du hast ja schon mit dem Schlosspersonal gesprochen, aber schildere mir auch noch mal alles.«

»Einverstanden.«

Elena seufzte schwer, dann begann sie zu erzählen.

Laut ihr war es wie folgt abgelaufen: Wie auch Ren und Itsuki hatte Motoyasu mich ausstechen wollen und war in jenes Reich aufgebrochen, in dem die Geisterschildkröte gebannt gewesen war.

»Wenn wir durchschnittlich Level 60 sind, reicht das locker«, sagte Motoyasu zu Bitch und den anderen und zeigte auf die Geisterschildkröte in der Ferne. »Das Viech bringt großartige Waffen!«

Das Ungeheuer hatte sich genähert, und natürlich flohen die Einwohner allesamt in die entgegengesetzte Richtung.

»Ha ha ha! Ihr müsst doch nicht weglaufen!«, rief Motoyasu. Dann reckte er seine Lanze empor, sodass alle sie sehen konnten und verkündete mit lauter Stimme: »Ich, der Held der Lanze, werde die Geisterschildkröte für euch bezwingen!«

»Was sagt Ihr da? Ihr seid ... der Held der Lanze?!«

»Ja, sorry, aber wir wollen mal eben dieses kleine Event hier schaffen. Ich werde euch allen zeigen, dass ich weit stärker bin als der Schildheld.«

Und dann rannte er törichterweise auf die Geisterschildkröte zu wie Don Quixote auf die Windmühlen. Die Fliehenden waren hin und hergerissen, ob sie auf Motoyasu setzen oder sich lieber in Sicherheit bringen sollten. Immer wieder blickten sie sich um, um nach dem Rechten zu sehen.

»Sie sieht beeindruckend aus, aber keine Sorge, die hauen wir mit einen Schlag um! Los geht's!«

»Jawohl!«

»Jetzt kommen wir!«

Auch Elena und die anderen liefen auf die Geisterschildkröte zu. Doch sehr bald brach Verzweiflung aus. Die Geisterschildkröte rief Gehilfen herbei und fing an, ringsum alles niederzumetzeln. Um etwas dagegen zu unternehmen, rannten Motoyasu und seine Gefährtinnen weiter und erreichten schließlich den Kopf.

»Los! Thunder Spear!«

Ein schrilles Geräusch erklang, aber Motoyasus Special Move hatte der Geisterschildkröte nur einen Kratzer im Gesicht verpasst, der zu allem Überfluss auch sofort wieder heilte.

»N... Nanu? Shooting Star Spear!«

Die Gehilfen rotteten sich um sie zusammen. Motoyasu empfing sie mit Attacken, aber insgesamt sah es ganz und gar nicht so aus, als könnte er die Geisterschildkröte schlagen.

Bitch, Elena und Frau Nr. 2 begannen zu tuscheln.

»Sagt mal ...«

»Ja, kann denn das ...«

»Oh nein ...«

Es schien doch tatsächlich, als ignorierte die Geisterschildkröte Motoyasu und marschierte einfach weiter voran. Sie zeigte nicht das kleinste Bisschen Furcht.

Als ich gegen sie gekämpft hatte, hatte sie wie rasend ihre Spezialattacken und ihre Gravitationsmagie auf uns losgelassen. Hatte sie angenommen, mit Motoyasu und seinen Gefährtinnen würden ihre Gehilfen auch allein fertig? Nun, gegen sie zu kämpfen, das war schon so gewesen, als wollte man mit einem Zahnstocher einen Menschen umbringen. Es hatte an ein Wunder gegrenzt, dass Raphtalia, Filo, Eclair, die alte Schachtel und die anderen ihr überhaupt so schwere Wunden hatten zufügen können. Und dann, nachdem wir die äußere Form endlich besiegt hatten, war sie auch noch wieder aufgewacht. Kyo hatte schon recht gehabt: Wir waren gescheitert.

»O... Okay, hört her: Ich kümmere mich um das Ding, und ihr unterstützt mich mit Magie! Los geht's!«

Brüllend lief Motoyasu los, aber Elena ließ ihn im Stich und floh. Sie warf keinen Blick mehr zurück und wurde von Bitch und Frau Nr. 2 getrennt.

Es war ihr gelungen, der vorrückenden Geisterschildkröte zu entrinnen, und als das Tohuwabohu sich beruhigt hatte, war sie zu ihren Eltern zurückgekehrt.

Ihre Mutter hatte sich gefreut, dass ihre Tochter noch lebte. Mit dem Gedanken, dass das Abenteuerleben wohl doch zu gefährlich sei, hatte sie Elena gezwungen, das Geschäft weiterzuführen. Dies hätte sie wohl erst einmal mit dem Vater besprechen müssen, aber die Mutter hatte dem Überleben ihrer Tochter den Vorrang gegeben.

Hätten sie ungeschickterweise die Krone in Kenntnis gesetzt, wäre Elena eventuell schwer bestraft, möglicherweise sogar hingerichtet worden, Aber der Vater hatte seine guten Beziehungen genutzt, um einen Deal für sie herauszuschlagen. Und so war vereinbart worden, dass sie den Lockvogel für Motoyasu spielen würde.

Dies waren die Details, die Elena uns mitteilte.

»Dass er tatsächlich gegen dieses Ungeheuer überlebt hat ... Ich staune noch immer.«

»Das erzählst du dem, der es besiegt hat?«

»Ach, du warst das? Du hast dieses Monstrum bezwungen? Das ist ja fantastisch! Ach, ich hab's versaut. Dass du dich von dem Tiefpunkt aus hochgearbeitet hast ... Da hab ich mich wohl an den Falschen rangeschmissen.«

Elena stieß einen weiteren schweren Seufzer aus.

Das war zwar so widerlich, dass ich ihr am liebsten eine reingehauen hätte, aber nachdem sich nun alles ganz anders entwickelt hatte, war es irgendwie auch erfrischend.

»Nun ja, ich hab von Herrn Motoyasu alles Mögliche bekommen, und mein Level hat er auch gesteigert, insofern kann ich wohl zufrieden sein. Jetzt muss ich zwar lästigerweise im Betrieb helfen, aber damit sollte ich mich wohl abfinden.«

»Also ehrlich ...«

»Wie gleichgültig du bist!«, sagte Raphtalia. »Als wir uns das letzte Mal begegnet sind, hast du noch ganz anders geredet.«

»Ach, haben wir uns nicht damals im Schloss gestritten, bevor wir nach Cal Mira gefahren sind? Das war auch so nervig ...«

Hatte sie etwa Theater gespielt und bloß so getan, als wäre sie einer Meinung mit Bitch? Hätte ich dem Miststück nach dem Mund reden müssen, ich hätte ein Magengeschwür bekommen.

»Hmmm?«

Komisches Lieblingswort, das Filo sich da neuerdings angewöhnte.

»Ich melde mich, falls er noch einmal auftaucht. Aber wie es aussieht, wird das wohl nichts.«

»Eher nicht ... Noch was: Weißt du vielleicht, wo Bitch hin ist?«

»Nein. Aber die ist zäh, die ist bestimmt noch am Leben.«

Nicht nur entzog sich Motoyasu unserem Zugriff, Bitch war auch unauffindbar. Diese Elena konnte man wohl nicht mehr belangen, nachdem sie mit der Krone kooperiert hatte. Sicher würde sie auch bloß so etwas sagen wie: »Wir haben nur dem Helden gehorcht und wussten überhaupt nichts!« Und schon hatte man nichts mehr gegen sie in der Hand. Man könnte sie zwar einfach trotzdem bestrafen, aber so teuflisch war die Königin wohl nicht.

Das eigentliche Problem war ohnehin Motoyasu. Und das war schwierig zu lösen, wenn ich nicht wie in einem Videospiel »Mute« oder so auf ihn sprechen konnte. Zudem müsste der Effekt dauerhaft sein, sonst würde er fliehen, sobald der Bann abklang. Diskussionen brachten uns auch nicht weiter. Wir konnten mit Engelszungen auf ihn einreden, dieser Dreckskerl hörte einfach nicht zu.

Gab es nicht irgendeinen Weg, Teleports zu unterbinden? Das Heimwegmanuskript in Kizunas Welt konnte man ja über die Drachensanduhren kontrollieren, aber hier würde das wohl schwierig. Wollten wir mit diesem sturen Bock sprechen, mussten wir also erst eine Falle vorbereiten, die ihn am Fliehen hinderte. Es wäre einfach unerträglich, wenn er am Ende noch irgendwo draufging.

»Dann erst mal danke für deine Kooperation.«

»Schon gut, dafür nicht ... Ach, ich hab übrigens ein Gerücht gehört: Du treibst jetzt in großem Stil Handel?«

»Tja. Man muss eben Geld verdienen.«

»Vielleicht komme ich schon bald vorbei, um euch was zu verkaufen ... Ach, wie mühselig.«

»Klar, wenn man's gebrauchen kann ... Aber sag mal, du hast echt auf gar nichts Lust, oder?«

»Ich hab's gern bequem.«

Was faszinierte Motoyasu bloß an dieser Frau? Bei Bitch war es das Gleiche. Ich verstand es einfach nicht.

»Die ist schon irgendwie unmöglich, oder?«, murmelte Raphtalia, die sich alles still angehört hatte.

»Werde du bloß nie so.«

»Natürlich nicht!«

»Ich will rennen!«, rief Filo.

Wo kam das denn plötzlich her? Von Elena hatte sie anscheinend überhaupt keine Notiz genommen. Na ja, wir waren hier wohl sowieso fertig.

»Wir gehen dann mal ...«

»Ja, lebt wohl.«

Elena seufzte tief, setzte sich wieder an ihr Verkaufsfenster, stützte die Wangen in die Hände und saß untätig da. Wie faul sie war.

So endete also unser Versuch, Motoyasu zu fassen, mit einer Niederlage.

Kapitel 8: Der Tag, an dem das Spiel vorbei war

»Hm?«

Nach unserem erfolglosen Überredungsversuch befanden wir uns auf der Rückfahrt nach Lurolona. Wir hatten die Kutsche ja mit dem Hintergedanken genommen, unterwegs ein bisschen was zu verkaufen. Als wir jedoch durch ein Dorf fuhren, gab es vor der Wachtstube einer Bürgerwehr irgendeinen Tumult. Eigentlich hätten wir die Sache auch ignorieren können, aber ...

»Warum lasst ihr sie ungestraft davonkommen, und mich verdächtigt ihr?«

Diese Stimme kam mir aber sehr bekannt vor. Ich ließ Filo anhalten, stieg ab und trat näher. Um die Streitenden hatte sich ein Gedränge gebildet. Ich beschloss, einen der Umstehenden zu fragen.

»Was ist hier los?«

»Es hat wohl ein Held ein paar Räuber gefangen und hierhergebracht. Und jetzt steht er selbst unter Verdacht.«

Diese Geschichte hatte ich doch schon mal irgendwo gehört. Mir fielen jene Räuber wieder ein, die mich einmal überfallen hatten. Ich hatte ihnen ihr Geld abgenommen, sie dann aber freigelassen.

»S... Seid Ihr nicht der Held des Schildes?!«

Jetzt hatten sie mich erkannt. Kein Wunder: Hinter mir stand die auffällige Kutsche und Filo hatte ich auch dabei. Die Menge teilte sich und gab den Blick auf die beteiligten Personen frei.

Da standen doch tatsächlich meine Räuber und grinsten. Außerdem war dort Ren und diskutierte mit den Leuten von der Bürgerwehr.

Ich konnte mir halbwegs ausmalen, was hier gespielt wurde. Mit mir hatten die Räuber damals etwas Ähnliches versucht.

Dann musste es wohl sein. Ich schlüpfte durch die Lücke zwischen den Schaulustigen und trat zu Ren und den anderen.

»Hey«, grüßte ich die Räuber beiläufig, um sie nicht zu provozieren.

»Naofumi, bist du das etwa?«

»Lange nicht gesehen.«

Ren packte die Gelegenheit beim Schopf und winkte mich zu sich. Ich hatte zwar die Räuber angesprochen, nicht ihn, aber ... Na schön. Im Grunde war es ja ein Glücksfall, dass ich ihm hier zufällig über den Weg lief. Jetzt musste ich verhindern, dass er mir auch noch davonlief. Bloß vorsichtig sein und ihn nicht reizen.

Als die Räuber mich erblickten, erbleichten sie. Nun, wir waren uns ja auch schon zweimal begegnet – dies war das dritte Mal. Sie konnten kaum behaupten, mich nicht zu kennen. Mittlerweile hatte ich genug Einfluss. Ich könnte sie der Bürgerwehr zum Fraß vorwerfen, und sie könnten nichts dagegen tun.

»Ihr lernt auch nicht aus euren Fehlern, was? Habt ihr ernsthaft geglaubt, ihr könnt die armen Opfer spielen, nur weil ihr es mit jemandem zu tun habt, der gerade auf dem absteigenden Ast ist?«

»H... Halt die Klappe!«

Ach, das hier könnte wunderbar als Experiment dienen. Mit diesen Kerlen hatte doch diese ganze Menschenfressergeschichte angefangen – wobei ich zugeben musste, dass ich selbst Filo dazu angestachelt hatte.

»Filo.«

»Waaas?«

Sie sprang einfach über das Menschenspalier hinweg und war bei uns. Die Räuber wurden noch blasser.

»Dann lass es dir mal schmecken.«

»Mhm?«

»Was soll denn dieser Befehl?!«, empörte sich Raphtalia.

Ich beachtete sie nicht weiter. Filo hatte gerade die Kutsche gezogen und war noch in ihrer Königinnenform. So wirkte sie sicher ungemein bedrohlich auf die Banditen – was sie selbst allerdings nicht zu wissen schien.

Als sie den ersten schweren Schritt vorwärts tat, klammerten sich die Räuber sofort an den Wachleuten fest.

»Wir sind hier die Verbrecher! Bitte rettet uns!«

Da hatten sie aber schnell gestanden ... Solche Angst hatten sie vor Filo? Wir mussten aus ihnen herausquetschen, wo ihr Versteck war, dann konnten wir uns das Diebesgut unter den Nagel reißen. Ein bisschen was hatte diese Truppe ja schon auf dem Kasten. Jedes Mal berappelten sie sich ruckzuck wieder, und sie waren geschickt darin, Geld anzuhäufen. Sollten wir sie auch diesmal wieder laufen lassen? Das brächte später vielleicht gutes Geld. Aber daraus wurde diesmal wohl nichts.

»Wir sind Räuber! Wir gestehen alles und geben euch auch das Geld – verfüttert uns nur nicht an diesen Vogel!«

»Du, Meister? Ich hab ein ganz ungutes Gefühl. Oder spinn ich?«

»Sei einfach leise. Du könntest aber auch mal einen ihrer Köpfe anknabbern oder so.«

»Hmmm ...«

Die Schaulustigen begannen zu tuscheln.

»Frisst der Göttervogel etwa Menschen?«

»Nee, der Schildheld ist nur gut im Einschüchtern, hab ich gehört.«

»Ach, tatsächlich? Stimmt, ich hab auch schon Leute sagen hören, dass der Göttervogel in den Dörfern immer fröhlich mit den Kindern spielt.«

Da hatte Filo aber Glück. Niemand schien zu ahnen, dass sie die Personifikation der Fressgier war. Ob man sie künftig als Monster oder als Mensch ansah, hing allein an ihr.

»Da habt ihr's. Übrigens wollten die Typen mich auch schon mal anschwärzen. Damals, als ich einen schlechten Ruf hatte. Die könnt ihr ruhig ordentlich in die Mangel nehmen.«

»S... Sehr wohl ...«

Die Wachmänner sahen verdattert aus. Sie verneigten sich vor mir.

»Auf die ist doch sicher ein Kopfgeld ausgesetzt?«

»Äh ... Ja, aber der Räuberhauptmann ist wohl noch auf freiem Fuß.«

»Sagt mir, wo euer Unterschlupf ist.«

»N... Natürlich! Seht, hier auf der Karte!«

Immerhin gehorchten sie. Das war hilfreich.

»Gut, Filo, dann lauf mit Raphtalia los. Knöpft euch die Banditen in dem Unterschlupf vor.«

»Mhm!«

»Verstanden. Aber was ist mit dem Helden des Schwerts?«

»Ist wohl besser, wenn ich allein mit ihm rede, dann regt er sich nicht so auf.«

Ren hatte schließlich auch einen Teleportationsskill. Wenn es blöd lief, kratzte er wie Motoyasu die Kurve. Aber bevor das geschah, sollte ich alles daransetzen, ihn zu überzeugen.

»Na schön. Dann ziehen wir mal los.«

Ich gab Filo und Raphtalia die Karte und sie machten sich auf den Weg. Der Bürgerwehr sagte ich noch schnell, dass wir ihnen bald die übrigen Räuber bringen würden. Das Geld durften sie gern Raphtalia aushändigen.

»Der Schildheld hat diesen Konflikt geschlichtet!«

»Klasse, oder? Er hat diese verlogenen Räuber dazu gebracht, alles zu gestehen.«

»Das allein ist schon 'ne Leistung.«

»Ja, absolut.«

Da hatten sie recht. Man konnte sich noch so sehr bemühen, das Richtige zu tun. Das hieß noch lange nicht, dass am Ende auch die Richtigen bestraft wurden.

»So, noch mal von vorn. Lange nicht gesehen, Ren.«

»J... Ja ...«

Ren sah beunruhigt aus. Langsam wich er vor mir zurück.

»Warte mal! Ich bin nicht hier, um dich aufzugreifen. Ich will nur hören, was du zu erzählen hast. Ich als Schildheld kann allein gegen dich doch sowieso nichts ausrichten, oder?«

Raphtalia und Filo hatte ich weggeschickt, um ihm zu zeigen, dass ich ihm nicht feindlich gesinnt war. Sonst wäre er bestimmt erst richtig misstrauisch geworden.

»A... Ach ja?« Er entspannte sich ein wenig. Dann machte er plötzlich ein mürrisches Gesicht. »Wieso müssen mich eigentlich immer alle verdächtigen?«

Na, wenn das alles war, hatte er es doch noch ganz gut gehabt. Was sollte ich denn sagen? Mich hatte man überall als Teufel beschimpft – ich hatte nicht einmal gewusst warum. Dahinter hatten Drecksack, Bitch und die Drei-Helden-Kirche gesteckt.

»Wollen wir vielleicht erst mal in eine Taverne gehen und quatschen?«

Wäre schon schön, wenn es mir gelang, ihn zu überzeugen.

Warum war der jetzt eigentlich auch wieder aufgetaucht, ehe wir irgendwelche Vorbereitungen hatten treffen können?

Wir gingen in eine Taverne, und ich bestellte uns am Tresen etwas zu trinken. Hm? Plötzlich lag zwischen den Krügen eine Lukolfrucht – und der Wirt blickte mich erwartungsvoll an. Dann musste ich wohl. Ich steckte sie mir in den Mund.

»Er ist es wirklich!«

»Verblüffend!«

War es jetzt so weit? Galt die Lukolfrucht nun überall als sicherer Beweis, dass ich es war? Eigentümliche Vorgehensweise. Aber als Sadina das gesehen hatte, war sie ja auch ganz sonderbar erfreut gewesen.

»Du scheinst ja einiges durchgemacht zu haben.«

Erst einmal wollte ich etwas Unverfängliches sagen. Man wusste nämlich nie, was so ein Eigenbrötler anstellte, wenn er mit dem Rücken an der Wand stand. Ehe ich Raphtalia und Filo zu meinen Anhängern gemacht hatte, hatte auch ich ausschließlich an Rache gedacht.

»Oh ja ... Auch die Gilde nervt rum, ich soll mich auf dem Schloss melden. Wenn man eigenständig Monster jagt oder Kopfgelder eintreibt, gibt's Abzüge. Und dann auch noch so was wie heute!«

Na, da schau an. Der ach so coole Ren zeterte hier herum, ließ seiner Wut freien Lauf. Nun, verstehen konnte ich ihn schon. Ich hatte ja damals die gleiche Erfahrung gemacht.

»Ich hab dann die Drop-Items der Monster verkauft, von der Hand in den Mund gelebt ... und irgendwann hatte ich die Schnauze voll. Alle hatten sich gegen mich gewandt! Und sag mal ehrlich: Warum sollte ich bitte so eine Welt beschützen?«

Das war doch bloß wieder das Verlangen nach Anerkennung!

Ich konnte es kaum glauben, aber er hing immer noch in seiner Spielwahrnehmung fest.

»So sind die Leute eben. Als ich noch der Schildteufel war, ging's mir auch nicht besser. Schlechter eigentlich, meinst du nicht?«

Ich verglich meine Erfahrungen mit seinen, um ihm den Eindruck zu vermitteln, dass ich ihn verstand. Es schien zu funktionieren: Er ließ ein klein wenig die Deckung fallen. Er nickte.

»K... Kann sein ...«

Insgeheim war es mir ganz recht, dass er das Gleiche durchmachte wie ich. Aber was, wenn er den Mut verlor und dann später irgendwo umkam? Das wäre richtig übel. Er war einfach zu schwach. In jeder Hinsicht.

»Okay, und worüber wolltest du nun reden?«

Offen gesagt fiel mir nichts ein, worüber ich mit ihm hätte plaudern können. Ich hätte natürlich gleich zur Sache kommen können, von wegen er solle sich den Wellen stellen – und was genau war überhaupt bei der Geisterschildkröte passiert? Aber ich musste sehr vorsichtig sein, durfte ihn nicht aufregen. Ich hätte auch ein bisschen darüber schwatzen können, wie bei uns gerade die Lage aussah und was bisher passiert war. Aber so, wie Ren gerade drauf war, würde sich das für ihn alles nur wie Angeberei anhören. Also breitete sich Schweigen zwischen uns aus.

Es half nichts. Ich beschloss, Motoyasus ganz ähnliche Situation zur Sprache zu bringen. Auf die Art konnte ich ihm suggerieren, dass er doch sicher ganz anders sei.

»Vor ein paar Stunden hab ich Motoyasu getroffen. Ich hab ihm gesagt, dass ich oder die Krone nicht vorhaben, ihn irgendwie zu bestrafen, aber er hat weder mir noch seiner früheren Gefährtin zugehört und ist einfach abgehauen.«

Eigentlich hatte Elena ihm eine knallharte Abfuhr erteilt, aber den Teil ließ ich aus.

»Tatsächlich? Die lebt noch?« Jetzt sah Ren deprimiert aus. »Wo wir gerade dabei sind …«

Waren Rens Gefährten nicht alle gestorben? Ich meinte, mich zu erinnern, dass Kyo so etwas geäußert hatte. Was hatte er gesagt? Ren sei wie ein Wildschwein losgestürmt?

Als ich nichts sagte, schluckte Ren schwer und begann schließlich zu reden.

»Ich wollte dich ausstechen und bin deswegen los, um die Geisterschildkröte zu besiegen …«

In dem Game, das Ren kannte, hatte sich eine Katastrophe ereignet, die die gesamte Region zurückgeworfen hatte. Die Krone hatte angeblich sogar eine Truppe gebildet, die Nachforschungen darüber anstellen sollte. Die war bestimmt in Flammen aufgegangen, aber den Kommentar verkniff ich mir.

Für das Szenario hatte man etwa Level 60 gebraucht. Auf Level 80, hatte Ren sich gedacht, müsse man gegen den Endgegner leichtes Spiel haben. Es war genau das Gleiche wie bei Motoyasu. Bestimmt hatte auch er die mächtigen Waffen der Geisterschildkröte in die Hände bekommen wollen.

Ja, sie waren schon stark. Aber mir hätten sie damit trotzdem nicht das Wasser reichen können, nachdem ich meine Grundfähigkeiten auf Cal Mira so sehr gesteigert hatte.

Als die Geisterschildkröte in der Ferne aufgetaucht war, hatte Ren auf sie gezeigt, und dann waren sie losgestürmt.

»Alles klar, jetzt geht's los!«

Aber seine Gefährten erschraken dann doch, als sie sich dem Monster näherten und sich bewusst wurden, wie gewaltig es war.

»Ist die riesig ... Können wir gegen so einen Gegner überhaupt gewinnen?«

»Na klar!«, rief Ren. »Wir sind jetzt stark genug!«

Und um das unter Beweis zu stellen, lief er weiter, geradewegs auf die Bestie zu. Dabei sah er irgendwelche Skills aufblitzen, dachte sich aber nichts dabei: Das waren sicher irgendwelche Abenteurer, die in der Nähe kämpften. Im Glauben, kein gewöhnlicher Abenteurer und kein anderer Held als er selbst könne dieses Ungeheuer besiegen, schwang er sein Schwert.

»Hundred Swords!«

In einem Fluss startete er den nächsten Skill, der Zeit brauchte, um ausgelöst zu werden.

»Thunder Sword!«

Doch leider hatte er der Geisterschildkröte kaum Schaden zugefügt – im Großen und Ganzen also das Gleiche wie bei Motoyasu. Ren wunderte sich zwar, kämpfte aber dennoch tapfer weiter, um die Geisterschildkröte zu besiegen und die Menschen zu retten.

»Uooooooooooooooooooh!«

Doch ehe er sich's versah, lagen ringsum verstreut am Boden seine Gefährten, so schlimm zugerichtet, dass niemand sie mehr hätte identifizieren können. Verschwommen wurde ihm bewusst, dass sie alle tot waren.

»W... Wie kann das ...? Die waren doch alle um Level 80 ...«

Das war doch unmöglich! Plötzlich war sein Kopf wie leergefegt, und alles rückte in weite Ferne. Im Hintergrund nur noch die schwache Hoffnung, dass seine Gefährten wie in einem Videospiel wieder zum Leben erwachten. Zuletzt sah selbst er ein, dass dies nicht geschehen würde. Er erstarrte, stand nur noch verzweifelt da, bis ihn irgendjemand überrumpelte und er das Bewusstsein verlor.

Wahrscheinlich hatte ihn einer der Gehilfen der Geisterschildkröte erwischt, die Kyo unter seine Kontrolle gebracht hatte. Schließlich war Ren in einem Krankenhausbett wieder zu sich gekommen.

»Ich hab nur verloren, weil die so schwach waren«, murmelte Ren. »Deswegen sind sie auch gestorben. Hätten die sich besser mit mir koordiniert, dann hätten wir auch gewinnen können.«

Er betrachtete das ganz nüchtern, schien aber vor allem ausdrücken zu wollen, dass er nicht schuld sei. In dem Fall ... war ihm nicht mehr zu helfen. Seine Gefährten hatten an ihn geglaubt und bis zum letzten Atemzug gekämpft. Bestimmt wälzten sie sich jetzt in ihren Gräbern herum.

»Es war nicht meine Schuld. Sie waren einfach schwächer, als ich angenommen hatte. Ich bin nicht schuld. Bin ich nicht!«

Das sagte er offensichtlich nur, weil er sich seine Schuld nicht eingestehen wollte. Eigentlich verdiente er kein Mitleid, aber ich durfte ihn nicht triggern, sonst haute er am Ende doch noch ab.

»Du ... konntest nichts dafür.«

Ich glaubte selbst nicht, was ich da faselte. Ganz klar war Ren schuld mit seiner Fahrlässigkeit! Preschte los, mit nichts als seinem Spielwissen bewaffnet, und fand hinterher irgendwelche fadenscheinigen Gründe für den Tod seiner Kameraden, nur um sich seinem eigenen Schuldgefühl zu entziehen.

Wie stark waren Raphtalia und Filo eigentlich zu dem Zeitpunkt gewesen? Sie hatten sich gegen die Geisterschildkröte keine Unachtsamkeiten erlaubt. Aber selbst wenn, wären sie doch sicher nicht umgekommen. So viel Stärke sollten sie eigentlich gehabt haben. Selbst Rishia hätte in ihrer damaligen Verfassung überleben können, wenn sie sich geschickt angestellt hätte.

Am liebsten hätte ich ihm widersprochen. Ehe er anderen die Schuld gab, sollte er erst einmal über sich selbst nachdenken. Aber ich verkniff es mir.

»Ren, von jetzt an musst du es so machen, wie ich gesagt habe: Du wirst stärker, suchst dir neue Gefährten und stellst dich den Wellen. Du hast noch zwei Monate und drei Wochen, bis das Siegel des Phönix bricht.«

Es blieb noch Zeit. Wenn er sich anstrengte und alles anwandte, was ich ihm erklärt hatte, konnte er einen Neuanfang schaffen. Wäre ich meinem Gefühl gefolgt, so hätte ich ihm nur Vorhaltungen gemacht. Aber er musste überleben, der Welt zuliebe. Wenn wir Helden nicht zusammenhielten, war es gut möglich, dass die nächste Welle oder der Phönix die Welt vernichtete. Wenn stimmte, was Ost erzählt hatte, dann hatten wir die Option, die Menschen zu opfern, um die Welt zu retten. Doch was, wenn wieder so etwas wie mit der Geisterschildkröte passierte?

»Hm«, machte er.

»Wenn du erst mal von der Straße runter willst, kannst du auch in das Dorf kommen, das ich leite. Du kennst doch Raphtalia? Es ist ihr Heimatdorf. Es wurde während der ersten Welle zerstört, aber wir bauen es gerade wieder auf. Wenn du magst, kann ich dir auch erst mal ein paar Gefährten zur Verfügung stellen. Du darfst sie aber nichts Leichtsinniges machen lassen.«

»Das ginge?«

Ren schien meine Worte wohlwollend auszulegen. Das lief in eine gute Richtung. Ich würde ihn mit meiner Redegewandtheit auf meine Seite ziehen, und hatte ich ihn erst gezähmt, dann würde ich ihm die Hochrüstmethoden schon einbläuen. Denn das brauchte er im Augenblick am dringendsten: Techniken, mit denen er echte Stärke erlangte. Hatte er die gemeistert, würde er nicht mehr so leicht sterben. Es würde ja sicher auch seinen Horizont erweitern, wenn wir ihm Dinge erzählten, die nur wir wussten. Dann war er vorerst gerüstet und konnte Lurolona jederzeit wieder verlassen.

»Na gut«, sagte er schließlich.

»Sauber! Na dann …«

Doch in dem Moment erspähte ich jenseits der Tavernentür eine bekannte Silhouette.

»Warte mal kurz hier.«

»Was ist denn?«

Ren mitzunehmen, war riskant. Ich musste jedoch aufpassen, was ich jetzt sagte, sonst wurde er vielleicht argwöhnisch. Ein gutes Gespür hatte er ja, und wenn ich jetzt nicht vorsichtig war, könnte ich alles zunichtemachen, was ich gerade erreicht hatte.

»Einen Moment noch. Ins Dorf fahren wir, sobald Raphtalia und Filo zurück sind. Mir ist aber gerade eingefallen, dass ich noch was Wichtiges in der Kutsche hab. Die geh ich mal eben holen.«

»Ach ja?«

»Ich bring auch was Leckeres zu essen mit. Kannst dich schon mal drauf freuen.«

In der Kutsche hatten wir nämlich noch Räucherfleisch. Filo schrie schon die ganze Zeit, dass sie das haben wolle. Und wenn sich unsere Feinschmeckerin schon so sehr darauf freute, würde es Ren bestimmt auch schmecken.

»Mach's dir hier einfach noch ein bisschen gemütlich.«

»Okay.«

Er wirkte ein bisschen geknickt, wie er da an der Theke saß, nickte aber. Ich stand auf und verfolgte rasch die Gestalt, die ich erblickt hatte.

Kapitel 9: Umtaufung zu Witch

Ich startete meine Verfolgung allein. Gern hätte ich Raphtalia dabeigehabt, aber die hatte ich ja auf Räuberjagd geschickt. Es musste ohne sie gehen. Wäre wenigstens Raphi bei mir … Ich hätte sie doch mitnehmen sollen.

Der Verfolgte schien seinerseits jemanden zu verfolgen. Womöglich wartete er auch auf den richtigen Moment, um die Person anzusprechen.

Wir bewegten uns durch eine verlassene Gegend. Wohin wollte er nur? Mist … Ohne Raphtalia war ich gezwungen, mich in Hausschatten zu ducken, um nicht entdeckt zu werden. Das war lästig, aber wenn ich ihn direkt ansprach, lief ich Gefahr, dass er floh. Es war besser, erst einmal herauszufinden, ob er irgendwo einen Stützpunkt hatte. So konnte ich mir später mit Raphtalia einen Plan überlegen und dann einen Überfall starten, um ihn festzusetzen.

»Was mach ich nur …? Hoffentlich läuft's nicht wie bei Elena.«

Ruhelos setzte Motoyasu seinen Weg fort, ohne zu merken, dass ich ihm folgte. Was machte den Trottel bloß so nervös? Plötzlich blieb er schlagartig stehen. Ich blickte an ihm vorbei, und da verschlug es auch mir die Sprache.

In der Taverne waren Bitch und Frau Nr. 2 – und sie unterhielten sich mit Ren. Was hatten die miteinander zu bereden?

Ich ignorierte den besagten Trottel und setzte mich in Bewegung, um ihn zu überholen, nur ein einziges Ziel im Blick: Ich wollte das Miststück festsetzen. Motoyasu konnte ich ja nicht einfangen, weil der sich einfach wegteleportieren würde, aber bei Bitch sah das anders aus. Doch erst mal wollte ich hören, was sie Ren da einflüsterte …

»Du bist ein ganz anderes Kaliber als der Lanzenheld. Schon als ich dich zum ersten Mal sah, wusste ich: Das ist der Held, der die Welt retten wird.«

Ich konnte nicht fassen, was ich da hörte. Plötzlich war mir danach, schnurstracks das letzte Stück zur Taverne zu laufen und dem Miststück die Faust ins Gesicht zu rammen.

»Außerdem ... hat er sich uns aufgedrängt, genau wie der Schild. Ich wollte, konnte aber nichts dagegen sagen ... Und jetzt, da ich frei bin, habe ich dich gesucht, Herr Ren.«

Was für eine gequirlte Scheiße. Jetzt fiel ihr das plötzlich ein? Sie war doch wohl monatelang mit Motoyasu zusammen gewesen! Unwillkürlich wanderte mein Blick zu ihm: Er wirkte benommen und merkte gar nicht, dass ich neben ihm stand. Ein leises Grollen drang aus seiner Kehle. Wahnsinn, wie er sie ansah – fehlte nur noch die Sprechblase mit »Grrr« darin.

»Aber die Königin hat gesagt, du machst schon ewig lange Probleme ...«

Sogar Ren misstraute ihr. Kein Wunder, nach all dem Krawall, den sie bereits verursacht hatte.

»Herr Ren, du kennst Mamas wahren Charakter nicht«, bestürmte Bitch ihn weiter. »Man hat sie die Füchsin Melromarcs genannt. Sie verspricht sich die verschiedensten Vorteile davon, mich zu erniedrigen – etwa das Vertrauen des ketzerischen Schildes zu erringen. Und auch den Lanzenhelden hat sie um den Finger gewickelt.«

Ich war wie vor den Kopf geschlagen. Und ich zitterte vor Zorn.

»Und wer hat im Hintergrund die Geisterschildkröte gelenkt, die deinen Gefährten das Leben genommen hat? Wer hat sich das Vertrauen unserer Welt erschlichen? Es war der Schildteufel!«

Was sagte sie da? Ich sollte an allem schuld sein? Sie hatte sich keinen Deut verändert. Genug. Diesmal würde dafür ihr Kopf rollen.

»S… So war das also … Deswegen war die Schildkröte so übermächtig!«

Moment mal! Er glaubte ihr auch noch? Diesen überzogenen Müll?

Nun umarmte sie ihn und strich ihm übers Haar. »Herr Ren … Es muss schrecklich gewesen sein, deine Gefährten sterben zu sehen … Aber jetzt darfst du ruhig weinen. Es ist schon gut. Die ganze Welt will dich zum Verbrecher erklären, aber ich glaube an dich. Du hast nur für unsere Welt gekämpft.«

Er war gerade geschwächt, und sie nutzte es geschickt aus, um sich bei ihm einzuschmeicheln. Und überhaupt, war diese Nummer nicht das totale Raphtalia-Plagiat? Die hatte sie wohl nicht alle! Beschmutzte einfach unsere Erinnerungen, die mir so wichtig waren! Das war unverzeihlich!

Ich wollte sie gerade anschreien, aber Motoyasu kam mir zuvor.

»Jetzt reicht's!«, brüllte er, die Augen voller Hass, und rannte los. So sah das also aus, wenn jemandem Hörner aufgesetzt wurden. Ei, ei, ei …

»Na, wenn das nicht der Lanzenheld ist.«

Bitch warf die Haare über die Schulter und blickte ihm ruhig entgegen, einen ungeheuer fiesen Ausdruck auf dem Gesicht.

»Was ist wohl in ihn gefahren?«

»Das ist mein Text! Was fällt dir ein, dich hier bei Ren einzuschleimen? Ich hab überall nach dir gesucht!«

»Ha ha ha, ich bin eben nicht so dumm, einfach blindlings loszustürmen! Herr Ren …« Sie klammerte sich an Rens Arm und tat so, als müsste sie weinen. »Als er in der Klemme steckte, da hat er gesagt: ›Zieht die Aufmerksamkeit der Geisterschildkröte auf euch, damit ich fliehen kann.‹ Er wollte uns einfach opfern, um sich selbst zu schützen! Wir hatten Angst und sind weggelaufen. Und seitdem ist er uns hartnäckig auf den Fersen, beschimpft uns als Deserteure und so.«

»Sie lügt!«

Das war ja nicht auszuhalten. Ich bekam schon Kopfschmerzen. Motoyasus Miene kam mir irgendwie bekannt vor … Ach, na klar: Genau so musste ich ausgesehen haben, als Bitch mich verraten hatte! Sie zog die gleiche Nummer wie damals noch einmal ab, wollte ihre Giftzähne diesmal in einen weiteren Helden schlagen – und es klappte auch noch! Das ging schon über ein Miststück hinaus. Sie war ja eine richtige Hexe. Bitch? Pah! Witch wäre ein besserer Name für sie!

Sollte ich sie umbringen und später behaupten, sie habe sich widersetzt? Wenn ich Motoyasu auf meine Seite bringen wollte, war dies der perfekte Moment! Ich mochte noch so geschwächt sein: mit der würde ich spielend fertig.

»Sieh, Herr Ren, wen der Lanzenheld dabeihat! Der Teufel und er haben sich verschworen, um dich lebendig zu fangen!«

Ja, es war wohl das Beste. Ich konnte mir nichts anderes denken. Scheiße! Wären nur die Mädchen hier, dann müsste ich mich nicht auf Motoyasu verlassen, um diesem Biest den Hals umzudrehen!

»So was hattest du vor?«, fragte Ren. »Dann bist du genau wie Naofumi. Nein, sogar noch verdorbener. Wie schändlich, das Vertrauen anderer derart zu missbrauchen.«

»Ren, hör zu«, rief Motoyasu. »Flittchen belügt dich!«

»Wer's glaubt!«

»Genau! Jeden Abend hat er sich uns aufgezwungen … Er drohte, Papa umzubringen, wenn wir ihm nicht gehorchen! Dass er mich immerzu Flittchen nennt, ist doch der Beweis!«

»Hör auf zu lügen! Ich … hab mir ehrlich Sorgen um dich gemacht!«

»Wenn du mich wirklich als Gefährtin angesehen hättest, hättest du mich mit meinem richtigen Namen angesprochen!«

»Das hab ich doch nur nicht gemacht, weil das unter Strafe steht!«

Unter anderen Umständen hätte ich mir Motoyasus Elend gern noch länger angesehen, aber ich konnte mich nicht länger beherrschen.

»Wahnsinn, wie du eine Lüge nach der anderen raushaust … Witch!«

Ihre Augenbrauen schossen in die Höhe. Diese Miene setzte man auf, wenn man jemanden hasste, jedoch Überlegenheit zur Schau stellen wollte. Wenigstens in der Hinsicht waren wir uns einig.

»Sorry, aber es wird wohl Zeit, dass du stirbst. Das ist die gerechte Strafe dafür, dass du in einer solchen Lage Unfrieden unter den Helden stiftest.«

Was hatte sie schon Chaos gestiftet. Jetzt blieb wohl selbst der Königin nichts anderes mehr übrig, als sie mit dem Tod zu bestrafen. Dabei hätte sie bloß aufs Schloss zurückkehren müssen … Aber sie hetzte ja lieber die Helden gegeneinander auf!

Ren regte sich als Erster, als er meine Worte hörte. »Komm Main nicht zu nahe!«

Er schwang sein Schwert nach mir. Klirrend traf es meinen Arm. Funken sprühten. In der Taverne brach Geschrei los. Kein Wunder: Soeben begann ein Kampf unter Helden. Jeder dachte nur noch an sich selbst und floh auf die Straße.

»Hey, Ren. Überleg dir gut, wer dein Vertrauen mehr wert ist, die Hexe da oder ich.«

Hatte ich ihn jemals angelogen? Nicht dass ich wüsste! Ich hatte ihm vielleicht nicht immer alles erzählt, aber absichtlich getäuscht hatte ich ihn nie.

»Halt die Klappe! Weg von Main! Shooting Star Sword!«

Oha. Ich wusste zwar nichts über die Durchschlagkraft seiner Attacken, aber direkt hinter mir stand Motoyasu. Wenn der einen Querschläger abbekam und dabei draufging, wäre das gar nicht lustig. Ich riss den Schild hoch und blockte. Auch Motoyasu ging in Kampfbereitschaft. Die Lage war, wie sie war – wir hatten wohl keine Wahl.

»Ren, du solltest Witch lieber nicht glauben. Sie ist genau so, wie die Königin sie beschrieben hat.«

Sie verleumdete einen ungerührt und weidete sich am Leid anderer. Sie war der Typ, der an so etwas einen Heidenspaß hatte. Ganz sicher würde sie Ren schon bald hinters Licht führen und dann sitzen lassen. Wie Motoyasu!

»Guck dir doch bloß mal Motoyasu an – dieses Gesicht. Jämmerlich, oder? Sieht so jemand aus, der so was gemacht hat? Ernsthaft?«

»Nee, ich hab gehört, die Königin hat ihn auch eingewickelt! Sie und du, ihr beide seid hier die Schurken!«

»Und wer ist deine Informationsquelle? Eine einzige Person!«

»Dennoch. Sie glaubt an mich, und deswegen werde ich für sie kämpfen!«

»Krieg dich mal wieder ein! Eigentlich müsstest du's begreifen, wenn du nur ein bisschen nachdenkst. Und überhaupt: Ich hab doch wohl von Anfang an an dich geglaubt.«

»Schnauze!«

Und ich hatte mir noch extra alles verkniffen, was ich gern gesagt hätte. War auf ihn zugegangen. Ach ... Es brachte einfach nichts. Er war ehrlich überzeugt, dass er im Recht war. Und teils verstand ich ihn sogar. Anfangs hatte ich es ja genauso gemacht: Wenn mir etwas komisch vorgekommen war, hatte ich mir eingeredet, ich müsse nur mehr Vertrauen haben. Bei Ren kam hinzu, dass er im Augenblick mental am Boden war. Klar wollte er da lieber Witch zuhören, die Süßholz raspelte.

Lieber glaubte er dieser Frau als einem Kerl wie mir!

»Dann warst du die Wurzel allen Übels!«, rief er. »Dass meine Gefährten tot sind, dass man mich unterdrückt – alles deine Schuld!«

Wa...? In dem Moment vernahm ich, wie etwas riss – das musste mein Geduldsfaden gewesen sein. Pech war nur, dass Raphtalia gerade nicht hier war. Sonst hätte ich vielleicht etwas gelassener bleiben können.

»Aaaha! So willst du's also haben. Dann werde ich dir jetzt auch mal was sagen. Du machst es dir ja schön bequem, einfach anderen die Schuld an allem zu geben! Deine Gefährten sind tot, und warum? Nur weil du die ganze Zeit so getan hast, als wäre das hier ein Spiel! Dein Angriff war fahrlässig. Ehe du jemand anderem Vorwürfe machst, mach sie dir lieber selbst – denn du hast deine Gefährten auf dem Gewissen!«

»Was?!«

Jetzt kochte bei ihm so richtig der Zorn hoch, aber das war mir egal. Ich war mit meiner Geduld am Ende. Ich würde nicht länger Rücksicht auf jemanden nehmen, der sich die ganze Zeit nur immer alles so hindrehte, wie er es gerade brauchte.

»Das willst du wohl abstreiten? Deine Gefährten haben an dich geglaubt, und mehr fällt dir nicht ein? Das disqualifiziert dich nicht nur als Helden, sondern auch als Menschen.«

Er hätte wenigstens versuchen können, es schönzureden, von wegen er hätte dabei nur ans Vorankommen seiner Gefährten gedacht oder so. Aber einfach sagen, er sei nicht schuld?

Oder war es, wie ich schon einmal vermutet hatte, und er hatte sie bloß als schwächere Spieler angesehen, denen er etwas beibrachte?

Er hatte einen Kamikazeangriff gegen einen übermächtigen Endgegner geführt, alle seine Gefährten waren dabei draufgegangen, und seine Ansicht war, sie seien eben zu schwach gewesen. Ich hatte wohl doch recht gehabt: Er hielt das alles bloß für ein Game.

»Diese Welt ist kein Videospiel. Ihr könnt euch nicht ewig an diese Illusion klammern!«

»K… Klappe!«

»So sehr wir es auch bedauern, wir können nicht in unsere Welten zurück, ehe die Wellen nicht vorbei sind. Ursprünglich haben uns die Bewohner einfach herbeschworen, uns praktisch verschleppt. Das war ganz bestimmt nicht unser Fehler. Aber wir können uns nicht einfach hinschmeißen und bocken – wir müssen kämpfen, damit wir am Leben bleiben!«

Ren knirschte mit den Zähnen.

»Ich weiß noch, was du damals zu mir gesagt hast: ›Wenns nicht nach deiner Nase läuft, rennst du einfach weg?! Wie schäbig.‹ Die Worte stammen aus deinem Mund, also frage ich dich: Wer ist jetzt schäbig?«

Er hatte sich alles selbst eingebrockt. Bis seine Gefährten gestorben waren, hatte er nie analysiert, ob eine Gefahr bestand oder nicht. Selbst ich hatte mir immer im Voraus überlegt, ob ich eine Chance hatte. Aber er hatte das alles hier die ganze Zeit nur als Game gesehen. Er hatte sich zunutze gemacht, was andere vor

ihm herausgefunden hatten, und war allein mit diesem Wissen bewaffnet losgestürmt. Praktisch nichts hatte er selbst entdeckt. In gewissem Sinne war er ein Feigling.

»Aber das Spiel ist vorbei. Dein Wissen reicht einfach nicht aus.«

»Das stimmt nicht! Ich … Ich bin nicht schuld!«

»Herr Ren«, mischte Witch sich ein, »du darfst dich nicht von den Worten des Schildes verwirren lassen!«

Ich konnte die Hexe nicht mehr sehen.

»Witch, wenn du nicht sterben willst, hältst du jetzt lieber den Rand.«

Sie musste gespürt haben, dass ich es ernst meinte, denn sie stieß einen kleinen Schrei aus. Aber eine Sekunde später öffnete sie schon wieder ihren Mund.

»Du willst es also nicht anders. Shield Prison!«

Ich ließ einen Käfig aus Schilden um sie erscheinen. Jetzt musste ich nur noch zum Schild des Ingrimms wechseln und sie mit Iron Maiden durchbohren. Aber etwas in mir bewahrte die Ruhe und trat auf die Bremse. War das wirklich eine gute Idee, jetzt zum Schild des Ingrimms zu wechseln? Raphtalia und Filo waren nicht hier. Was, wenn mich der Zorn übermannte und ich Ren mit Dark Curse Burning S abfackelte? Das wäre fatal.

»Ich bin nicht schuld!«, rief er. »Lass Main frei!«

»Was soll ich? Oh Mann, du bist genau anstrengend wie Motoyasu.«

Lass sie frei, lass sie frei, in einer Tour. Wie die nervten! Wenn sie unbedingt frei sein musste, dann sollte ich sie vielleicht vom Leben befreien!

»Du hast dich doch mal geweigert, mir zu verzeihen, oder? Jetzt sage ich dir mal was, auch wenn du's nicht hören willst: Was du getan hast, ist unverzeihlich. Du bist ein Mörder.«

»Halt die Fresse! Du nervst! Sei endlich still!«

Schlotternd stand er da. Er machte sich wohl schwere Vorwürfe. Damals, als so viele Menschen in jenem verseuchten Dorf gestorben waren, da hatte er seine Schuld anerkannt. Ich erinnerte mich noch deutlich, wie er sofort dorthin aufgebrochen war, als er davon erfahren hatte. Insgeheim war ihm bewusst, was er getan hatte, er gestand es sich bloß nicht ein. Vielleicht konnte er es nicht. Aber in Wahrheit wusste er es.

»Es war keine Absicht, das ist mir klar. Dennoch sind sie tot, und du bist am Leben. Und gerade darum musst du doch jetzt was tun, oder?«

»Klappe! Sei endlich still!«

»Ich sag's dir, so oft es sein muss. Eigentlich weißt du, was du jetzt zu tun hast! Eins kann ich dir aber versichern: Dem Miststück da solltest du nicht glauben.«

»Ruheeeeee! Ich vertraue Main!«

Er zog abermals sein Schwert und schwang es nach mir. Ich parierte seine Attacke mit dem Schild. Es klirrte leise. Nanu?

»Nimm das!«

Rens Klinge prallte zurück; sofort hieb er erneut zu, diesmal nach meinem Gesicht. Ich wehrte nicht einmal ab. Es klirrte metallisch. Erst grinste Ren, doch dann sah er mich aus weiten Augen ungläubig an.

»Wa...? Das kann doch nicht ...«

»Das Schwert, das du gerade benutzt, stammt doch bestimmt aus den Materialien der Geisterschildkröte, die du so dringend gewollt hast. Überraschend schwach, findest du nicht?«

Rens Angriff war nicht durchgedrungen – ich hatte nicht einmal abwehren müssen. Natürlich hatte ich im Gegensatz zu ihm maximal hochgerüstet. Dennoch war ich erstaunt, wie gering die

Durchschlagskraft seines Schwerts war. Raphtalia hätte mich definitiv verwunden können mit den Angriffen, die sie jetzt beherrschte. Und das, obwohl ihre Vasallenwaffe sich weniger effektiv hochrüsten ließ als die Heldenwaffen. Und trotz ihrer auf ein Drittel gesenkten Werte.

»Herr Ren, lass uns von hier verschwinden!«

Verflucht ... Während wir geredet hatten, hatte mein Käfig sich wieder aufgelöst. Ich musste schnell etwas tun, ehe sie sich noch wegteleportierten. Könnte ich doch nur auf Raphtalia und Filo zurückgreifen! Aber im Augenblick gab es nur einen, auf den ich bauen konnte.

»Motoyasu, du hast es jetzt aber begriffen, oder? Los, machen wir das Miststück schnell fertig!«

»O... Okay!«

»Lügner! Schummler! Hör auf, dir alle Stärke allein unter den Nagel zu reißen!«

Immer wieder redete Ren von Schummelei. Wahrscheinlich war er selbst derjenige, der Lust hatte zu schummeln! Ich verspürte den Drang, ihm das zu sagen, aber jetzt war nicht der geeignete Moment.

»Stell dich der Realität! Die Ursache deiner Niederlage ...«

Er schlug mehrmals mit dem Schwert nach mir, aber ich fing alle Hiebe ab, ohne Schaden zu nehmen.

»Uaaaaaaaaaaaaaaah!«

Er war völlig durch den Wind. Unter normalen Umständen hätte er die Situation doch sicher gelassen analysiert. Er hatte sich in die Sache mit dem Cheaten hineingesteigert; jetzt war alles zu schlimm, und er konnte nicht mehr klar denken. Am besten ignorierte ich ihn und brachte erst einmal Witch um. Die schien nämlich schon wieder irgendwas auszuhecken.

»Motoyasu! Was zögerst du noch? Mach schnell!«

»V… Verstanden!«

Er schien zu ahnen, was ich vorhatte, und hob seine Lanze. Er war zwar auch sichtlich durcheinander, hörte aber offenbar auf meine Anweisungen. Gut, dann sollte er die Hexe für mich umbringen.

»Herr Ren!«

Ren hatte nur verwirrt dagestanden, doch als er sie schreien hörte, kam er wieder zu sich. Hatte er begriffen, dass es ihr jetzt an den Kragen ging? Verflucht. Ich hatte gehofft, er würde mich einfach weiter angreifen …

»Alles klar! Flashing Sword!«

Ren hatte wohl begriffen, dass die Hexe und er ins Hintertreffen gerieten, und ließ einen Skill los. Sein Schwert blitzte auf und blendete mich.

»Uh …«

Motoyasu war anscheinend auch geblendet und bewegte sich nicht von der Stelle.

»Du … verdammter …«

Meine Augen brannten. Ich streckte den Arm nach Witch aus, um sie am Fliehen zu hindern, doch zu spät: Ren zog sie und Frau Nr. 2 zu sich und riss sein Schwert empor.

»Transport Sword!«

Wie Motoyasu zuvor verschwamm er vor meinen Augen – und Witch mit ihm.

»Diesmal entkommst du mir, Hexe«, rief ich, »aber ich jage dich bis in die Hölle. Fürchte dich, während du auf mich wartest.«

»Pöh!«, machte sie noch, dann war sie verschwunden.

Dieser Skill war wirklich lästig. Immerhin war Motoyasu noch da. Er stand mit hängendem Kopf da, als hätte ihn alle Kraft verlassen, und seufzte. Es war, als wäre er nur körperlich anwesend.

»Was ist? Willst du gar nicht abhauen?«

»Mir reicht's. Ich hab allen vertraut, hab nach ihnen gesucht, und dann das. Die Leute in den Städten und Dörfern sind auch so abweisend. Ich kann nicht mehr …«

Sein Blick trübte sich. Es war, als verzweifelte er an der ganzen Welt. Das beunruhigte mich. Würde jetzt ein Fluch von ihm Besitz ergreifen?

»Ich nehm dich erst mal mit aufs Schloss. Und danach hörst du mir eine Weile zu. Jedenfalls ist dir endlich klar, was hier gespielt wird.«

Nun musste er ja wohl begriffen haben, was für ein Miststück diese Frau war, der er so sehr vertraut hatte. Einen gemeinsamen Feind zu haben, würde uns enger zusammenschweißen. Wenn wir nun noch unsere Hochrüstmethoden zusammenführten, standen wir beide super da. Und gab es erst einmal dieses Band zwischen uns, würden wir uns die Hexe krallen.

»Jaja, meinetwegen«, sagte er gleichgültig. »Nimm mich mit, egal wohin. Und wenn du mich umbringen willst, dann mach halt …«

»Niemand hat was von umbringen gesagt …«

Aber nach allem, was er erlebt hatte, war das vielleicht verständlich.

»Ich soll alle retten, das wird als selbstverständlich erachtet. Einmal geht was schief, und sofort werfen sie mit Steinen nach mir. Ich hab Flittchen und Elena vertraut, und in Wirklichkeit sind sie so … Jetzt ist mir alles egal.«

Er war einer Notlage entronnen, weil er fest an seine Gefährtinnen geglaubt hatte. Doch nun, da er wusste, wie sie wirklich dachten, fiel er der Verzweiflung zum Opfer.

Die Sonne stand schon tief. Sollten wir nach Lurolona? Aber wir mussten noch auf Raphtalia und Filo warten.

»Dann war ich eben schuld an der Katastrophe ... Bist du jetzt zufrieden?«

»Du? So ein Quatsch! Was glaubst du, warum ich in die andere Welt gewechselt bin?«

Die Ursache für die Katastrophe war doch wohl Kyo gewesen. Das konnte man Motoyasu nun wirklich nicht vorwerfen.

»Lass mich einfach allein ...«

Ich sollte ihn wohl doch nicht mit ins Dorf nehmen. Da war so ein Tohuwabohu, das würde ihn nur aufregen. Und wenn er erst sah, wie Atla oder Sadina sich an mich klammerten, würde ihn sein Verlust umso härter treffen. Es half nichts. Wir würden die Nacht hier verbringen müssen, in der Hoffnung, dass Motoyasu seine Gefühle sortiert bekam.

»Herr Naofumi, da sind wir wieder ... Huch?«

Soeben kamen Raphtalia und Filo zurück, die gefesselten Räuber im Schlepptau.

»Was ist passiert?«

»Tja.«

Ich berichtete ihnen, was sich gerade abgespielt hatte. Als Raphtalia hörte, wie die Hexe sie imitiert hatte, war sie völlig perplex.

»Unfassbar, diese Frau ...«

»Damit lasse ich sie nicht durchkommen«, sagte ich.

Filo stupste den niedergeschlagenen Motoyasu an. Mensch, so geknickt war er, nur weil er jetzt die wahre Natur dieser Frau kannte? Ach nein, womöglich hatte ihn das elende Leben, das er zuletzt hatte führen müssen, ans Ende seiner Kräfte gebracht. Mir war's wumpe, und ich hätte mir gern noch länger sein gepeinigtes Gesicht angesehen, aber ich hatte das Gefühl, dass Raphtalia mich mal wieder anstarrte.

»Herr Naofumi, was denkst du gerade?«

»Ach, nichts. Suchen wir uns schnell 'ne Herberge.«

»Kehren wir nicht nach Lurolona zurück?«

»Na ja, wir haben Motoyasu dabei ... Es wäre gefährlich, ihn jetzt aufzuregen. Bei mir läuft's so gut. Was, wenn er sich mit mir vergleicht und sich dann was antut? Das können wir gar nicht gebrauchen.«

»I... Ich verstehe.«

»Ich spring später hin und sag Bescheid. Eigentlich kommt's mir ganz gelegen. Schlafen wir uns ruhig mal aus.«

Irgendwie hatte man in Lurolona immer irgendwelche Scherereien, sei es mit Atla oder Sadina. Auch für mich selbst war es gut, wenigstens mal eine Nacht lang auszuspannen.

Und so zogen wir mit Motoyasu los, um uns eine Übernachtungsmöglichkeit zu suchen.

Kapitel 10: Ein neuerliches Erwachen

Die Mahlzeiten bei der Unterbringung waren nicht inbegriffen. Also schleppte ich Motoyasu in eine Taverne, in der man auch etwas zu essen bekam.

Er trat ein, suchte sich einen Platz am Rand der Theke und bestellte sich Wein. Mit hängendem Kopf saß er da und trank in kleinen Schlucken.

Die ganze Zeit hatte er nichts als Frauen im Kopf gehabt. Und das hatte man ihm nun genommen.

Eine Frau näherte sich ihm mit wiegenden Hüften. »Trinkst du was mit mir?«

»Sorry, aber ich trink allein. Lass mich in Frieden.«

Es stand schlimm um ihn. Dabei war Witch die ganze Zeit dieselbe gewesen. Aber er hatte ja nicht hören wollen, hatte ihr blindlings vertraut.

Wir anderen aßen unterdessen zu Abend. Es gab reichlich und es war auch erfreulich billig.

Für viele Gerichte hatten sie anscheinend die tomatenartigen Früchte aus jenem Dorf im Süden verwendet. Filo aß sich an dem recht leckeren Essen satt und lief dann gutgelaunt zum Barden hinüber, um mit ihm zu singen.

»Na los, Mädchen, sing noch eins!«

»Mhm. Geeern!«

Filo wurde übermütig und schmetterte so richtig los. Eine schöne Stimme hatte sie. Irgendwie klappte das super mit dem Barden und ihr. Sie sang ein merkwürdiges Lied. Klang wie ein Anime-Song. War das etwa eins der Lieder aus Kizunas Welt? Vielleicht bildete ich es mir ein, aber die Leute vor der Bühne schienen sie komisch anzusehen. Hieß das etwa …?

»Herr Naofumi … Ich hab mal gehört, dass es Wesen gibt, die mit ihrer Singstimme Seemänner betören, sodass ihre Schiffe auf Riffe laufen.«

»Was für ein Zufall – an solche Wesen hab ich auch gerade gedacht. Das könnte diese komische Magie sein, die auf Liedern basiert. Die, die sie als Humming Fairy gelernt hat.«

In Zeltoble hatten wir uns während der Kolosseumskämpfe einen Eindruck davon verschaffen können. Sie kannte verschiedene Lieder, und anscheinend konnte sie die Musik des Barden mit ihrer eigenen Kraft kombinieren, um weitere hervorzubringen.

Wesen, die andere mit ihrer schönen Stimme verwirrten, das waren zum Beispiel Harpyien oder Sirenen. An die musste ich nun denken, als die Leute ringsherum mit verträumtem Blick ihrem Gesang lauschten. Als Filo schließlich fertig war, erntete sie tosenden Beifall. Die Gäste forderten eine Zugabe, aber Filo schien genug zu haben. Sie rief, sie habe keine Lust mehr, und sprang von der Bühne.

Dann bekam sie einen Blumenstrauß überreicht. Sie kam ja richtig gut an! Jemand anderes drückte ihr so etwas wie eine Karotte in die Hand. Da sie auf die positiver reagierte, wollten ihr plötzlich alle etwas zu essen zustecken. Mit ihrem Geschenkeberg beladen ging sie zu Motoyasu – keine Ahnung, was in sie gefahren war.

»Was hast duuu? Dir geht's nicht so gut, oder? Du bist ganz anders als sonst!«

Mir fiel wieder ein, wie bezaubert er von Filo gewesen war, und wie oft er ihr vernarrte Blicke zugeworfen hatte, ehe er verschollen gegangen war. Er hatte einmal geschwärmt, wie toll er Engel fand, das wusste ich noch. Filo entsprach wohl irgendwelchen

Charakteren die er aus seinem Game kannte. Wobei er Frauen ja generell als Engel ansah.

Nun jedoch reagierte er kaum auf sie, schwieg nur vor sich hin. Höchst widerwillig drehte er den Kopf in ihre Richtung, wandte den Blick aber gleich wieder ab. Sonst war er immer so hingerissen, und jetzt ließ er Filo links liegen ... Oh ja, es stand tatsächlich schlimm um ihn.

»Das passiert, wenn man Hunger hat. Dann ist man ganz kraftlos. Ich sing ein Lied für dich, damit's dir wieder besser geht.«

Jetzt stieg sie doch noch einmal auf die Bühne und fing an zu singen. Hatte sie nicht gesagt, sie wolle nicht? Netter Rhythmus aber.

»Filo kennt ja viele Lieder! Sie hat wohl seit ihrer Zeit als Humming Fairy ihr Repertoire erweitert.«

»Das liegt daran, dass sie in Melromarc durch so viele Städte gekommen ist. Singen mochte sie ja schon immer. Wenn sie in einer Taverne war, hat sie sich immer die Lieder angehört und sie sich gemerkt.«

Das stimmte. Sie hatte immer gern gesungen, wenn sie gut gelaunt gewesen war.

»Von den Dorfkindern wird sie auch sehr geschätzt: Denen hat sie immer Schlaflieder vorgesungen.

»Ach ja, stimmt! Wenn sie nicht bei Melty schlafen konnte, hat sie immer im Dorf gesungen. Ich erinnere mich.«

Und jetzt tanzte sie in Motoyasus Richtung und sang dabei. Als ich das sah, bekam ich selbst gleich gute Laune. Das sah immer mehr nach einem Anime aus, in dem die Charaktere sich in Flugzeuge verwandeln konnten. Wer hatte ihr denn das beigebracht? Kizuna? Sie war ja eine Gamerin gewesen und hatte bestimmt auch Animes geguckt – wenn sie nicht gerade angeln gewesen war. Nach dem Lied ging Filo ein weiteres Mal zu Motoyasu.

»Hey, komm nicht ständig bei mir an. Ich kann Frauen nicht mehr ab.«

»Na guuut.« Filo wühlte in ihren Geschenken. »Iss das hier, dann bist du bald wieder gut drauf.«

Sie hielt ihm die Karotte und eine Blume hin, als wollte sie ihn necken. Aber sie war wohl bloß mal wieder neugierig. Motoyasu plötzlich derart niedergeschlagen zu sehen, erregte ihr Interesse.

Auch die Kinder im Dorf waren anfangs mutlos gewesen. Filo hatte mich bestimmt murmeln hören, dass ich Motoyasu unbedingt überzeugen musste, und hatte daher sicher beschlossen, mir zu helfen.

Doch Motoyasu starrte Filo nur an. Dann begann er plötzlich zu zittern.

»W… Wäääääääääääääääääh!«

Mit einem Mal heulte er los und schlang die Arme um Filo.

»Aaaaaaaaaaaaaaaaaaaaaaaaaaaah!!«

Oha, der Schrei, den sie ausstieß, war auch nicht von schlechten Eltern. Sie versuchte, sich Motoyasus Griff zu entwinden, aber er war überraschend stark, und aus der Flucht wurde nichts.

»Buhuuuhuuuu …«

Mensch, Motoyasu flennte ja echt.

»Meisteeer! Hilfeee!«

Filo standen nun ebenfalls Tränen in den Augen. Verzweifelt streckte sie die Hand nach mir aus. Was war denn jetzt passiert? Und warum?

»Mann, was soll das?«

Ich trat näher, um Filo zu helfen – sie fühlte sich sichtlich unwohl –, aber Motoyasu hielt sie weiter fest und weinte sich aus, wurde regelrecht von Schluchzern geschüttelt.

Wie durfte man das verstehen? Wenn er Witch nicht an seiner Seite haben konnte, dann eben Filo? Ach, was wunderte ich mich überhaupt? Er hatte ja schon vor langer Zeit öffentlich erklärt, wie sehr sie ihn faszinierte.

»Nimm deine wahre Form an. Dann erschrickt er sich und lässt von dir ab.«

»G... Gut!«

In ihrer wahren Gestalt hatte sie ihm nämlich ein Trauma verpasst. Wenn sie in ihrer Monsterform war, wagte er sich nicht einmal in ihre Nähe. Also befolgte Filo meinen Rat und verwandelte sich. Jedoch ...

»Filo ... Wie du duftest ...«

Jetzt umklammerte er Filo in ihrer Filolialform und schnupperte an ihrem Gefieder. Bäh! Ekelhaft!

»Er lässt nicht los! Er lässt nicht los, Meisteeer!«

Sie war in ihrer Filolialform, und trotzdem ließ er nicht von ihr ab? Was war denn nun los? Aber ich hatte schon so eine Ahnung. Zeit, was dazu zu sagen.

»Das kommt davon, wenn man nett zu einem deprimierten Kerl ist! Jetzt übernimm auch die Verantwortung und kümmere dich um ihn!«

»Warte mal bitte«, sagte Raphtalia. »Nach der Logik müsstest du mich genauso behandeln!«

»Was redest du da?!«

Anscheinend war sie ebenfalls ziemlich verwirrt.

Da fiel mir ein, hatte ich Filo nicht indirekt gebeten, Motoyasu aufzumuntern? In dem Fall wäre es ganz schön unfair von mir, die ganze Verantwortung auf sie abzuwälzen.

Hm, ich hatte Ren doch auch Nettigkeiten zugeflüstert, und das hatte gar nichts gebracht. Ein Jammer, das Witch erfolgreich gewesen war.

Jetzt war ich auch schon wirr im Kopf …

»Lass looos!«

»Filo … Süße, kleine Filo …«

Er fing an, seine Wange an ihrer zu reiben. Mit ihrer übermenschlichen Kraft versuchte sie, ihn abzuschütteln, aber er klebte an ihr wie ein Krake mit Saugnäpfen. Sie konnte wohl keine rohe Gewalt anwenden, weil ihr dann die Federn ausgerissen wurden. Es täte zu sehr weh. Sie war eben doch überraschend schmerzempfindlich.

»Hilfeee!«

Mittlerweile heulte sie auch. Aber was konnte ich tun?

»Ähm … Motoyasu.«

»Fiiilooo!«

Sinnlos. Er hörte mich gar nicht. Und Filo ebenso wenig. Jetzt war es doch passiert. Er war übergeschnappt. Oder war etwa ein neuer Fetisch bei ihm erwacht? Filos Filolialform machte ihm wohl nichts mehr aus? Dabei hatte sie ihm doch damals zwischen die Beine getreten. Wo war sein Trauma hin?

»Meisteeer!«

Wir hatten Motoyasu mitnehmen wollen, aber daran war jetzt wohl nicht mehr zu denken.

»Wenn du dich nicht um ihn kümmern willst, dann geig ihm die Meinung und werde ihn irgendwie los.«

»Mhm!«

»Aber er ist doch kein Monster, das man einfach aussetzen kann …«

»Motoyasu, schön, dass es dir wieder besser geht. Und jetzt

vertrau auf das, was ich dir übers Hochrüsten erzählt hab und sieh zu, dass du dich ordentlich hochpowerst!«

»Verstanden! Fiiilooo ...«

Filo stürmte aus der Taverne, während Motoyasu noch an ihr hing.

»Äh ...«

Raphtalia sah ihnen verdattert und erschöpft hinterher.

»Wir verschieben es erst mal, Motoyasu mitzunehmen. Aber schon erstaunlich, wie schnell er sich von seinem Leid erholt hat ...«

Er war kein Kind von Traurigkeit. Nicht zu fassen ... Wenn er Bitch und die anderen nicht an seiner Seite haben konnte, dann sattelte er eben auf Filo um. Na ja, sie taugte ja auch als Reittier ... Hey, hatte ich das nicht pfiffig ausgedrückt? Na ja, wohl eher nicht.

»Ich habe das Gefühl, dass der Lanzenheld weit über bloßes Leid hinaus ist, meinst du nicht?«

»Das wird schon wieder, wir müssen Filo bloß das Biest spielen lassen. Sobald er wieder aufnahmefähig ist, lassen wir sie sagen: ›Ich hatte es nur auf dein Essen abgesehen.‹ Dann ist er ruckzuck wieder der Alte.«

»Und so etwas traust du Filo zu?«

Gute Frage. Wenn ich ihr befahl, exakt diese Worte zu sagen, würde sie das hinbekommen? Eine gewisse Unsicherheit blieb. Ich dachte noch eine Weile nach.

»Ach, irgendwie wird das schon«, sagte ich schließlich.

»Bist du sicher?«

»N... Na ja ... Schon ...«

Ich hatte irgendwie ein ungutes Gefühl bei der ganzen Sache. Wenn wir nichts unternahmen, dann war es, als wären wir schuld. Andererseits war Motoyasu ja ein zähes Kerlchen. Der würde das schon aushalten. Einmal ausschlafen, und morgen rannte er bestimmt wieder Frauenärschen hinterher.

Filo kam dann übrigens zurück und berichtete uns, sie habe Motoyasu von einer Klippe gestoßen. Die kannte ja gar kein Pardon! Aber sie hatte ganz schön Federn gelassen. Hatte offenbar unter Einsatz ihres Lebens kämpfen müssen, um ihn loszuwerden. Es schien sie nicht zu belasten, sie erzählte es uns völlig unbekümmert.

Doch am nächsten Morgen …

»So, nachdem wir Motoyasu jetzt erst mal nicht mitnehmen, erstatten wir der Königin Bericht und kehren dann nach Lurolona zurück.«

Es war wunderbar, ausnahmsweise mal einen Morgen verbringen zu können, ohne belästigt zu werden. Ich hatte zudem gut geschlafen, was ebenfalls geholfen hatte, meinen Stress zu lindern. Heute hatten wir auch einiges zu erledigen, da brauchte ich meine ganze Kraft.

»Ja, gern«, sagte Raphtalia.

»Meister, ich will schnell wieder nach Hause!«

Filo sah mich mit furchtsamen Augen an. Die Sache mit Motoyasu hatte ihr offenbar doch zugesetzt. Gemocht hatte sie ihn ja schon vorher nicht. Aber wenn sie ihn nicht ausstehen konnte, warum war sie ihm dann überhaupt so auf die Pelle gerückt?

»Sag mal, warum wolltest du ihn gestern eigentlich aufmuntern? Irgendwie kommt's mir vor, als hättest du das für mich gemacht.«

»Weil es ihm nicht gut ging. Ich wollte ihn genauso aufmuntern wie die Kinder im Dorf.«

Was ihr immer einfiel … Bei Motoyasu musste man mit so etwas sehr vorsichtig sein. Der Kerl war hartnäckig.

»Wenn du ihn das nächste Mal triffst, mach, was ich gesagt hab. Sei so richtig fies zu ihm.«

»Guuut.«

»Also, dann mal los – ich muss rechtzeitig zu Hause sein, um Frühstück zu machen. Filo, wir teleportieren uns, bring du schon mal die Kutsche heim.«

»Neiiin! Dann kommt doch wieder der Lanzenmann!«

»Quatsch«, sagte ich, während ich die Tür öffnete. »Selbst Motoyasu würde ni...«

»Guten Morgen, Vater.«

Ich schlug die Tür sofort wieder zu.

Warum hatte Motoyasu vor unserem Zimmer sein Lager aufgeschlagen?! Und dann redete er auch noch so einen Blödsinn! Ich sollte plötzlich sein Vater sein? Ich erinnerte mich gar nicht daran, einen Sohn zu haben – der älter war als ich! Überhaupt redeten wir hier von Motoyasu. Das war völlig ausgeschlossen, was für Verwicklungen man sich auch zurechtspinnen mochte. Ich fasste mir an die Stirn und senkte den Blick.

»Was soll das jetzt bloß wieder ...?«

»Was ist denn?«, fragte Raphtalia.

»Ähm ...«

Ich war gerade erst aufgewacht und mein Kopf war noch blutleer. Es war mir zu mühsam, Raphtalia die Lage zu erklären, also trat ich beiseite, damit sie sich selbst ein Bild machen konnte. Sie öffnete die Tür – und runzelte die Stirn.

»Warum ist in Filos Zimmer eine Waschbärsau? Heeeee!«

Wumms

»Urks?!«

Raphtalia hatte Motoyasu blitzschnell mit dem Knauf ihres Katanas weggestoßen. Eilig schloss sie die Tür.

Waschbärsau ... Wir bekamen ja die erstaunlichsten Wortneuschöpfungen zu hören, und das schon so früh am Morgen. Das fiel ja schon unter Beleidigung.

»Ähm ...«

Raphtalia stand einen Moment in der gleichen Pose da wie ich kurz zuvor. Dann nickte sie.

»Jetzt kenne ich den Grund. Was machen wir bloß?«

»Wie lange hängt der überhaupt schon vor unserem Zimmer rum?«

»Ich glaub, ich hab vor längerer Zeit irgendetwas rascheln hören ... Aber mir kam nicht in den Sinn, dass er die ganze Zeit dort warten könnte!«

»Ja, ich hab's auch gehört, dachte aber, da sind bloß irgendwelche Abenteurer auf dem Gang. Dann war er das also?«

Dafür, dass er von einer Klippe gestürzt war, schien es ihm ja ganz gut zu gehen.

»Filo.«

»Ich mag nicht!«

»Wenn du ihn nicht in die Wüste schickst, läuft er uns bis in alle Ewigkeit hinterher«, sagte ich. »Bring ihn dazu, dass er seine Waffe ordentlich hochpowert und sich den Wellen stellt.«

»Uh ...«

Mit zusammengezogenen Augenbrauen öffnete Filo die Tür.

»Oh, liebste Filo!«

Motoyasu wollte sich sofort auf sie stürzen, aber Raphtalia verhinderte es, indem sie ihn in den Schwitzkasten nahm.

»Lass mich los, Waschbärsau! Ich will meine geliebte Filo in die Arme schließen!«

Raphtalia lächelte, schien jedoch plötzlich von einer finsteren Aura umgeben. Sie blickte Filo auffordernd an. Ich kam noch immer nicht mit. Was redete der Typ überhaupt?

»Ähm …« Filo räusperte sich. »Ich hatte es nur auf dein Essen abgesehen. Versteh das nicht falsch.«

»So beginnt unser Glück eben mit einem Missverständnis … Das macht mir nichts aus, süße Filo – ich akzeptiere dich trotz aller Berechnung!«

»Ich will aber nicht!«

Den brachte ja nichts ins Wanken. Das führte zu nichts. Die Situation war so absurd, dass ich nur verdattert dastand. Doch mit einem Mal wandte sich Motoyasu zu mir um und sah mich ernst an.

»Vater. Bitte gewähre mir die Hand deiner Tochter.«

»Vater?! Hast du sie noch alle?«

Klar, ich hätte ihr Pflegevater sein können. Ich erinnerte mich aber ganz gewiss an kein Adoptivkind, das sich in ein riesiges Monster verwandeln konnte!

»Vater, deine Tochter hat mich gerettet und mich wahre Liebe gelehrt. Ich werde sie ganz gewiss glücklich machen. Bitte überlasse sie mir!«

»Ich sag doch, ich bin niemandes Vater! Vielleicht bin ich für Filo so was wie ein Pflegevater, aber warum sollte ich sie dir überlassen?«

»Neiiin! Meister, rette mich! Meeel!«

Jetzt war Filo schon ganz durcheinander. Mit Melty konnte ich nun leider nicht dienen.

»Aber … Vater und Kind? Das ist doch ein Verbrechen!«

»Hast du mir überhaupt zugehört?«

»Du magst es schönreden, wie du willst, aber eine derartige Beziehung zwischen Vater und Kind ist unrein!«

»Jetzt sei endlich still!«, rief Raphtalia, schubste Motoyasu aus dem Zimmer und schloss die Tür.

Es stand schlimmer um ihn, als ich gedacht hatte. Er hatte eine tiefe Wunde erlitten. Würde sie je wieder ganz heilen?

»Mach die Tür auf, Waschbärsau! Lass Filo und ihren Vater frei!«

»Hör endlich auf mit dem Scheiß!«

Stattdessen fing Motoyasu nun an, gegen die Tür zu hämmern. Mann, tat mir der Kopf weh. Vernünftig reden war mit ihm ja noch nie möglich gewesen, aber jetzt kam es mir so vor, als hätte er einen Hirnschaden davongetragen. Er hatte sich ja in einen regelrechten Stalker verwandelt. Was stellten wir bloß mit ihm an?

Filo war nett zu ihm gewesen. Das musste das Ganze ausgelöst haben. Wer mit dem Rücken an der Wand stand, war manchmal zu Unvorstellbarem fähig. Ren und ich konnten ein Lied davon singen. Mir war zwar schlicht unbegreiflich, wie aus dem, was gestern geschehen war, das hier hatte erwachsen können, aber rational betrachtet hatte Filo wohl Motoyasus Seele gerettet, und jetzt hatte sie ihn am Hals.

Er war der Typ, der für die Liebe brannte – so viel war schon immer klar gewesen. Aber seiner Reaktion nach gehörte er dann wohl auch zu dem Typ, der seinen Liebschaften nachjagte, oder? Ach, wen interessierte das überhaupt? Solche Gedanken waren die reine Zeitverschwendung!

»Du machst ja einen ganz schönen Lärm!«, rief plötzlich jemand auf dem Gang, wohl eine Abenteurerin, die im Nebenzimmer geschlafen haben musste.

»Hör auf zu grunzen, Sau! Verschwinde!«

»S… Sau?! Was fällt dir ein!«

Unser Frauenheld Motoyasu beleidigte eine Frau? Die musste ja ziemlich hässlich sein! Das wollte ich jetzt aber genauer wissen.

Ich öffnete die Tür einen Spaltbreit, um hindurch zu spähen.

Ich hatte falsch gelegen: Es war eine schöne Frau, die sich dort mit Motoyasu ein Wortgefecht lieferte. Ich war ziemlich sicher, dass sie eine Tänzerin aus der Taverne war.

Und die beschimpfte er als Sau? Das wäre beim früheren Motoyasu undenkbar gewesen. Was war nur mit seinem Kopf passiert? Was stand ihm wohl vor Augen, wenn er Raphtalia oder diese Frau ansah? Irgendwie war ich neugierig.

Hatte ihn tatsächlich ein Fluch befallen?

»Was machen wir nun?«, fragte Raphtalia. »Auf diese Weise kommen wir nie hier raus ...«

»Filo, du musst ihn zur Vernunft brin...«

»Nein!«

Was sollten wir bloß tun? In dieser Verfassung schien Motoyasu noch hartnäckiger zu sein als sonst.

»Klettern wir erst mal durchs Fenster raus«, schlug ich vor. »Wir erklären dem Gastwirt die Lage und hauen ab. Fragt sich bloß, wie wir das mit der Kutsche machen ...«

»V... Verstanden«, sagte Raphtalia.

Wenn wir zu dem Schuppen gingen, in dem wir die Kutsche untergebracht hatten, würde Motoyasu das mitbekommen und uns abfangen.

»Meine Kutscheee ...«

Filo schien es auch begriffen zu haben. Nervös blickte sie hierhin und dorthin.

Was war Motoyasu bloß für ein Idiot! Wie hatte es nur so weit kommen können? Ich verstand es einfach nicht. Jetzt mussten wir schon vor ihm die Flucht ergreifen, eine völlige Umkehrung der Situation!

»Die Kutsche müssen wir erst mal aufgeben, sonst erwischt uns

Motoyasu. Wir warten auf eine günstige Gelegenheit und holen sie uns später zurück.«

»Na guuut …«

Filo stimmte verzagt und widerwillig zu. Und das, obwohl sie dafür ihre Kutsche zurücklassen musste. Motoyasus Avancen setzten ihr mächtig zu.

Und so flohen wir also erst einmal aus der Herberge.

Mit dem Teleportationsskill sprangen wir zum Schloss, um der Königin zu berichten, was mit Witch vorgefallen war. Filos Blick zuckte weiterhin suchend umher.

»Wenn Motoyasu in der Nähe wäre, wüsstest du's bereits. Du übertreibst es mit der Wachsamkeit.«

»Ich weiß, aber irgendwie kommt's mir vor, als wäre er doch da! Igitt!«

Sie konnte ihn kein winziges Bisschen mehr leiden! Ihr immer wieder zu sagen, wie sehr man sie vergötterte, hatte bei ihr offenbar den gegenteiligen Effekt.

Aber trotz allem würde Motoyasu wohl kaum ins Schloss kommen … vermutete ich zumindest. Sein Gesicht war den Bewohnern der Schlossstadt bekannt. Es wäre praktisch unmöglich für ihn, sich zu verstecken. Zaubern hatte er nie gelernt, er hatte sich immer nur auf jene Kristallkugeln verlassen. Daher ging ich nicht davon aus, dass sein magisches Repertoire sich erweitert hatte. Tarnmagie wie Raphtalia konnte er bestimmt nicht anwenden. Doch selbst wenn, Raphtalia würde ihn entdecken. Es sei denn, er benutzte dafür irgendeinen Skill – aber seinem bisherigen Verhalten nach würde er ganz sicher einfach nur dummdreist zu Filo stürmen. Außerdem lag er bestimmt noch bei unserer Kutsche auf der Lauer.

»Ach, mach dir keine Gedanken.«

»Uh …«

Wir gingen in den Thronsaal, wo die Königin ihren öffentlichen Pflichten nachkam, und berichteten ihr, was am Vortag geschehen war.

»Können wir nicht irgendwas gegen deine Hexentochter unternehmen? Als ich sie gesehen hab, hab ich nämlich sofort wieder Lust gekriegt, sie umzubringen.«

Wahrscheinlich schmiedete sie gerade irgendwelche Pläne. Wenn man ein Kopfgeld auf sie aussetzte, wäre die Sache schnell erledigt.

»Nun ja … Ich plädiere dafür, sie möglichst lebendig zurückzubringen.«

Sie am Leben zu lassen, wäre aber ganz schön nachsichtig, wenn man schon extra ein Kopfgeld aussetzte.

»Wie ist das Mädchen bitte über die Reichsgrenze gelangt? Die anderen Gefährtinnen des Lanzenhelden hatten ja die Unterstützung ihrer Eltern. Da kann ich es verstehen.«

»Elenas Bericht zufolge und der Sache mit Motoyasu nach zu urteilen muss sie aus einem anderen Reich gekommen sein.«

Eigentlich hätte sie erkannt werden müssen, wenn sie einen Grenzposten passiert hätte. Sie war immerhin eine ehemalige Prinzessin. Irgendwie hatte sie es dennoch geschafft. Über die Berge vielleicht? Ach was, ausgerechnet sie? Sie war doch der Typ, der jeder Unannehmlichkeit aus dem Weg ging. Und die sollte über schlammige Bergpfade ins Reich zurückgelangt sein? Hatte sie sich irgendwie eingeschmuggelt? Sich zwischen Frachtkisten verkrochen oder so? Das konnte ich mir schon eher vorstellen.

»Kannst du sie nicht mit dem Sklavensiegel zwingen, sich zu zeigen?«

»Leider nicht ... Sie muss es wohl irgendwie blockieren. Außerdem ist ein weiteres Problem aufgetreten.«

»Welches?«

»Es gibt in unserem Reich eine überwachte Zone, die uns unter normalen Umständen als Gefängnis dient. Die ist nun jedoch von der Geisterschildkröte verheert worden. Die meisten Insassen sollen zwar umgekommen sein, aber ...«

»Aber?«

»Es ist nicht auszuschließen, dass es Überlebende gibt.«

»Oha ...«

Verbrecher aus Melromarc hatten überlebt und waren auf der Flucht? Das waren tatsächlich eher unangenehme Neuigkeiten.

»Mein Gespür sagt mir, dass sie etwas mit den gegenwärtigen Scherereien zu tun haben könnten. Es waren viele Anhänger der Drei-Helden-Kirche darunter, die wegen der Angelegenheit mit Euch abgesetzt worden waren.«

Moment mal. Hieß das, da draußen liefen Verfechter der Drei-Helden-Kirche frei herum? Das war ja ein Riesenproblem! Die versteckten sich dann doch alle irgendwo im Reich! Mein einziger Trost war, dass die Krone davon Wind bekommen hatte, ehe etwas passiert war. Ständig gerieten wir urplötzlich in irgendwelche Absurditäten. Wie oft hätte sich das vermeiden lassen, wenn man uns nur rechtzeitig ins Bild gesetzt hätte!

Dann war die Wahrscheinlichkeit sehr groß, dass diese Leute mit Witch in Verbindung standen. Womöglich hatten die irgendetwas gedreht, um sie ins Reich zurückzuholen.

»Mit der Frau ist nicht zu reden. Sollen wir sie nicht doch lieber umbringen?«

»Also, falls irgend möglich, möchte ich sie lieber lebendig. Auf diese Weise könnte man sie dazu bringen, ihre Verbindung zu den versprengten Resten der Drei-Helden-Kirche zu gestehen.«

Sie hatte also denselben Verdacht wie ich.

»Verstehe … Dann musst du aber so viele Informationen wie möglich sammeln.«

»Das werde ich gern veranlassen.«

»Verpasst ihr euren Knastis keine Sklavensiegel oder so?«

»Im Allgemeinen schon, aber auch die Wachen, die die Besitzrechte innehatten, sind der Geisterschildkröte zum Opfer gefallen.«

Ah, das ergab Sinn. Wer tot war, konnte keine Siegelstrafen erteilen. Aber Mann, das war ja ganz schön ätzend!

»Es hat aber noch einen anderen Sinn, das Mädchen lebendig einzufangen.«

»Und der wäre?«

»Konkret gesagt könnte sie als Mittel dienen, um einen Krieg zu vermeiden. So etwas wie ein Opfer, das ich schweren Herzens bringen würde.«

Sie wollte sie opfern? Kam Witch womöglich darum nicht ins Schloss?

Ach, nein … So erbarmungslos war die Königin dann doch nicht. Würde Witch nicht so am Rad drehen, wäre das alles sicher glimpflicher für sie ausgegangen. Sonst würde die Königin auch kaum versuchen, meine Gunst zu gewinnen.

»Es ist etwas, was sie aus der Tiefe ihres Herzens verabscheut. Gerade darum wehrt sie sich mit Händen und Füßen, fleht und ergreift die Flucht, ohne einen Blick nach links oder rechts zu tun. Ihre Strafe wurde ihr nur erspart, weil sie sich einem der Helden angeschlossen hatte.«

»Oho … Und diese Freistellung hat sie von sich aus in die Tonne gekickt?«

Ja, war sie denn dämlich? Sie hätte lieber weiter brav bei Motoyasu schmarotzen sollen.

»Eine Adelsfrau würde sich das Leben nehmen, wenn sie nur davon hörte ... Der Tod wäre dieser Strafe vorzuziehen.«

Hm ... Irgendwie wollte ich mehr darüber erfahren, aber ich hatte das Gefühl, es war besser, wenn ich es nicht wusste.

»Bei diesem Mädchen war das bisher die wirksamste Drohung. Aber Drohungen allein reichen offenbar nicht mehr aus.«

»Na, meinetwegen. Dann mach's doch so: Lebendig oder tot, aber nach Möglichkeit lebendig – dann fällt das Kopfgeld höher aus.«

»Es muss wohl sein. Wie Ihr sagt, müssen wir ihr Einhalt gebieten, ehe sie noch irgendein Verbrechen begeht. Da muss auch ich als Mutter die Strafe wählen.«

Sie erteilte ihren Untergebenen Befehle. Und so wurde also ein Steckbrief für Witch aufgesetzt – lebendig oder tot.

Ein Problem dabei war jedoch, dass sie mit Ren unterwegs war. Man konnte wohl nur beten, dass wir uns auf diese Weise keinen mächtigen Feind schufen, der sinnlos Unheil anrichtete.

Kapitel 11: Der Hund mit Lendenschurz

Als wir nach unserem Gespräch mit der Königin ins Dorf zurückkehrten …

»Bruder, willkommen!«

Ich sah einen Welpen mit Lendenschurz und hörte dazu Kirus Stimme. Stimmte mit meinen Augen was nicht? Vom Aussehen ähnelte der Hund einem sibirischen Husky. Er hatte ein flauschiges Fell und war von Kopf bis Fuß etwa achtzig Zentimeter lang. Manche Körperteile sowie das Gesicht wirkten kindlich, daher dachte ich, es sei ein Welpe. Der Hund ging jedoch auf zwei Beinen und stand stolz mit seinem Lendenschurz vor mir.

»B… Bist du das etwa, Kiru?«, fragte Raphtalia.

»Echt?«

»He he, klasse, oder? Das hat Sadina mir beigebracht!«

Mit stolz geschwellter Brust stand Kiru da, aber die anderen Dorfbewohner guckten sie komisch an. Klasse fand sie das? Sie hatte sich in ein Schoßhündchen verwandelt! Und dann noch in einen Welpen. Das allein war doch schon bedauerlich. Offenbar war sie zu einem Tiermenschen geworden, aber eigentlich passte vom Aussehen her das Wort Hund besser.

Sadina sah ein klein wenig stolz aus. Mann, wie die mich nervte.

»Kiru hat die Veranlagung, also hab ich es ihr beigebracht.«

»Veranlagung, hm?«

Rishia kam angelaufen – es war wohl gerade Pause. Neuerdings bekam man sie nicht oft zu Gesicht: Sie trainierte regelmäßig mit der alten Schachtel. Auch während des Turniers in der Untergrundarena hatte sie geübt, wenn sie nicht gerade irgendetwas recherchiert hatte. Die alte Schachtel hatte gesagt, die Kämpfe in der anderen Welt hätten Rishias Talent entfaltet. Bisher hatte sich dieses Erwachen jedoch nur beim Kampf gegen Kyo gezeigt. Wenn sie diese Technik meisterte, wäre das ein Grund zum Feiern.

»Kiru ist jetzt so süß!«, sagte sie, nahm sie auf den Arm und fing an, sie zu streicheln.

»Aaah, lass mich runter!«

Aber Rishia dachte gar nicht daran, und ich konnte sie gut verstehen. Um ehrlich zu sein, bekam ich selbst auch Lust, dieses flauschige Etwas zu wuscheln.

»Gibt's hier im Dorf noch andere, die sich in Tiere verwandeln können? Und was passiert dann überhaupt mit den Werten?«

»Es hängt von der Art ab«, erklärte Sadina. »Aber meistens führt es zu einem Werteanstieg – wie bei mir.«

»Nicht schlecht ...«

»Die Veranlagung ist sehr selten, daher hat sie im Dorf kaum jemand.«

»Aha ... Und Raphtalia?«

»Bei Raphtalia ist das ein wenig anders.«

Wenn Raphtalia sich verwandeln könnte ... käme dann Raphi raus? Oder was sonst? Unwillkürlich musste ich an jene Shigaraki-Figürchen* denken. Aber ich musste aufhören, sie anzustarren. Sie bekam schon schlechte Laune.

»Was denkst du schon wieder Unverschämtes? Du stellst dir bestimmt vor, dass ich mich in so was wie Raphi verwandle!«

»Stimmt das, Bruder?«, fragte Kiru verwundert.

Ich guckte woanders hin und tat so, als wäre nichts.

»Oh, sieht sie wirklich so niedlich aus?«, rief Atla, die gerade mit Fohl dazukam.

*Anspielung auf das Töpferdorf Shigaraki, in dem jede Menge Waschbären-Statuen zu finden sind.

»Aber ja«, sagte Rishia. »Kiru ist total niedlich!«

Atla neigte den Kopf zur Seite. Natürlich: Sie konnte andere zwar spüren, aber über das Aussehen konnte sie sich kein Urteil bilden.

»Nenn mich nicht niedlich! Ich bin ja wohl cool!«

»Also in meinen Augen bist du eher niedlich«, sagte ich. »Du machst Raphi Konkurrenz.«

Als Kiru das hörte, ließ sie den Kopf hängen und sah irgendwie deprimiert aus.

»Raph, Raph!«

Raphi musste uns gehört haben. Sie kam angelaufen und stellte sich neben Kiru. Dann waren unsere Dorfmaskottchen ja komplett. Gehörte Filo auch dazu? Ach, nee.

»Mann ... Und ich dachte, ich sei jetzt cool ...«

»Vorher hast du mir besser gefallen.«

Wobei sie auch mit ihrem Mädchengesicht in die Kategorie süß fiel.

Als sie so bedröppelt dastand, fing Sadina an zu kichern – und dann ließ sie die Bombe platzen.

»Fohl hat die Veranlagung übrigens auch.«

»Was, echt?«, rief ich. »Mensch, Heidi ist aber vielseitig!«

»Heidi?!«, rief Sadina. »Sprichst du etwa von Fohl?!«

»Er hat mal was total Heidimäßiges gesagt. Seitdem nenne ich ihn heimlich so. Meinst du, wir sollten das einbürgern?«

»Da steckt doch sicher wieder irgendeine Gemeinheit dahinter«, bemerkte Raphtalia.

»Na ja ...«

»Was ... sagt Ihr da?«, presste Atla hervor.

Nanu? Was ging ihr denn gegen den Strich?

»A... Atla?«

»Lieber Bruder, Herr Naofumi hat dir einen Spitznamen verliehen. Und jetzt hast du auch noch die Niedlichkeit gemeistert. Du willst wohl sein Herz erobern? Da werde ich ja neidisch. Und eifersüchtig.«

»G... Gar nicht! So was mach ich nicht!«

Bloß nichts dazu sagen. Am besten ignorierte ich das alles und sah mir erst einmal die Werte der Dorfbewohner an. Oh, die Level waren ja ganz ordentlich gestiegen! Rishia war ... huch, immer noch Level 69? Sie trat wohl auf der Stelle.

Als wir die Geisterschildkröte herausgefordert hatten ... ach nein, schon als Itsuki sie verstoßen hatte, war sie Level 68 gewesen. Seit unserer Rückkehr in diese Welt half sie den Sklaven beim Grinden, aber es ging viel zu langsam voran. In Kizunas Welt hatte sie eine ganz ähnliche Entwicklung durchlaufen: Bis Level 69 war sie unnatürlich schnell aufgestiegen, doch dann, ganz kurz vor der 70, war sie auf eine Hürde gestoßen. War dieses Stocken womöglich ein Zeichen dafür, dass ihr Talent nun demnächst vollständig aufblühen würde? Ich würde sie gut im Auge behalten.

Gut, ich hatte mir einen Überblick verschafft. Die Kampfbegeisterten im Dorf waren überwiegend bis Level 40 aufgestiegen. Die Zeit für den nächsten Entwicklungsschritt rückte näher. Wahrscheinlich sollten wir das umgehend in Angriff nehmen.

»Sieht aus, als hättet ihr jetzt den Punkt erreicht, den Klassenaufstieg anzugehen.«

»Oh! Den Klassenaufstieg?!«

Ein Wort, und Kiru war wieder aufgeregt und guter Dinge.

»Ja, sieht so aus, als gibt's hier neben dir noch einige, die so weit sind. Ihr wollt doch, oder?

»Na klar!«

Die Sklaven sahen alle hochmotiviert aus.

»Gut, dann packen wir's an. Filo, du weißt Bescheid.«

»Mhm! Aber der Lanzenmann …«

»Du brauchst keine Angst zu haben. Bis zur Drachensanduhr kommt der nie.«

Wir waren ja per Teleport verschwunden. Ich wollte daran glauben, dass Motoyasu noch immer im Gasthaus darauf wartete, dass wir herauskamen.

Da fiel mir etwas ein: Ich hatte doch mit dem Waffenhändler abgesprochen, dass ich ein, zwei fingerfertige Sklaven bei ihm abliefern würde.

»Sind die Lumos anwesend?«

»Was gibt es?«

Die Sklaven von der Lumo-Art sammelten sich um mich. Sie waren geschickt mit den Händen und verrichteten im Dorf aus eigenem Antrieb alle möglichen Arbeiten. Als sie zu uns gestoßen waren, war Imiya ja schon hier gewesen, daher hatten auch sie sich im Nu eingelebt. Im Augenblick gruben sie sich Behausungen am Rand des Dorfs.

»Sind eure Level gestiegen?«

»Ja«, ergriff Imiyas Onkel das Wort. »Alle, die schon ein bisschen gelevelt haben, sind bereits auf Level 30.«

Imiya stellte gewissenhaft alle möglichen Gebrauchsgegenstände wie Accessoires oder Kleidung her. Das sollte sie ruhig weitermachen.

»Ach ja? Dann begleiten mich alle, die das Handwerk eines Schmieds erlernen wollen. Ein Bekannter von mir nimmt euch auf und bringt es euch bei.«

»Das Handwerk eines Schmieds?« Der Onkel hob die Hand. »Da melde ich mich selbst!«

Was? Er konnte schmieden?

»Ich habe im Dorf schon verschiedene Dinge hergestellt. Ich glaube, als Schmied könnte ich Euch von Nutzen sein.«

»Na, dann komm ruhig mit.«

»Verstanden.«

»Demnächst will ich auch Leute anstellen, die im Bergbau arbeiten. Haben wir so jemanden?«

»Ich denke, das liegt uns allen.«

Das waren ja nützliche Leute! Meine Arbeit bestand darin, nach und nach unser Tätigkeitsfeld zu vergrößern, sodass wir uns eine wirksame Operationsbasis schaffen konnten. Genau wie Kizuna und ihre Freunde.

»Alles klar. Alle anderen arbeiten gewissenhaft weiter und steigern ihre Level.«

»Jawohl!«, riefen sie im Chor.

Das war so ein lebhafter Haufen.

»Raphtalia, wir springen mit deinem Heimwegmanuskript.«

»Ach ja, dein Skill kühlt noch ab, oder?«

»Genau. Wir müssen sowieso zur Drachensanduhr. Da bist du schneller.«

»Na schön. Wenn alle da sind, brechen wir auf, ja?«

Wir warteten noch, bis alle so weit waren, dann machten wir den Sprung.

Kapitel 12: Der Beschluss

Mit Raphtalias Skill sprangen wir zur Drachensanduhr.

»Uah! Der Held des Schildes?!«

Der Wachmann erschrak, als wir so plötzlich auftauchten. Im Schloss schienen sie mittlerweile daran gewöhnt zu sein, weil ich da ständig hinsprang.

»Heute komme ich, um meine Gefährten den Klassenaufstieg machen zu lassen.«

»S… Sehr wohl.«

Wie damals bei Raphtalia und Filo fingen sie an, das Ritual vorzubereiten.

»Filo.«

»Waaas?«

»Es könnte sein, dass du nach draußen musst.«

»Aber …«

»Sonst könnte wieder so was passieren wie bei Raphtalia und dir damals, verstehst du?«

Die Werte stiegen durch jene Intervention zwar insgesamt an, ein schlechtes Ergebnis war also nicht zu befürchten, es konnte aber passieren, dass irgendwer nicht zufrieden wäre. Das musste ich berücksichtigen und mir überlegen, wo ich Filo platzierte, die das Medium für diese Einflussnahme war.

»Na gut …«

Super, Filos Einverständnis hatte ich schon mal.

»Aber der Lanzenmann ist nicht da draußen, oder?«

»Wenn du ihn siehst, dann ruf einfach.«

»Aber beschützt du mich dann auch, Meister?«

Hm … Die Frage war, wie ich das in der Situation überhaupt machen sollte.

»Ich werde dir schon irgendwie helfen«, sprang Raphtalia ein. »Also sei bitte so lieb, Filo.«

Filo ließ sich überreden, wenn auch widerwillig.

»Na guuut.«

Oh Mann, da hatte Motoyasu ihr aber ein ganz schönes Trauma angehängt ... Aber nun schien der Klassenaufstieg gleich loszugehen.

»Wartet mal kurz, Leute.«

»Was ist denn, Bruder Schild?«

»Ich will euch erst noch was fragen. Ihr wisst alle, was es mit dem Ritual auf sich hat, ja?«

»Das wissen wir schon lange!«

Die Sklaven blickten einander an und nickten.

»Okay, beim Klassenaufstieg verfolge ich die Politik, jeden seine eigene Zukunft bestimmen zu lassen. Das ist was völlig anderes als der Wiederaufbau zur Vorbereitung auf die Wellen.«

»Bruder, wie meinst du das?«

»Bis jetzt hab ich vorrangig diejenigen hochleveln lassen, die bei den Wellen mitmachen wollen. Ich möchte aber, dass ihr auch an die Zeit danach denkt, wenn wir die Wellen überwunden haben.«

Es wurde mucksmäuschenstill. Raphtalia sah mich nachdenklich an. Ja, an sie hatte ich gedacht, als ich mich entschlossen hatte, das Dorf wieder aufzubauen. Aber ich musste auch die anderen über ihre eigene Zukunft bestimmen lassen.

»Euch steht der Klassenaufstieg bevor. Er erweitert eure Möglichkeiten, schränkt sie zugleich aber auch ein. Das ist euch doch allen klar?«

Die Sklaven nickten. Das war also geklärt.

»Es besteht die Möglichkeit, dass etwas geschieht, womit ihr nicht gerechnet habt«, fuhr ich fort. »Dann wird euch die Wahl genommen, und es wird eine andere Entwicklungsrichtung für euch beschlossen, die euch stärker macht.«

»So was kann passieren?«

Ich nickte nachdrücklich. »Raphtalia und Filo sind dem zum Opfer gefallen.«

Beide hoben kurz die Hand.

»Dieser Idiotenzip… die Kronenfeder auf Filos Kopf ist etwas ganz Besonderes: Sie kann willkürlich über die Richtung eures Klassenaufstiegs entscheiden. Aber die Klasse, die ihr dann bekämt, würde euch hohe Werte bringen.«

»Wirklich?!«

»Ja, aber für euer zukünftiges Leben sind hohe Kampfwerte nicht alles. Wenn ihr etwas Bestimmtes erreichen wollt, hat es definitiv Sinn, selbst zu entscheiden, worauf ihr euch spezialisiert.«

Ich wollte nicht schuld sein, dass sie auf diese Weise stärker wurden – als würden sie von einer Strömung mitgerissen. Darum sollten sie sich vorher selbst klar darüber werden, ob sie mit einer solchen Irregularität einverstanden wären.

»Sowohl Raphtalia als auch Filo meistern alles mit Bravour, was ich sie tun lasse. Aber ich befürchte, es muss nicht zwingend so laufen.«

Der Klassenaufstieg machte niemanden zu einem Supermenschen. Vollkommenheit konnte es in dieser Welt nicht geben. Gerade darum war dies so wichtig.

»Entscheidet euch so, dass ihr es später nicht bereut.«

Die Sklaven begannen miteinander zu tuscheln.

»Kapiert, Bruder. Also, ich … will so stark werden wie nur möglich. Wenn ich die Chance dazu kriege, dann pfeife ich auf eine freie Wahl.«

Kiru nickte bestimmt. Sie hatte mittlerweile die Rolle übernommen, bei den anderen Sklaven für Disziplin zu sorgen. Dass ein Gehilfe der Geisterschildkröte sie so schwer verwundet hatte, war offenbar eine wertvolle Erfahrung für sie gewesen. Sie ließ sich während eines Kampfs nicht mehr so hinreißen. Ich war schon gespannt darauf, sie in ihrer neu erlernten Tiergestalt zu erleben.

Der Junge, der neben ihr stand, trat vor. »Ich … möchte mir meine Zukunft selbst aussuchen.«

»Verstehe. Dann teilt euch in zwei Gruppen auf: eine, die wählen will, und eine, die darauf verzichtet.«

Sie folgten meiner Anordnung.

»Gut, Filo, dann fangen wir mit denen an, denen die Wahl nicht wichtig ist. Wenn die anderen dran sind, zieh dich bitte zurück.«

»Mach iiich.«

»Ich zuerst!«

Kiru hob die Hand und berührte die Sanduhr. Ihr Schwanz bewegte sich hin und her, so aufgeregt war sie.

Magische Symbole breiteten sich aus, und vor meinen Augen erschienen Icons.

»Huch?!«

Filos Idiotenzipfel löste sich und machte sich an den Buttons zu schaffen, um auf den Prozess Einfluss zu nehmen. Rauch quoll empor. Wie damals bei Raphtalia schossen Kirus Werte durch die Decke. Ich hatte aber das Gefühl, dass der Effekt etwas schwächer ausfiel. Allerdings hatte Raphtalia auch in jeder freien Minute Liegestütze gemacht oder ihren Körper anderweitig gestählt. Vielleicht kam daher der Unterschied.

»Wahnsinn … Ich bin von einer solchen Kraft erfüllt, es kommt mir vor, als könnte ich alles!«

Der Reihe nach kamen alle dran, die nicht unbedingt selbst ihren Kurs bestimmen wollten. Und anschließend ...

»So, Filo, dann warte ab jetzt bitte draußen.«

»Mhm, mach iiich.«

Nun waren diejenigen Sklaven an der Reihe, die ihre Zukunft selbst wählen wollten. Dafür musste ich Filo aus dem Gebäude schicken. Ich ging davon aus, dass auf diese Weise nicht in den Prozess eingegriffen wurde. Und so war es tatsächlich auch: Wie ich es vorhergesehen hatte, gingen die restlichen Klassenaufstiege auf gewöhnliche Weise vonstatten.

»Bruder, Bruder! Guck mal, wie stark ich jetzt bin! Du musst mit mir auf die Jagd gehen und mich einschätzen!«

»Stimmt, ich sollte mir wohl direkt ansehen, wie stark ihr geworden seid.«

Eigentlich wurden sie unter der Aufsicht der alten Schachtel beim Training von Raphtalia, Filo, Rishia oder Eclair betreut, aber manches würde wohl nur ich selbst erkennen.

»Na, dann leihen wir uns im Schloss eine Kutsche und lassen uns von Filo irgendwohin fahren, wo es Monster gibt.«

»Äh ... Ich hab Angst ...«

Jetzt mochte sie aus Furcht vor Motoyasu nicht einmal mehr Ausfahrten machen? Sie hatte einen ganz schönen Knacks weg.

»Mach dir keine Sorgen. Wenn er uns wieder begegnet, kickst du ihn einfach weg.«

Bei ihm war zwar die eine oder andere Schraube locker, aber eine Bedrohung stellte er nicht dar.

»Aber eigentlich ist der Lanzenheld doch kein schlechter Mensch«, wandte Raphtalia ein. »Eher ist doch Filo die Böse, weil sie ihn bei jeder Begegnung gleich tritt ...«

»Er beschimpft dich als Waschbärsau, und du nimmst ihn noch

in Schutz … Da hab ich ja ein gutherziges Mädchen aufgezogen …«

Ich war ein klein wenig gerührt. War ich womöglich etwas weicher geworden? Oder ich war einfach verbittert, und deswegen erschien mir Raphtalias Reaktion so gütig. Ich freute mich aber wahnsinnig, dass sie so rechtschaffen war.

»So hast du mich ja noch nie angesehen … Warum bist du plötzlich so ergriffen?«

»Hmpf …«

Filo blies die Backen auf, als wäre sie mit irgendetwas unzufrieden.

»Mach erst mal so weiter wie bisher und tritt ihn weg, wenn du ihn siehst. Der freut sich bestimmt sogar darüber.«

»Guuut.«

»Mann, Bruder, ihr redet aber krasses Zeug …«

»Gegen die Beobachtung ist nichts einzuwenden«, sagte Raphtalia. »Falls Motoyasu euch begegnet, darfst du gern mithelfen, ihn zu stoppen, okay?«

»K… Klar. Ich kenn ihn zwar nicht, aber ich mach's!«

Raphtalia sah irgendwie so aus, als würde sie gern noch etwas hinsichtlich meiner Vorgehensweise loswerden.

»Es ist ja nicht so, dass ich es nicht verstünde, aber … treten?«

»Wenn wir Filo sagen, dass sie das nicht mehr darf, haben wir nur noch mehr Scherereien, ist dir das nicht klar? Mach dir bewusst, dass wir dann nicht mal mehr auf Monsterjagd gehen können!«

Als ich das sagte, gab auch Raphtalia nach.

»Na dann, Filo. Jetzt kannst du wie sonst auch immer mit der Kutsche loslaufen. Ich lass demnächst auch mal wieder 'ne neue springen, also zeig mal ein bisschen Motivation.«

»Echt?!«

Filos Augen funkelten. Na ja, vielleicht eher eine gebrauchte, die noch gut in Schuss war. Und überhaupt hatte ich ja nicht gesagt, dass es eine bessere Kutsche sein würde.

»Ja, sag ich doch.«

»Dann geb ich mein Bestes. Und wenn der Lanzenmann kommt, tret ich ihn!«

Vergnügt lief Filo zum Schloss, um eine Kutsche zu holen.

»Ähm …« Imiyas Onkel hob entschuldigend die Hand.

»Keine Sorge. Wir machen vorher noch einen Abstecher.«

»V… Verstanden.«

Wenig später kam Filo mit der Kutsche zurück, und wir stiegen ein.

»Filo, lass uns kurz beim Waffenhändler vorbeischauen, ehe wir aufbrechen.«

»Okaaay.«

Filo zog uns durch die Schlossstadt und hielt schließlich vor dem Waffenladen an. Eilig stieg ich aus und lief hinein, gefolgt von den anderen.

»Oh, Jungchen.«

Der Alte stand wie immer hinter dem Tresen. Das gab mir irgendwie ein beruhigendes Gefühl von Beständigkeit. Er gehörte auch zu den Wenigen, denen ich vertraute.

»Wie sieht's aus? Kommst du mit der Rüstung und dem Schild voran?«

»Überhaupt nicht. Die Erze, die auf der Geisterschildkröte gefunden wurden, sind ganz schön eigenwillig.«

»Hm …«

»Die Entwicklung damit gestaltet sich schwierig. Es wird gerade fieberhaft dazu geforscht. Schau mal.«

Hm ... Die Verarbeitung war also schwierig?

»Es lassen sich leicht verschiedene Effekte oder Optionen hinzufügen, und da das Material hart ist, muss man es nur entsprechend zuschneiden, und schon hat man eine Waffe.«

So etwas hatte ich doch in Zeltoble gesehen. Die Waffen waren sauteuer gewesen, hatten aber einen plumpen Eindruck auf mich gemacht. Die Klingen des Schwerts und der Lanze hatten nach Schildpatt ausgesehen. Sie hatten wohl einfach Stücke aus dem Panzer zurechtgeschnitzt.

»Aber ich finde es fragwürdig, so was schon als Waffe zu bezeichnen. Das eigene Können spielt dabei keine Rolle. Demnächst kommen noch irgendwelche plumpen Hämmer auf den Markt.«

»Bist du vielleicht zu pingelig?«

»Nun, hier geht's um das Geschick des Machers. Vielleicht denke ja nur ich so, aber wenns um Rüstungen geht, ist es nun wirklich keine Frage des Geschmacks mehr.«

»Ach, nein?«

»Der Stoff eignet sich schlecht für die Air-Wake-Verarbeitung. Hat einfach keinen Effekt.«

Air Wake. Das war doch diese Methode, mit der man eine schwere Rüstung leichter machen konnte. Ich musste an eine der Sonderfunktionen meines Schildes denken: Gravity Field. Dieses effektive Mittel, die Schwerkraft in der Umgebung zu manipulieren, brachten die Schilde der Geisterschildkrötenserie mit. Wenn diese Eigenschaft auch ein klein wenig in dem Material an sich vertreten war, dann würde das erklären, warum das mit dem Air Wake nicht klappte. Bei den Schilden mochte diese Eigenschaft ja praktisch sein, aber beim Material wirkte sie sich offenbar auf ungünstige Weise aus.

»Das Material ist von sich aus schon schwer.«

Ein Schildkrötenpanzer musste ja Attacken standhalten, also war er sehr stabil. Er brachte aber auch einiges an Gewicht mit.

»Ich hatte die Idee, den Stoff ganz dünn zu hobeln … aber dann sinkt auch die Verteidigungskraft.«

»Verstehe.«

Schwieriges Material. Ich hatte mir ja schon gedacht, dass er wahrscheinlich noch nicht fertig war, aber …

»Ich hab schon zwei Prototypen. Sieh sie dir mal an.«

Der Waffenhändler führte mich nach hinten und zeigte mir die Musterstücke. Das eine war ein schlichter Schild aus dem Material des Panzers. Ein arg klobiges Ding.

»Der hier?«

»Genau.«

»Darf ich mal?«

»Klar.«

Ich hob ihn versuchsweise an. Mann, war der schwer. Heben konnte ich ihn zwar, aber es wäre schwierig, damit zu kämpfen. Er ließ sich nicht herumschwingen. Es gelang mir nicht einmal, ihn behutsam abzulegen.

Es gab noch ein Problem: Die Waffenkopierfunktion wurde nicht ausgelöst. Das hieß dann wohl, dass das Ding gar nicht zur Verwendung als Schild taugte. Ich verstand nicht recht, wie der Schild zu diesem Urteil gelangte, aber vielleicht wertete er den klobigen Gegenstand als ein bloßes Stück Wand oder so. Eine winzige Reaktion spürte ich allerdings. Ganz eindeutig war die Sache offenbar auch wieder nicht.

»Und?«, fragte der Waffenhändler.

»Wird anscheinend nicht als Schild anerkannt.«

»Ah. Dann war's wohl ein Schuss in den Ofen.«

»Und der andere Prototyp?«

»Hier.«

Er überreichte mir einen hauchdünnen, lichtdurchlässigen Schild aus Schildpatt. Er sah wahnsinnig schön aus. Und tragen konnte man ihn auch. Zudem ließ er sich leicht herumschwingen. Der sah nun wirklich wie ein Schild aus – doch erneut gab es keine Reaktion.

»Ah, Jungchen, du merkst wohl auch, dass damit was nicht stimmt, oder?«

»Was ist damit?«

»Ich hab alles darangesetzt, ihn so dünn wie möglich zu machen. Das ging leider auf Kosten der Verteidigungskraft. Ein Treffer, und er zerspringt.«

Ein Einmalschild also. Aber in dem Fall war er wohl kaum zu gebrauchen …

»Dann ist das ja bloß ein Teller!«

»Tja, dem kann ich nicht widersprechen. Ich hab ihn gemacht und gleich danach ein ganz ähnliches Ding in einem Andenkenladen gesehen. Da war mir schon nach Weinen zumute.«

»Er ist auch schwerer, als er aussieht.«

»Das auch noch. Ein widerspenstiger Werkstoff …«

»Und wenn du von den Extremen weggehst und mal ein Mittelding baust?«

»Kann man versuchen, aber bei dem Material ist's am Ende weder Fisch noch Fleisch.«

Wie knifflig. Aber das Material war ein Überbleibsel von Ost. Ich wollte gern eine gute Verwendung dafür finden. Vielleicht konnte mein Schild irgendwas mit dem Material anstellen? Hm, schien nicht der Fall zu sein. Konnte ich dem Waffenhändler mit irgendeinem Ratschlag dienen?

»Übrigens hab ich in Zeltoble ...«

Ich erzählte ihm von dem Geisterschildkrötenschwert, das ich in Zeltoble gesehen hatte. Man hatte mit einem Blick erkannt, was für ein Meisterwerk das war. Auch das fügte ich hinzu.

»Na, wenn du das sagst, muss es ja ein Kracher gewesen sein ... Wenn ich es sähe, könnte ich bestimmt herausfinden, wer es angefertigt hat und wie ...«

»Willst du damit sagen, dass ich's kaufen soll? Sorry, aber so was Teures kann ich mir nicht leisten.«

Wenn ich Waffen verkaufte, die der Alte für mich machte, würde ich bestimmt ganz gut Geld scheffeln, aber das war noch Zukunftsmusik. Vielleicht konnte ich auch einzigartige Waffen verkaufen, die Monster fallenließen. Sie waren selten, was ihren Wert steigern müsste. Darüber musste ich mal nachdenken.

»Ach, noch was: Ich hab dir jemanden mitgebracht, den du als Lehrling aufnehmen sollst.«

Ich wandte mich zu meinen Begleitern um und zeigte auf Imiyas Onkel.

»Lange nicht gesehen ... Ich stelle fest, du hast dein eigenes Waffengeschäft eröffnet, nachdem du beim Meister den Abschluss gemacht hast?«

»Ach, bist du das, Tollynemiya?«

Ganz schön langer Name ...

»Ihr kennt euch?«

»Ja.«

»Ist ewig her.«

Offenbar hatten die beiden in ihrer Jugend beim selben Meister gelernt.

»Leider ... musste ich aus verschiedenen Gründen auf halber Strecke aufhören. Es gab Schwierigkeiten zu Hause, ich musste mich um Imiya und meine anderen Nichten und Neffen kümmern.«

»Damals ging es mit dem Geschäft bergab.«

»Obwohl er so ein Meister war?«, fragte ich. Merkwürdige Geschichte.

»Das hing mit einigen großen Geschäftsverhandlungen zusammen – und mit Frauengeschichten. Wenns um die Liebe ging, ließ mein Meister nichts anbrennen.«

Dann ähnelte dieser Meister wohl Motoyasu. Vor meinem geistigen Auge sah ich ihn in der Kluft eines Meisterschmieds. Allerdings war unser Motoyasu ja nun vollkommen auf Filo eingeschossen.

Was für ein Leben hatte Imiyas Onkel wohl geführt? Sie waren ja beide zu Sklaven geworden. Mir war unklar, wie das passiert sein konnte. Wenn ich die beiden fragte, würden sie mir bestimmt davon erzählen, aber selbst mir fiel nicht ein, sie auszuquetschen und damit unliebsame Erinnerungen heraufzubeschwören.

»Ihr seid also alte Bekannte. Dann gibt's wohl nicht viel zu bereden.«

»Wohl nicht. Aber dass ausgerechnet du mein Lehrmeister wirst …«

»Ich staune selbst! Ich hab Jungchen bloß versprochen, dass ich einen Lehrling annehme. Aber wir beide verstehen uns wenigstens gut, stimmt's?«

»Ach, da kommen so viele Erinnerungen wieder hoch …«

»Alterchen, was soll ich denn für die Unterbringung zahlen?«

»Der wohnt hier umsonst bei mir. Hauptsache ich darf ihn ordentlich schuften lassen.«

»Du bist ja großzügig. Danke.«

»He, lass mich aber nicht so sehr schuften, bis ich tot umfalle!«

»Was hör ich da? Du bist doch ein Sklave vom Jungchen, oder nicht? Mit dir spar ich auch Kosten beim Erzeschürfen.«

Er bekam ja ein paar Boni durch mich und war somit wohl robuster als gewöhnliche Subhumanoide oder Tiermenschen. Ob der Alte wohl ein unerbittlicher Lehrmeister war? Imiyas Onkel wirkte wie jemand, der ständig eine Zigarre oder Pfeife im Mund hatte, aber er rauchte nicht. Er lief immer in einer Latzhose herum wie jemand vom Land.

»Ich lass dich hier auch nicht härter arbeiten als früher.«

»Das bringt mich doch um!«

»Ha ha ha, so schlimm wird's auch wieder nicht.«

Plaudernd machten sie sich an die Arbeit. Es sah so aus, als würde hier alles glattgehen.

»So, wir haben dann noch was zu erledigen.«

»In Ordnung. Ich bläue dem Burschen hier schon ein, wie man so ein Geschäft führt.«

»Mir ist beides recht, ob du zu mir aufs Lehen kommst oder ihm hier deine Techniken eindrillst.«

Entweder er taugte bloß zum Verkäufer, oder er war dem Alten ebenbürtig, dann konnte er im Dorf Waffen und Rüstungen herstellen.

»Ich hab's mir noch nicht überlegt. Schauen wir erst mal, was er hier auf dem Kasten hat.«

»Ich hab bloß noch ein bisschen mit der Metallarbeit weitergemacht.«

»Wenn du dich unbedingt so bescheiden geben möchtest, werde ich mir eben anschauen, wie du dich am Amboss schlägst.«

»Dann hast du ja was, worauf du dich freuen kannst.«

Zu mir war er immer so höflich. Keine Spur mehr davon. Es war, als hätten sich zwei alte Freunde wiedergefunden. Aber daran war ja nichts Schlechtes. Imiyas Onkel hieß also Tollynemiya. Ob ich ihn einfach Tolly nannte?

»Also, wenn irgendwas ist, komme ich vorbei. Wenn du was von mir willst, nimm mit Lurolona oder dem Schloss Kontakt auf.«

»Alles klar, Jungchen.«

»Es freut mich, Imiya so fröhlich zu sehen, nachdem ihre Eltern gestorben sind. Zum Dank möchte ich Euch meine Kraft zur Verfügung stellen und fleißig lernen.«

»Na, dann streng dich mal an.«

In der Hoffnung, dass es den beiden gemeinsam gelingen würde, das schwierige Schildkrötenmaterial nutzbar zu machen, verließ ich mit den anderen das Geschäft.

Kapitel 13: Ein Angriff nach dem anderen

Es war ja schön, dass wir endlich unterwegs waren, doch wie erwartet tauchte unser Plagegeist wieder auf.

»Neeeeeeeeeeeeeeeein!«

»Filooooooooo …«

Zum dritten Mal heute sah ich seufzend zu, wie Motoyasu durch die Luft davonwirbelte. Er eilte uns sicher mit dem Teleportskill hinterher. Gar nicht doof.

Anfangs hatten noch alle Sklaven aufgeschrien, zusammen mit Raphtalia. Aber es war wohl auch einen Aufschrei wert, wenn man mitansah, wie jemand weggekickt wurde.

»Als der Typ mit der Lanze getreten wurde, hat er gegrinst … Gruuuselig …«

»Davon kriegt man ja Albträume …«

»Unheimlich … Echt unheimlich …«

Jetzt waren meine Sklaven seinetwegen traumatisiert. Mensch, Motoyasu! Aber vielleicht war ja auch ich selbst schuld. Ich hatte Filo ja gesagt, sie solle ihn treten.

»Was ist bloß mit ihm los?«, fragte Raphtalia.

»Wer weiß.«

Ich fragte mich, wie ich Motoyasu beschützen sollte, so kaputt, wie er war. Bisher liefen wir ihm ja in rascher Folge über den Weg. Ich konnte nur immer wieder versuchen, ihn zu überzeugen.

Unsere Kutsche entfernte sich immer weiter von Menschenansiedlungen und fuhr tiefer in die Berge hinein … Und irgendwann sah ich, dass ein Stück voraus jemand am Straßenrand stand.

»Motoyasu?«

»Nee!«, sagte Filo.

Oh, sie hatte aber gute Augen! Es war noch ein ganzes Stück, aber sie schien den Mann deutlich zu erkennen.

»Dann fahr weiter und pass auf, dass du ihn nicht umfährst.«

»Mach iiich.«

Filo fuhr in ihrem üblichen Tempo. Doch als wir an dem Mann vorbeifahren wollten, breitete der mit einem Mal die Arme aus und stellte sich uns in den Weg.

»Was soll das? Will der, dass wir anhalten?«

Vielleicht gab es ja irgendeinen Notfall oder so.

Filo blieb vor dem Mann stehen, ohne dass ich etwas sagen musste.

»Was gibt's?«

Auf unseren Handelsfahrten kam es gelegentlich vor, dass wir angehalten wurden. Meistens war irgendjemand verwundet oder brauchte Hilfe gegen Monster.

Dies schien ein Mann zu sein. Wie alt war er wohl? In den Zwanzigern vielleicht? Für sein Alter war er eher klein. Er war etwas schwer zu schätzen. Sein Haar war braun. Er erinnerte mich an einen Komiker, liebenswert, ein bisschen spitzbübisch; jemand, der zotige Witze erzählte, dem man aber nicht böse sein konnte. Er war ein Mensch, hatte aber etwas Rattenhaftes an sich. Er hatte sich in einen Umhang gehüllt, der seine Kleidung verbarg. Hier und da glaubte ich jedoch, rote Flecken zu sehen. War er etwa verwundet?

»Hi hi hi ... Haltet mal kurz an.«

»Wir halten doch schon.«

Warum spielte der sich so auf? Vor eine fahrende Kutsche zu springen, um sie anzuhalten, war ziemlich gefährlich!

»Ich möchte nur fragen: Fährt der Schildheld in dieser Kutsche mit?«

Das Kennschild hatte die Königin umsichtigerweise anbringen lassen. So wussten die Leute, dass ich in der Kutsche saß.

»Ja, ich bin Naofumi Iwatani, der Held des Schildes. Was willst du?«

Wenn alles so ablief wie sonst, würde er mich gleich um Hilfe bitten.

Er reagierte jedoch in gänzlich unerwarteter Weise: feindselig.

»Ach ja? Hi hi hi hi hi, dann ... stirb!«

Er warf seinen Umhang ab und schleuderte ein kleines magisches Geschoss auf mich. Was? Er wollte meinen Tod? War das etwa ein Anhänger der Drei-Helden-Kirche?

»Shooting Star Shield.«

Ich ließ eine Schutzbarriere um mich entstehen, um den Angriff abzuwehren. Ich war nicht direkt unaufmerksam gewesen. Nur gab es in dieser Welt eben auch einige wenige, die in der Lage waren, mich zu verwunden. Ich konnte von Glück sagen, dass der Fluch meine Verteidigungskraft nicht stark beeinträchtigt hatte. Dennoch, wie absurd, dass jemand kam, um mich anzugreifen.

Aber im Hinterkopf hatte ich an Murder Pierrot gedacht. Ja, es hatte andere wie ihn gegeben, die es versucht hatten. Vorsichtshalber hatte ich auf Filos Rücken gesessen, den Schild bereit. Aber ich hatte nicht im Traum daran gedacht, dass ich mit meinem Argwohn richtig liegen könnte.

Das magische Geschoss erreichte meinen Schutzschirm, blähte sich groß auf und zerbarst mit einem Klirren.

»Was?!«

»Ah!«

Plötzlich stand ich mit meinem Schild inmitten einer Explosion, und hinter mir wurde das Kutschendach weggefegt. Moment mal! Was war das denn für eine Angriffspower?!

»Jetzt seid ihr angreifbar!«

Der Mann reckte Filo und mir so etwas wie einen Shamshir entgegen.

»Aura, Stufe zwei!«

Sofort wirkte ich einen Unterstützungszauber, um Filos Werte hochzutreiben.

»Jetzt komm iiich!«

Mit mir auf dem Rücken schlug Filo einen Salto und versuchte, den Mann zu treten. Der nutzte jedoch seine Waffe als Schild und blockte den Kick.

»Was ist denn plötzlich los?«

Raphtalia zog ihr Schwert und hieb nach dem Mann.

»Oho ... Ich hab ja schon gehört, dass du schöne Frauen und kleine Mädchen dabei hast. Da baut sich der heilige Held ... hi hi hi ... wohl einen Harem auf!«

Der Kerl ging mir bereits mächtig auf die Nerven mit seinem dämlichen Gegacker. Lässig zog er mit der freien Hand einen weiteren Säbel und blockte Raphtalias Katana. Wie konnte das sein?! Klar, Raphtalias Werte waren gesenkt, aber sie hatte doch wohl immer noch reichlich Angriffskraft – genug, um eine herkömmliche Klinge in Stücke zu schlagen!

»Was?!«

Raphtalia schien irgendetwas klar geworden zu sein. Sofort setzte sie zu einem Skill an.

»Mächtiges Katana: Nebelkreuz!«

Das war ihr Finisher-Skill, mit dem sie mit zwei Katanas einen kreuzförmigen Schnitt ausführte. Es gehörte schon einiges dazu, den zu blocken.

»Ups!«

Der Mann wich einen Schritt zurück, konnte wohl nicht Filos Tritt und Raphtalias Spezialtechnik zugleich parieren. Aber das konnte ihm so passen!

»Air Strike Shield!«

Ich ließ hinter ihm einen Schild erscheinen.

»Oha! Verteidigungserdwall!«

Ehe Raphtalia ihr Ziel treffen konnte, wuchs vor ihr eine Mauer aus dem Boden. Ihr Katana fuhr nieder, um sie mitsamt dem Feind entzwei zu schlagen, doch der hatte sich unterdessen weggeduckt. Was für ein Ausweichmanöver! Es hatte wohl keinen Sinn, auf gut Glück Schilde hervorzubringen. Anhand seiner blitzschnellen Reaktion ließ sich erahnen, wie kampferprobt er war.

»Magisches Geschoss: Meteorbeschwörung!«

Rasch malte er mit der Hand Symbole in die Luft und brachte so etwas wie Magie hervor. Der war aber schnell! Aber ich hatte schon einmal etwas Ähnliches gesehen: bei Drecksack Nr. 2, der sich mit seiner stummen Magie gebrüstet hatte. So erstaunlich war es also auch wieder nicht.

»Bruder!«

Kiru und die anderen Sklaven hatten ihren Schock endlich überwunden. Aber zum Quatschen hatten wir gerade keine Zeit. Über uns erschien ein gewaltiger Meteor, und es sah so aus, als könnte er jeden Augenblick auf uns niedergehen. Wie schnell! Was für eine Magie war das nur?! Gesehen hatte ich so etwas noch nie. Ich konnte nur mutmaßen, dass unser Gegner wie Murder Pierrot aus einer anderen Welt stammte. Aber ich hatte keine Zeit, groß darüber nachzudenken. Alle meine Gefährten standen hinter mir, und der Fremde hatte soeben einen Flächenzauber auf uns abgefeuert.

»Filo! Raphtalia! Haltet ihn von der Flucht ab!«

»Mhm!«

»Verstanden!«

»Second Shield! Third Shield! Shield Prison! Und dann noch Aura, Stufe zwei!«

Der zweite Schild diente mir als Standfläche, den dritten ließ ich über unseren Köpfen erscheinen. Zusätzlich schützte ich unsere Oberseite mit E Float Shield und hob meinen Schild über mich. Raphtalia hatte ich geboostet, um ihr einen kleinen Tempovorteil zu verschaffen.

»Aufhebungsgeschoss: Erdfreisetzung!«

Raphtalia ließ den Zauber an ihrem Katana abprallen. Jedoch …

»M… Meine Kraft?!«

Ich konnte förmlich zusehen, wie Raphtalia langsamer wurde.

»Hi hi hi hi, passiert euch das zum ersten Mal, dass ein Unterstützungszauber aufgehoben wird? Habt wohl noch nie gegen andere Menschen gekämpft?«

Es wirkte, als könnte ihn nichts aus der Ruhe bringen. Verdammt … Ich hatte mir über eine Möglichkeit Sorgen gemacht, und nun brach sie über uns herein.

»Nanu?«

Raphtalia neigte nachdenklich den Kopf zur Seite. Aber ich konnte mich nicht damit befassen. Ich musste einen Weg finden, um den Meteor zu stoppen! Er zertrümmerte bereits den dritten Schild und den Schildkäfig über uns, und schließlich erreichte auch der E Float Shield seine Grenze und zersprang.

Nun traf mich der Meteor.

»Argh …«

Ein schwerer Stoß ging durch meinen Schild, aber ich hielt es gerade eben aus.

»Was tust du meinem Bruder an?!«

Kiru und die anderen hatten alle ihre Waffen gezogen und stürmten plötzlich auf den Mann zu.

»Nein!«, rief ich. »Zieht euch zurück!«

Aber sie blieben nicht stehen.

»Seid ihr langsam. Ich dachte, ihr habt mehr Biss. Hi hi hi hi hi.«

»Kiru!«, rief Raphtalia.

Etwa im selben Moment schlug der Mann mit seinem Shamshir nach ihr – er schätzte Kiru wohl als schwach ein. Raphtalia setzte alles daran, sich noch dazwischen zu werfen, aber das würde sie kaum noch rechtzeitig schaffen.

Moment mal ... Bildete ich es mir ein oder bewegte sie sich deutlich schneller als gerade eben noch?

Aber es schien dennoch nicht zu reichen. Verflucht! Kiru und die anderen hatten ihre Werte so sehr gesteigert, aber es reichte dennoch nicht. Sie waren bloß Ballast. In Zeitlupe sah ich, wie die Klinge auf Kiru zuraste, um sie zu durchbohren!

Plötzlich ein Klirren: Eine große Schere war schützend dazwischengefahren.

»Ah?!«

Ich traute meinen Augen kaum. Murder Pierrot hatte sich mit ihrer Schere unserem Feind in den Weg gestellt.

»Spider Web!«

»Verd...«

Murder Pierrot versuchte, den Shamshir mit ihren Fäden einzuwickeln, aber der Mann durchschnitt sie und sprang zurück.

»Geht's dir ...«

In Murder Pierrots Worte mischte sich wieder dieses Rauschen.

»J... Ja!«

Schützend blieb sie vor Kiru stehen. Zugleich stieß sie die Schere aufwärts und zertrümmerte den Meteor. Puh ... Ich hätte es zwar noch länger ausgehalten, aber es hatte schon ziemlich wehgetan. Meine Rüstung hatte überall Schaden abbekommen. Ich sprang von meinem Second Shield und reckte dem Mann meinen Schild entgegen.

»Wen haben wir denn da? Die Trägerin einer Vasallenwaffe aus einer untergegangenen Welt? Du lebst immer noch? Hi hi hi hi.«

Kannten die sich? Murder Pierrot starrte den Mann feindselig an. Eine untergegangene Welt?

»Aber allzu stark sind die vier Heiligen dieser Welt wohl nicht, was? Da hab ich leichtes Spiel. Hi hi hi.«

Was war mit dem? Seine Art zu reden wirkte, als stammte er aus einer anderen Welt. Kyo war großspurig gewesen, Drecksack Nr. 2 egozentrisch, L'Arc und seine Freunde pflichtbewusst ... Dieser Mann machte jedoch einen ganz anderen Eindruck auf mich als sie allc.

»Bist du der Träger einer Vasallenwaffe?«

»Hm? Das wäre schön, aber ich wurde nicht erwählt. Hi hi hi.«

»Er ... Gefährte eines erwählten Helden ... anderen Welt ...«, versuchte Murder Pierrot zu erklären.

Also war er in einer ähnlichen Position wie Kiru oder Filo? Oder wie Therese oder so? Ich bedachte ihn mit einem genaueren Blick und erspähte einen eigenartigen Anhänger an seiner Brust. Womöglich war das ein Accessoire, das für ihn dolmetschte.

»Ich lass mich ja gern überraschen. Strengt euch mal an, dann macht's mehr Spaß. Hi hi hi.«

»Wir sind also ... schwach?«

Raphtalia richtete ihr Katana auf ihn.

»Sogar schwächer, als ich gedacht hab, offen gesagt. So wird's ein Spaziergang.«

»Das wollen wir doch mal sehen!«

Blitzartig war Raphtalia in seinem Nahbereich und hieb mit dem Katana nach ihm.

»Hoppla!! Was ist das denn? Bist ja plötzlich viel flinker!«

Unser Feind machte große Augen. Ich war ebenso erstaunt. Warum war sie plötzlich so schnell?

»Als du versucht hast, Herrn Naofumis Unterstützungszauber aufzuheben, hast du einen Fehler gemacht.«

Einen Fehler? Seinen Attacken hatte ich rein gar nichts Fehlerhaftes angemerkt. Ach, seine Technik hob doch effektiv das Plus auf, das ein Unterstützungszauber herbeiführte. Hatte er damit etwa nicht nur alle ihre Boni, sondern auch ihre Mali annulliert?

»Du hast den Fluch gleich mit aufgehoben, der auf mir gelastet hat!«

Er schnalzte mit der Zunge.

Raphtalia ließ Hieb auf Hieb folgen, und der Feind wurde in die Defensive gedrängt.

»Hi hi! Nicht übel! Aber jetzt bin ich dran!«

Wie um zu zaubern, streckte er die Hand aus, und im selben Moment schlug Raphtalia mit dem Katana nach ihm. Praktisch ohne Beschwörung schoss sein Zauber auf sie zu – verfehlte sie jedoch. Sie drang weiter auf ihn ein, während sie mal nach ihm hieb, mal parierte. An sich war er nicht besonders stark, aber dass er keine Vasallenwaffe führte, ließ mich stutzen.

»Mist ... Es ist wohl besser, wenn ich erst mal den Rückzug antrete. Hi hi hi.«

»Du glaubst wohl, wir lassen dich entkommen?«

»Genau«, rief Raphtalia. »Daraus wird nichts.«

Sie setzte ihm weiter zu. Murder Pierrot hingegen zielte nur, wartete wohl auf eine günstige Gelegenheit.

»Das schaffe ich schon. Versucht doch, mich davon abzuhalten!«

Der Mann berührte seinen Anhänger. Dann ließ er in seiner Hand eine magische Kugel entstehen und schleuderte sie zu Boden. Ein Blitz erhellte die Umgebung, und einen Moment war ich geblendet. Solche Fähigkeiten, und das ohne ein Held zu sein ... Er war wie Therese, hatte sich aber irgendwie hochgepowert. Verdammt ... Ich glaubte gerade, er würde uns entkommen, da keuchte er plötzlich auf.

Hm? Ich blinzelte mehrmals. Als ich wieder etwas sah, stand Murder Pierrot dem Mann gegenüber. Sie hatte ihm ihre Schere in die Brust gestoßen.

»Ich dachte mir schon, dass du das ... Und darum ...«

»H... Hi hi. Nicht schlecht! Beim nächsten Mal schaffst du das aber nicht!«

Mit einem Ruck zog Murder Pierrot die Schere heraus. Es spritzte Blut, und der Mann brach zusammen. Hatte sie ihn ... umgebracht? Sie ließ die Schere hörbar zuschnappen, dann blickte sie sich zu mir um und gab den Weg frei.

Offenbar wollte sie, dass ich mir den Toten genauer ansah, also tat ich es. Ich vermutete, dass er aus einer anderen Welt stammte. Womöglich fand ich mehr heraus, wenn ich den Leichnam untersuchte. Ich hatte es jedoch kaum gedacht, da bemerkte ich, dass ein schwacher Lichtschein von dem Körper ausging. Was war das? Hier stimmte doch irgendetwas nicht ...

Und dann löste sich der Mann vor meinen Augen auf, als wäre er nur eine Fata Morgana gewesen.

»Was war denn das? Wer ...«

»Diese Leute ...«

Murder Pierrot begann zu erklären, aber ihre Stimme geriet heftig ins Stocken, und ich verstand sie nicht.

Schließlich gab sie es selbst auf und fragte nur: »Seid ihr in Ord...«

»Schon ... Aber dass du plötzlich aufkreuzt, passt vom Timing her ein bisschen zu gut. Steckst du mit dem unter einer Decke?«

»Aber Herr Naofumi«, protestierte Raphtalia. »Übertreibst du es nicht ein wenig mit dem Misstrauen?«

»Absolut, Bruder«, pflichtete Kiru ihr bei.

Ich verstand schon, was sie meinten, und ich persönlich wollte ihr ja auch gern vertrauen. Aber das Timing war einfach zu perfekt gewesen. Gut möglich, dass sie sich mit ihm abgesprochen hatte, um sich unser Vertrauen zu erschleichen. Ich kam mir selbst zynisch vor, aber es gab mittlerweile einfach zu viel, was ich beschützen musste. Ich konnte Fremden nicht einfach so vertrauen.

»Nein, so ist es ni...«

Murder Pierrot griff ans Schulterstück meiner Rüstung und zog etwas heraus. Eine Stecknadel?

»Wenn ich jemanden überwachen ... und solange diese Nadel ... jederzeit angeeilt kommen.«

»Ist das so was wie ein Teleportskill?«

Bei meinem konnte ich bis zu drei Orte eintragen, aber bei ihr lief es vermutlich so, dass sie an den Ort springen konnte, an dem diese Nadel steckte.

»Aber wann hast du überhaupt ...?«

»Im Kolosseum ...«

»Ach, du hast mir während des Kampfs diese Nadel angesteckt? Du wolltest mich wohl überwachen!«

Aha – Murder Pierrot wandte den Blick ab, und kalter Schweiß trat ihr auf die Stirn.

»Ich will nicht mitansehen, wie der ... einer heiligen Waffe getötet wird. Wir sollten nach Möglichkeit gemein...«

Anscheinend wollte sie mir ein weiteres Mal eine Zusammenarbeit anbieten, aber ...

»Dann sind eure Werte ... wegen eines Fluchs ...?«

»Ja ... Aber bei mir ist er jetzt wohl abgeklungen.« Raphtalia steckte ihr Katana in die Scheide zurück. »Ich hatte Glück: Unser Gegner hat mit seiner Magie nicht nur Herrn Naofumis Unterstützung aufgehoben, sondern zugleich auch die Absenkungen meiner Werte durch den Fluch.«

Aber ein nächstes Mal würde es wohl nicht geben. Gut möglich, dass der Kerl nicht allein unterwegs war. Offenbar gab es weitere wie ihn, die den vier Helden nach dem Leben trachteten. Und wir rannten immer noch mit gesenkten Werten herum! Und das war noch nicht alles: Wir mussten so schnell wie möglich Ren, Motoyasu und Itsuki finden, sonst würden sie womöglich noch umgebracht. Hätten sie doch nur die Hochrüstmethoden angewandt, wie ich es ihnen erklärt hatte, dann müsste ich mir jetzt nicht so viele Sorgen machen!

»Herr Naofumi, es lässt sich nicht abstreiten, dass Murder Pierrot Kiru und den anderen das Leben gerettet hat. Wollen wir ihr nicht wenigstens erlauben, uns zu begleiten?«

»Hm ...«

Mich beunruhigte schon ein wenig, dass sie uns bespitzelt hatte. Aber vielleicht war es trotzdem nicht verkehrt, wenn sie uns begleitete. So konnten wir sie im Auge behalten, für den Fall, dass sie uns eine Falle stellen wollte.

»Bruder. Ist das Mädchen denn stark?«

»Na ja, man versteht sie kaum. Aber doch, schon eher stark.«

Etwas, was unser Feind gesagt hatte, ging mir nicht aus dem Kopf.

»Was hat der Typ eigentlich mit Vasallenwaffe einer untergegangenen Welt gemeint?«

Murder Pierrot schaute zu Boden. Dann richtete sie den Blick auf ihre Schere.

»Die ... meiner Welt wurden umgebracht, und die Welt ...«

Sie sprach leise, und in ihrer Miene stand klar erkennbar Reue geschrieben. Wieder musste ich an jene Legende aus Kizunas Welt denken. Glass und die anderen waren hierhergekommen, um die vier heiligen Helden umzubringen. Mit dem Ziel, ihre eigene Welt zu retten. Dann war Murder Pierrot also eine Überlebende einer durch solche Kämpfe besiegten Welt. Ja, so musste es sein. Und die Tonstörungen mochten damit zusammenhängen, dass ihre Vasallenwaffe nicht mehr richtig funktionierte.

Ihre eigene Welt war untergegangen, während sie in einer fremden Welt unterwegs gewesen war. Um zu überleben, wanderte sie seither während der Wellen von Welt zu Welt. So ergab das alles einen Sinn. Dann hatte sie wahrscheinlich auch nur in unserem Dorf bleiben wollen, bis die nächste Welle kam.

»Ach, na schön. Aber glaub nicht, dass ich dir vertraue. Du wirst überwacht.«

»In Ord...«

»Aber du hast uns geholfen. Dafür sind wir dir dankbar.«

»...nung.«

Murder Pierrot nickte. Ich wandte den Blick von ihr ab und sah zu Kiru und den anderen hinüber.

»So, wir hatten ja eigentlich gucken wollen, wie stark ihr nach dem Klassenaufstieg seid, aber dafür ist jetzt keine Zeit.«

»Voll schade, aber ich versteh schon, Bruder.«

»Und du, Murder Pierrot, sag uns erst mal, wie du wirklich heißt.«

Ich konnte mir kaum vorstellen, dass ihr Ringname ihr echter Name war. Den konnte sie uns ruhig verraten. Er war bestimmt auch leichter auszusprechen.

»S'yne Lokk.«

Ey, der Name klang ja fast wie der frühere Abenteurername von Witch! Jetzt traute ich ihr gleich noch weniger über den Weg. Main Suphia hatte die Hexe sich damals genannt. Heute kannte man sie allerdings unter dem Namen Flittchen.

»Na dann, sehr erfreut.«

»Sehr erfreut ...«

Und so kam es schließlich doch dazu, dass sie sich in Lurolona niederließ.

Kapitel 14: Das formelle Gesuch

Als wir im Dorf ankamen, zog S'yne sich mit irgendeiner Näharbeit zurück. Vielleicht musste ich sie mir als die Vasallin der Schneiderwerkzeuge vorstellen. Was machte sie da bloß? Auf den ersten Blick sah es nach einem Plüschtier aus.

Dann fiel mir siedendheiß wieder ein, dass wir uns jetzt ernsthaft auf die Suche nach Motoyasu, Ren und Itsuki konzentrieren mussten. Ich glaubte nämlich nicht, dass die drei gegen solche Feinde eine Chance hatten. Es ging jedoch eine Woche ins Land, ohne dass wir einen von ihnen fanden. Nicht einmal Motoyasu unternahm einen Überfall auf Filo.

Ich rechnete nun ständig damit, dass erneut Typen aus einer anderen Welt aufkreuzten, um uns anzugreifen. Aber S'yne schien die ganze Zeit im Dorf Wache zu halten. Es war schon unheimlich, nie zu wissen, wann Feinde auftauchen würden. Ein unangenehmes Gefühl.

Was gab es sonst noch so? Es kam ein zweites Mal zu Problemen mit Räubern, die in meinem Territorium ihr Unwesen trieben. Als hätte ich nicht schon genug um die Ohren: Es ging damit los, dass wir Kiru und die anderen hochpowern mussten; und Handel mussten wir auch betreiben, damit Geld in die Kasse kam. Wir konnten nicht bloß dasitzen und auf der Hut sein.

»Hm?«

Gerade ging ich auf und ab und grübelte, wie ich diese Probleme bloß alle lösen sollte, da erblickte ich zwei vertraute Gesichter: eine Frau, die ängstlich und unglücklich wirkte, und eine andere in einer schlichten Rüstung, die Unnachgiebigkeit ausstrahlte. Rishia und Eclair.

»Wir sind wieder zurück!«

»Seid gegrüßt, Herr Iwatani.«

In letzter Zeit übten sie gewissenhaft mit der alten Schachtel und waren auch mit ihr herumgezogen.

»Na, ihr beiden? Ist das Training schon vorbei?«

»Noch nicht«, sagte Rishia, »aber mir wurde gesagt, ich solle dir helfen.«

»Und mir ebenso.«

Sie sollten mir helfen? Was hatte das zu bedeuten?

»Habt ihr mit euren Übungen was erreicht?«

»Es ist die Rede davon, dass Rishia und ich gemeinsam Kampferfahrungen sammeln sollen. Die Übungen gehen dann wohl weiter.«

Kampferfahrungen sammeln sollten sie also ... Aha. Die Oma gab ja unbequeme Anweisungen. Aber das wirkliche Problem lag wohl bei Eclair. Was glaubte sie eigentlich, worin ihre Arbeit bestand? Sie war noch immer die Verwalterin des Lehens! Dennoch verbrachte sie jede freie Minute bei der alten Schachtel und übte. Selbst Melty hatte sich deswegen schon beklagt.

»Nun, die im Vordergrund stehende Seite des Stils der Unvergleichlichen Veränderung habe ich wohl so weit verinnerlicht.«

»Und ich bekomme gerade das Ganze eingepaukt.«

»Die im Vordergrund stehende Seite?«

»Das ist die Basis. Der Teil, den alle lernen können. Für die andere Seite ist Talent vonnöten.«

»Verstehe ...«

Ich musterte Eclair.

»Was habt Ihr, Herr Iwatani?«

»Und das ist okay für dich? Für mich sieht's so aus, als lernst du das alles nur so halb. Am Ende bist du bloß der Prügelknabe!«

»Ha … Für wen haltet Ihr mich? Wenn Rishia schon längst erschöpft am Boden lag, habe ich noch immer mit der Meisterin gekämpft.«

»Vergiss nicht, mit wem du dich hier vergleichst …«

»Ojeee …«

Ich glaubte schon, dass Rishia einigermaßen stark geworden war, aber Ausdauer hatte sie wohl kaum. In einem ganz fundamentalen, wertebezogenen Sinne.

»Bei diesem Stil geht es weniger um Technik als um grundlegende Körperbewegungen, Magie und den Fluss des Qi«, erläuterte Eclair. »Es war anstrengend, den Dreh herauszubekommen.«

Die alte Schachtel war ungeheuer stark, daher setzte ich mein Vertrauen in sie. Aber viele Aspekte ihres Stils verstand ich nicht so recht. Man konnte sie aber wohl leichter erfassen, wenn man vorher Lebenskraftwasser trank.

»Ich hab den Dreh mittlerweile ziemlich gut raus«, sagte Rishia.

»Aha? Hast du dir endlich diese Technik erschlossen, die du bisher nur gegen Kyo einsetzen konntest?«

»I… Ich denke schon. Mittlerweile kann ich den Wahrnehmungszustand von damals in gewissem Maß bewusst hervorrufen.«

»Na, das ist doch klasse, oder nicht?«

Als ich das sagte, sah Rishia mich verdutzt an. War das für sie schon ganz selbstverständlich? Fand hier ein inflationärer Machtzuwachs statt wie in manchen Manga? Konnte sie mich mittlerweile mit einem Schlag erledigen? Da war ich überhaupt nicht scharf drauf.

»Was ist eigentlich mit dir, Raphtalia? Du bist ja praktisch immer bei mir. So kommst du kaum richtig zum Üben, oder?«

»Ähm … Ich hatte es eigentlich schon einmal erzählt«, antwortete Raphtalia verlegen. »Ich habe doch mit Glass trainiert und dabei die Technik durchaus ansatzweise erlernt! Aber wegen der Vasallenwaffe kann ich nun nicht mehr die gleichen Dinge tun wie Eclair oder die anderen.«

»Ach so ... Aber der alten Schachtel zufolge können wir damit unsere Skills stärken und so.«

»Ja, genau. Indem wir Kraft hineinlenken, werden sie mächtiger.«

Beherrschte Raphtalia dann also schon etwas Ähnliches? Ich erinnerte mich, dass ich es auch schon mal so halbwegs hinbekommen hatte. Und Filo hatte es bereits beherrscht, richtig? Hatten Raphtalia und Glass zumindest gesagt.

»Es wäre aber wohl schon besser, wenn ich auch die eigentlichen Übungen mache.«

»Im Augenblick können wir nicht wissen, wann wir angegriffen werden. Aber wenn wir immer bloß Wache schieben, kommen wir auch nicht weiter.«

Ich hätte Raphtalia gern an den Übungen teilhaben lassen, aber die Situation ließ es nicht zu. Auch für mich wäre es gut, wenn ich mein Training wieder aufnähme, aber ich hatte nicht die Zeit.

»Und was sagt die alte Schachtel?«

»Unserer Lehrmeisterin zufolge«, berichtete Rishia, »gibt es unzählige Dinge, die Raphtalia als deine rechte Hand noch lernen muss.«

»Tatsächlich?«

Es half in vielerlei Hinsicht, Raphtalia zu haben. Bis jetzt waren wir immer zusammen gewesen, darum waren wir wunderbar aufeinander eingespielt. Die Übungen würden uns trotzdem weiterbringen, sowohl sie als auch mich. Wir mussten es nur gut timen, da wir uns zugleich weiter gegen Angriffe wappnen mussten.

»Herr Iwatani, was gedenkt Ihr fortan zu tun?«

»Also, wenn wir ständig nur über die Schulter gucken, lähmt uns das. Ich hab gehört, gefährliche Monster hätten sich zu stark vermehrt und seien bis nahe an Ansiedlungen vorgedrungen. Auf die könnten wir Jagd machen. Zudem würde ich gern noch Meltys Bitte nachkommen und mir die Räuber vorknöpfen, die in der Region ihr Unwesen treiben.«

»Hm.«

»Was gibt's da zu hmsen? Eigentlich wäre das deine Arbeit.«

»Äh ...«

Eclair hatte es die Sprache verschlagen. Ich hatte ins Schwarze getroffen.

Aber eigentlich war das gar nicht so schlecht. Ich erwog ja ohnehin, so langsam mal wieder meinen eigenen Standard anzuheben. Auf der Jagd würden wir EXP einfahren. Meine Werte waren zwar gerade gesenkt, aber das hinderte mich ja nicht am Grinden.

»D... Dann lasst mich auch mitkommen. Und Rishia natürlich.«

»Perfekt. So könnt ihr mir gleich euren Fortschritt zeigen.«

Dann waren wir also zu fünft: Raphtalia, Rishia, Eclair, ich ... und Filo, die uns transportierte. Von der Kampfkraft her war diese Besetzung einwandfrei. Wenn wir unter diesen Umständen verloren, konnten wir ebenso gut gleich das Handtuch werfen. Aber sollte irgendetwas schiefgehen, würde ja bestimmt S'yne aufkreuzen. Bis auf Weiteres hatte ich noch ihre Stecknadel an der Rüstung.

»Und außerdem ... Atla!«

»Ja, bitte?«

Als ich sie rief, kam sie unverzüglich angelaufen. Bei dem Reaktionstempo musste man sich ja fragen, ob sie schon bereitgestanden hatte. Dabei war sie als gebrechlicher Charakter eingeführt worden ...

»Was?!« Fohl starrte mich ärgerlich an.

Ich hatte bloß nach Atla gerufen. Was war das bitte für eine Reaktion?

Die beiden waren ziemlich aktiv. Der Klassenaufstieg lag zwar noch in weiter Ferne, aber ich hatte schon Lust, mal einen genaueren Blick auf sie zu werfen.

»Wir gehen leveln, und ihr sollt helfen.«

»Gern. Ich habe mich schon darauf gefreut, dass Ihr mich einmal mitnehmt, Herr Naofumi!«

»Atla! So was musst du doch nicht …«

»Bruder, du störst.«

»Uff …«

Gerade hatte er sich aufblasen wollen, da hatte sie ihn mit dem Finger gepikst. Das reichte bereits: Er hielt sich die Brust und geriet ins Wanken. Nanu? Es schien ja ganz so, als wäre Atla von den beiden die Stärkere! Und was war das überhaupt gewesen? Hatte sie einen Akupunkturpunkt erwischt oder so?

»Herr Iwatani, der Lehrmeisterin zufolge besteht bei Atla keine Notwendigkeit, sie den Stil der Unvergleichlichen Veränderung zu lehren. Ihre Blindheit fördert ihr Talent in großem Maß.«

Die alte Schachtel war vor Kurzem ins Dorf gekommen und hatte alle Sklaven unter die Lupe genommen. Sie erfüllte die Funktion einer Kampfberaterin. Es gehörte wohl zu ihren Stärken, eine ausgeprägte Veranlagung zu erkennen. Bevor ich Atla gekauft hatte, hatte sie einmal gesagt, Filo und Sadina hätten ein bemerkenswertes Talent. Traf dies auch auf Atla zu? Mehr noch als auf ihren lebhaften Bruder? Aber eigentlich ergab das Sinn. Sie meisterte ihr Leben, obwohl sie nicht sehen konnte. Sie musste ein gutes Gespür für Qi und derlei Dinge haben. Vielleicht war sie von den beiden die bessere Investition.

»Ähm … Wenn du solche Sachen kannst, müsstest du eigentlich klarkommen. Ich verlass mich auf dich. Also, dann brechen wir mal auf!«

»Herr Iwatani, wo treiben denn diese Räuber ihren Spuk?«

»Kürzlich soll eine Bande eine Schlucht zu ihrem Hauptquartier gemacht haben.«

Ich breitete eine Karte aus und zeigte Eclair die Bergregion, in der die Räuber aktiv waren. Der Ort schien sich gut für Überfälle zu eignen.

»He he … Wie praktisch, dass sie sich dort zusammenrotten.«

»Was ist der Grund für Euren Frohsinn, Herr Iwatani? So höre ich Euch zum ersten Mal lachen.«

Sie schien sich vor mir zu gruseln. Was hatte ich wohl für ein Gesicht gemacht?

Die Räuber häuften ziemlich wertvolle Sachen an, eigneten sich also selbst recht gut zum Ausrauben. Zudem waren wir formell dazu beauftragt worden und bekamen eine Belohnung dafür. Zwei Fliegen mit einer Klappe.

»Mein Herr«, sagte Atla, »Ihr geht anscheinend gern auf Räuberjagd, nicht wahr?«

»Weil man da guten Gewinn macht. Außerdem möchte ich gern für mehr Sicherheit auf meinem Lehen sorgen.«

Eclair sah mich misstrauisch an. Kümmerte mich nicht. Wer lieber an den Übungen teilnahm, als das Lehen zu managen, sollte lieber still sein.

»Wenn wir etwas erreichen wollen, müssen wir den Anführer ergreifen, der vor Kurzem aufgetaucht ist.«

Diesmal hatten wir es wohl mit einer besonders lästigen Räuberbande zu tun, die organisiert arbeitete. Erst gestern hatten wir auf einer Handelsfahrt ein paar Räuber geschnappt.

Die hatten irgendwas in der Richtung gemurmelt.

»Und was für ein Anführer ist das?«

»Der Aussage einiger gefassten Räuber zufolge ist er kürzlich zum Boss in der Region aufgestiegen. Er soll gut mit Waffen umgehen können.«

Die Sklaven waren auf einer Verkaufstour überfallen worden, hatten den Spieß jedoch umgedreht. Mittlerweile hatten sie doch ziemlich an Stärke zugelegt, was mich beruhigte.

»Und warum läuft er davon, wenn er so ein guter Kämpfer ist?«

»Genau das wüsste ich auch gern. Es ist wohl ein recht argwöhnischer Boss, der nur selten vor seine Leute tritt. Dennoch soll er so gut kämpfen, dass er einen starken Abenteurerveteran nach dem anderen ausschaltet.«

»Es leuchtet mir nicht so recht ein ...«

Ich konnte es ihr nicht verdenken. Man fragte sich schon, was für ein Boss das überhaupt sein sollte. Vielleicht war er ein Stratege? Oder einfach ein Schlitzohr, weniger nett gesagt. Jedenfalls war es lästig, so jemanden als Feind zu haben. Wir mussten ihm das Handwerk legen.

»Sie sollen die folgende Strategie verfolgen: Der Boss sagt ihnen, auf welche Gruppe er es abgesehen hat, sie mischen die Leute auf, und wer in dem Tumult isoliert wird, auf den macht der Boss persönlich Jagd.«

Aber warum wandten sie eine so mühselige Kampftaktik an? Es blieb unklar, welche Ziele dieser Typ verfolgte.

»Wegen dieser Vorgehensweise kriegt man den Boss nicht zu fassen, selbst wenn man seine Untergebenen erwischt. Und diesen Anführer hopszunehmen ist nun unsere Aufgabe.«

»Hm, da haben wir es ja mit einer unliebsamen Räuberbande zu tun.«

Sie machten uns viel Mühe, so viel stand fest. Solange der Boss lebte, würde er immer wieder neue Anhänger finden. Auch gab es bei einer so ausgetüftelten Unternehmung sicher nicht bloß ein Versteck. Immerhin war die Räuberjagd auf diese Weise lukrativer.

»Gut, dann machen wir's wie geplant und suchen in der Gegend nach Monstern, in der die Bande ihre Überfälle macht.«

»In Ordnung.«

»Geht klar.«

»Einverstanden.«

In dem Moment kam Raphi angetrappelt.

»Raph.«

»Nanu, du hier?«

Jetzt konnte ich sie nach langer Zeit mal wieder so richtig durchwuscheln. Sie war dazu abgestellt, den Sklaven Trost zu spenden, und ich sah sie daher kaum noch. Wenn Raphtalia in der Nähe war, zog sie sich zurück. Es war, als wollte sie ihr Taktgefühl demonstrieren. Das machte sie besonders.

»Raph!«

»Putziputziputz!«

»Du machst ja ein sehr erfreutes Gesicht, Herr Naofumi.«

»Ich freu mich ja auch.«

Raphi war eben einfach so niedlich. In letzter Zeit kam ich kaum dazu, mich um sie zu kümmern, da musste ich jede Gelegenheit zum Streicheln nutzen. Raphtalia seufzte, warum auch immer.

»Willst du auch mit auf Räuberjagd, Raphi?«

»Raph!«

Oh, anscheinend hatte sie richtig Lust. Na, dann nahm ich sie eben auch mit. Das würde bestimmt lustig.

»Herr Iwatani ...« Eclair wandte sich zu Raphtalia um. »Du musst weiter durchhalten.«

»Ja ...«

Aus irgendeinem Grund sagte Eclair aufmunternde Worte zu ihr. Wieso nur? War irgendwas passiert?

»Raph?«

»Alles klar, dann soll mal bitte jemand zu Melty in die Nachbarstadt laufen und Filo holen. Gehen wir Monster und Räuber jagen!«

Auf meine Anweisung hin machten sich alle an die Vorbereitungen.

»Du bist jetzt so wendig, man erkennt dich kaum wieder!«

Es musste an der Ausbildung der alten Schachtel liegen, dass Rishia so beherzt die Monster niedermachte. Wer sie schon länger kannte, glaubte sicher, er halluzinierte. Zumindest ging es mir so.

Ihre Waffen waren das Pekkle Rapier, ein Wurfmesser mit Seil und eine Peitsche. Sie benutzte sie alle zugleich: In dem Moment, da das Messer traf, zog sie den Gegner mit der Peitsche zu sich und durchbohrte ihn dann mit ihrem Rapier. Diese Attacke bezeichnete sie als Fesselstoß. Angeblich gehörte sie zum Stil der Unvergleichlichen Veränderung. Der Name war zu simpel und hatte etwas Pubertäres, aber abgesehen davon war die Attacke nicht zu verachten.

Wie behände Rishia jetzt war! Früher schon hatte sie erstaunliche Kräfte gezeigt, wenn sie aufgebracht gewesen war. Doch was ich jetzt zu sehen bekam, schien noch darüber hinauszugehen. Ihre Würfe waren ebenfalls geschickt und trafen sicher ihr Ziel. Wenn jetzt etwa noch eine verteidigungsdurchschlagende Wirkung dazukäme, wäre sie furchterregend.

Ja, ich sollte wohl auch ernsthaft mit dem Üben anfangen. Es mochte zwar nicht mehr ganz so dringlich sein, nachdem wir nun zu L'Arc und den anderen ein Freundschaftsband geknüpft hatten, aber im Hinblick auf kommende Feinde sprach sicher nichts dagegen, Attacken auf demselben Niveau in petto zu haben.

Rishia hatte mittlerweile übrigens Level 70 erreicht. Nach langer Zeit hatte sie endlich die 69 überwunden. Das nächste Level würde sicher nicht ganz so lange auf sich warten lassen, aber sie müsste schon einiges an Erfahrung sammeln. Ich hatte gedacht, mit dem Aufstieg würde sich ihre Begabung voll entfalten, doch bei ihren Werten war keine besondere Veränderung eingetreten. Dessen ungeachtet zeigte sie eine Stärke, über die ich offen gesagt staunte. Sähe Itsuki sie jetzt so, er würde sie womöglich bitten, zu ihm zurückzukehren. Aber er war auch doppelt so stur wie jeder andere. Vielleicht würde er am Ende doch nichts sagen.

»Tatsächlich? Ich nehme nichts Besonderes wahr ...«

War sie sich ihrer Stärke nicht bewusst? Sie war wohl trotz allem im Grunde immer noch dieselbe.

In Gedanken versunken sah ich zu, wie Eclair mit dem Schwert ein Monster niederstreckte. Auch sie zeigte ein beträchtliches Können, wenn auch nicht wie Rishia. Sie war offensichtlich stärker geworden.

»Großartig, Eclair!«, rief Raphtalia voller Bewunderung.

»An dich komme ich nicht heran, Raphtalia. Doch beim Stil der Unvergleichlichen Veränderung bin ich einen Schritt weiter. Du solltest schnell zu mir aufschließen.«

»Oh ja, das werde ich.«

Die beiden hatten sich anscheinend angefreundet.

Atla näherte sich mir, ohne die anderen weiter zu beachten.

»Bitte seht her, Herr Naofumi.«

»Okay.«

Dann sollte sie mal zeigen, was sie gelernt hatte. Ob sie stärker war als ihr Bruder?

»Atla! Den übernehme lieber i…«

»Bruder, du störst.«

»Uah!«

Er bekam einen Stoß von ihr und fiel der Länge nach hin. Und dann benutzte Atla ihn einfach als Trittbrett. Ein gewaltiges Wildschweinmonster, ein Razorback, stürmte auf sie zu. Sie blieb ruhig stehen, hob eine Hand und tippte dem Monster an die Nasenspitze. Das war alles, aber plötzlich kam der Razorback nicht mehr vom Fleck, obwohl er verzweifelt versuchte zu rennen. Was war das? Atla schien ja Superkräfte zu haben!

»Entschuldige.«

Sie sprang auf den Razorback zu und stieß ihm die flache Hand gegen die Stirn. Das reichte bereits: Das Monster verdrehte die Augen, spuckte Schaum und brach zusammen. Was? War der etwa schon tot?

EXP 70 erhalten

Es hatte Erfahrungspunkte gegeben.

Mit der Technik konnte man ja Attentate verüben! Sie schien mehr Schaden zu verursachen als normale Attacken. Woran lag das? Hatte sie ihm mit ihrem Qi das Gehirn eingedrückt oder so? Ausgesehen hatte es wie ein gewöhnlicher Schlag.

»Ich hab’s geschafft!«

»S… Stimmt …«

Wahres Talent hatte schon etwas Erschütterndes an sich. Sie kam mir weit stärker vor als Rishia oder die Ritterin. Und dann noch mit bloßen Händen! Wieso hatte sie eigentlich keine Waffe? Hatte ich sie beim Verteilen übergangen? Nein, ich hatte ihr wie den anderen Sklaven eine gegeben, sie hatte sie bloß nicht benutzt. Diese Monster waren durchschnittlich etwa Level 40. Mit denen wurde sie spielend fertig.

Ich stupste ihr Trittbrett mit dem Finger an. Ihr Bruder tat mir schon ein wenig leid.

»Hepp!«

Filo war in ihrer Königinnenform und kickte vergnügt Monster weg. Sie schien nicht aus der Übung zu sein.

Ich musste kein einziges Mal meinen Schild benutzen: Alle Monster wurden einfach niedergemacht. Eigentlich hätte ich auch irgendwas tun sollen, aber ich fühlte mich überflüssig. Alle waren so stark geworden ... Sie waren mir fast ein wenig fremd.

»Herr Naofumi, ist irgendwas?«

»Hm?«

»Raphtalia«, sagte Eclair. »Gehen wir lieber ein paar Monster suchen, anhand derer auch Herr Iwatani sein Können vorführen kann. Sonst ist er noch beleidigt, und Sadina reißt ihn sich unter den Nagel!«

»Okay!«

»Hey, hab ich gesagt, ihr sollt mich betütern? Und du nickst das auch noch ab, Raphtalia!«

Was redete Eclair da überhaupt? Warum sollte ich mit dieser Säuferin zusammen sein wollen?

»Aber schön, wenn ihr's so haben wollt. Hate Reaction!«

Ich lockte erst einmal die Monster in der Umgebung zu uns, während wir weiter vordrangen, um nach stärkeren Arten Ausschau zu halten. Als wir es tiefer in die Berge geschafft hatten, tauchten auch Monster mit Drachenattributen auf. Ach ja, in solch abgelegenen Gegenden sollten doch Drachen leben. Wir hatten uns ein ganzes Stück von der Stelle entfernt, an der die Räuber normalerweise herumspukten. So fanden wir immerhin heraus, wie weit wir gehen konnten, was auch nicht verkehrt war. Und wenn ich die Stoffe in meinen Schild einspeiste, würden auch meine Werte schön steigen. Aus irgendeinem Grund wurden jedoch keine Schilde mit Drachenbezug freigeschaltet. Aber meinen Demon Dragon Shield hatte ich ja auch erst mit etwas Zeitverzögerung bekommen.

»Herr Iwatani!«

»Herr Naofumi! Bitte hilf uns!«

»Dann bin ich wohl endlich an der Reihe.«

Und so war es auch: Es war an mir, das Monster festzuhalten. Das nutzten die anderen aus, um zu attackieren.

Die schwächeren Gegner, die uns danach noch begegneten, besiegten sie allein. Am Ende hatten alle ihr Level gesteigert, doch eine Mitstreiterin hatte besonders erstaunliche Fortschritte gemacht: Rishia Ivyred. Als ihr Level von 70 auf 71 umgesprungen war, waren alle ihre Werte mächtig in die Höhe geschossen. Erntete sie nun die Frucht ihres Trainings? Ach nein, körperliches Training lief ja von der Statusmagie getrennt. Das konnte nicht der Grund dieses plötzlichen Anstiegs sein. An dem Tag begegneten wir keinen Räubern, nur Monstern. Doch als Rishia Level 72 erreichte, stiegen ihre Werte ein weiteres Mal um ein knappes Drittel. Vorher waren sie vielleicht halb so hoch gewesen wie Raphtalias, bevor die Vasallenwaffe sie erwählt hatte. Ursprünglich war es nur ein Drittel gewesen, insofern hatte bereits ein erstaunliches Wachstum stattgefunden. Wenn das so weiterging, würde sie Raphtalia einholen, sobald sie Level 75 erreichte. Anscheinend begann

Rishias großes Aufblühen ab Level 71. Nun erreichte sie endlich das Niveau, auf dem sie mir im Kampf so richtig nützen würde.

Kapitel 15: Der Mann mit der Maske

»Jetzt, da wir unsere Level erhöht haben, können wir uns ernsthaft auf die Suche nach den Räubern machen«, sagte ich, nachdem wir sogar eine hübsche Zahl gefährlicher Monster bezwungen hatten. »Klauen wir ihnen erst mal ihren Schatz, und hinterher grinden wir weiter.«

»Einen Moment«, meldete sich Eclair zu Wort. »Was habt Ihr mit dem Diebesgut vor?!«

»Erwartest du von mir, dass wir die Sachen Eigentümern zurückgeben, die wir gar nicht kennen?«

Eclair ächzte. Ich erinnerte mich: Damals auf der Geisterschildkröte hatte sie etwas Ähnliches gesagt.

»Wenn wir belegen können, wem die Sachen gehört haben, geben wir sie zurück. Aber können wir das belegen?«

Eclair stieß einen schweren Seufzer aus. Anscheinend hatte sie aufgegeben.

»Ihr wollt damit wohl sagen, man müsse so hartgesotten sein wie Ihr, um ein Lehen zu führen?«

»Raphtalia, ist etwas falsch daran, Räubern Geld und Gut abzunehmen?«

»Ob etwas falsch daran ist? Eher sind doch die anzuklagen, die das alles gestohlen haben.«

»R... Raphtalia?«, sagte Eclair erschrocken.

»Hm ... Mir kommt eigentlich Eclairs Reaktion richtiger vor.« Ich hatte dennoch nicht vor, jetzt plötzlich einen Rückzieher zu machen. »Aber der Räuberschatz gehört mir. So kriegen wir die Mittel für den Wiederaufbau.«

Wir hatten gerade erst die ganzen Sklaven aufkaufen müssen,

und es konnte gut sein, dass wir schon sehr bald wieder Geld brauchen würden. Geld konnte man nie zu viel haben.

»Muss das denn wirklich auch noch sein? Ich ... bin unschlüssig, was ich tun soll ...«

Eclair verfiel ins Brüten. Was hatte sie nur? Wobei, um ehrlich zu sein, hatte ich erwartet, dass sie mich härter angehen würde. Na, vielleicht sollte ich froh sein, dass mir der Stress erspart blieb.

»Hm ...«

»Raph?«

Oh? Raphtalia und Raphi hatten gerade auf die gleiche Weise den Kopf geneigt. Das war ja klasse! Da bekam man richtig Bauchkribbeln.

»Ich kann mich des Eindrucks nicht erwehren, dass Euer Dorf schneller wieder gedeiht als unsere Stadt.«

»Ach, die Kirschen in Nachbars Garten kommen einem immer appetitlicher vor. Mach dir keinen Kopf.«

Eclair hatte Melty und andere Adlige zur Unterstützung, und so ging es auch mit der Stadt, die sie verwaltete, allmählich voran. In Lurolona waren wir immer noch etwas unterbesetzt. Wir hatten nichts außer Häusern und Äckern. Von einer Stadt konnte man da noch lange nicht sprechen.

»Ach nein ... Wenn es so weitergeht, dann wird schon bald ...«

»Wenns dich so mitnimmt, dann renn halt nicht ständig zum Training, sondern geh lieber Melty zur Hand!«

So was hatte ich gern – ständig nur am trainieren, aber andere beneiden! Sie musste sich eben entscheiden, was ihr wichtiger war: Kampfkunst oder Wirtschaft.

»Jedenfalls haben wir jetzt erst mal genug Monster beseitigt. Als Nächstes kommt die Räuberjagd.«

Der Berg, auf dem sich die Räuber eingenistet hatten, lag in der Nähe einer Straße. Wir waren dort angekommen und trafen unsere Vorbereitungen.

»Ihr wisst es ja sicher, aber die Räuber können höchstens Level 40 sein. Also macht einfach alles wie sonst auch.«

Den Klassenaufstieg bekam man in Melromarc nur gewährt, wenn man vertrauenswürdig war. So hoch würden die Level der Räuber also nicht sein. Es konnten aber natürlich auch Vagabunden unter ihnen sein, die den Klassenaufstieg in Zeltoble oder anderswo gemacht hatten. Vor ziemlich langer Zeit war mir auf einer Handelsfahrt einmal so jemand begegnet. Dafür brauchte man sicher gute Resultate in den Arenen.

Aber wer im Kolosseum sein Geld verdienen konnte, hatte der es überhaupt nötig, sich einer Räuberbande anzuschließen? Ach, eigentlich spielte es auch keine Rolle.

»Dann tut euch erst mal paarweise zusammen und sucht nach dem Unterschlupf. Über den Boss haben wir noch nicht genügend Informationen.«

Am schnellsten fanden wir das Räuberversteck, wenn wir es aus ihnen herausquetschten. Aber dafür mussten wir erst einmal ein paar fangen.

Nun zur Gruppenaufteilung. Sollte ich jeden seinen Partner selbst wählen lassen oder sie möglichst ausgewogen aufteilen?

»Fohl und Atla, Raphtalia und Eclair, Filo und Rishia. Geht ihr als Teams los und sucht. Wenn es euch nicht passt, dann teilt euch auf, wie ihr wollt.«

Ich nahm Raphi auf den Arm und setzte mich in Bewegung.

»Raphi kommt mit mir. So, jetzt gibt's Streicheleinheiten.«

»Raph.«

»Aber warum?«, protestierte Raphtalia.

»Wir sollten uns hier nicht in einer so großen Gruppe rumtreiben. Wir wissen doch von der Gewohnheit des Hauptmanns: Es muss so aussehen, als hätte er es nur mit einer Person zu tun. Deswegen will ich's mal mit Raphi versuchen, vielleicht zeigt sich unser Jagdobjekt dann. Falls irgendwas ist, kann dir Raphi doch bestimmt 'ne Nachricht schicken?«

»Raph! Raph, Raph!«

Meine Gehilfin war wohl in der Lage, Raphtalia ein Notsignal zu senden. Deswegen wollte ich, dass Raphtalia mit ihrer überragenden Kampfkraft sich frei bewegen konnte. Raphi wirkte allerdings auch ziemlich motiviert. Wenn wir beide irgendwelchen Monstern begegneten, wären wir zwar aufgeschmissen, aber wir mussten uns solchen Kämpfen ja nicht stellen und konnten weglaufen. Im schlimmsten Fall würde ich S'yne rufen. Die käme bestimmt.

»Verstehe«, sagte Eclair. »Komm, brechen wir auf.«

»Na schön ...«

Eclair war es offenbar gelungen, Raphtalia umzustimmen.

»Atla, du hast doch so ein gutes Gespür, darum baue ich auf dich: Finde das Räuberversteck!«

»Überlasst das nur mir. So, Bruder, es geht los!«

Fohl bleckte die Zähne. Er war mir gegenüber unverändert feindselig. Aber seine kleine Schwester schleifte ihn mit.

»Wir sind bald zurück«, sagte Rishia.

»Meister, ich bin auch bald zurüüück!«

Rishia wirkte gelassen. Zusammen mit Filo machte sie sich auf den Weg.

»Alsdann ...«

Nun begannen auch Raphi und ich mit der Suche nach den Räubern und ihren Verstecken. Die Gauner sollten kaum in der

Lage sein, mich zu überrumpeln und zu verwunden, deswegen sah ich meiner Aufgabe entspannt entgegen. Es war fast, als machten wir einen gemütlichen Spaziergang, die Bergstraße entlang.

»Raphuuuuu!«

Plötzlich heulte Raphi wie eine Sirene und deutete mit dem Finger. Was denn? Ich wandte mich um, aber da war überhaupt niemand. Doch dann tauchte plötzlich vor mir eine schwarze Silhouette auf. Instinktiv riss ich meinen Schild hoch.

»Assassinating Sword!«

»Was?!«

Es klirrte, Funken stoben von meinem Schild auf und ein harter Stoß ging durch meinen Arm. Das war eine mächtige Attacke gewesen. Jeden anderen hätte dieser Treffer doch sicher umgebracht!

»He, was soll das?«

Ich stieß den Idioten, der mich aus dem Hinterhalt angegriffen hatte, mit meinem Schild weg.

»Ich fordere dich zu einem fairen Duell!«

»Wa...«

Ich konnte nicht glauben, wen ich da vor mir sah. Ich war völlig baff. Er trug zwar eine merkwürdige schwarze Maske, die wie eine Art Schädel geformt war. Alles andere verriet ihn jedoch: der Körperbau, die Stimme und wie er die Waffe hielt. Das war eindeutig Ren Amaki, der Held des Schwerts. Und er hielt ein pechschwarzes, unheilvolles Schwert in den Händen.

»Verdammt!«

Bildete ich mir das ein oder war seine Rüstung noch schäbiger als beim letzten Mal? Durch die Augenschlitze sah ich seine verdrossene Miene. Irgendwie kam er mir komisch vor. Vielleicht

komisch, dass ausgerechnet ich das so sah, aber es war eine ganz andere Dimension. Seine Augen waren weit aufgerissen, als wäre er mental völlig am Ende.

»R… Ren?!«

»Hide … Sword.«

Die Luft flimmerte, und dann war er verschwunden. Was war das? Hatte er einen Illusionszauber auf mich gesprochen, und ich halluzinierte? Das »Hide« im Namen machte mich jedoch misstrauisch, also ging ich in Kampfhaltung.

»Raph!«

Raphi teilte mir seine Position mit. Hatte er nicht von einem fairen Duell gesprochen? Und dann attackierte er mich von hinten und verbarg sich mit Tarnskills? Der hatte Nerven! Alles, was das Spielsystem zuließ, galt bei ihm wohl als fair! Aber wie mutlos seine Stimme geklungen hatte … Egal. Im Augenblick war er mein Feind. Ich musste mich konzentrieren.

»Hate Reaction!«

Wieder mein Skill, der Monster anlockte. Er hatte eine verborgene Nebenwirkung, die sich auf Cal Mira gezeigt hatte: Gegner, die einen schwachen Tarnzauber oder skill benutzten, zwang er, sich zu zeigen. Wir hatten es herausgefunden, als Raphtalia ihr Phantomschwert und ich zur selben Zeit Hate Reaction benutzt hatten. Raphtalias Tarnung war dadurch aufgehoben worden. Wer sich versteckte, den konnte ich so also aufspüren. Gerade befand sich Ren links hinter mir. Offenbar hatte er ein weiteres Mal versucht, in meinen Windschatten zu gelangen. Eigentlich war die Situation ein bisschen albern, aber ich merkte, wie ich sauer wurde. Wenn man so einen Skill benutzte, dann doch wohl, um wegzukommen, aber nicht um hinterhältige Attacken zu starten! Aber bei Raphi oder Raphtalia erreichte er damit nichts.

»Verd…«

»Ren, das bist doch du, oder? Was ist mit dir los?«

Er antwortete nicht. Wäre es doch nur eine Halluzination gewesen – aber offensichtlich verkroch er sich tatsächlich hier. War Witch jetzt etwa der Boss dieser Räuber? Das passte total. Sie hatte nicht das Format einer Prinzessin. Piratin oder Räuberin passte viel besser zu ihr.

»Rākshasa: Shooting Star Sword!«*

Ren schwang sein Schwert nach mir, wie er es sonst beim Shooting Star Sword machte. Aus der Spitze schossen schwarze Partikel wie Sterne auf mich zu. Ich hielt den Schild vor mich. Die Partikel stellten keine besondere Bedrohung dar. Ich konnte sie problemlos blocken. Dass er immer noch so schwach war … Wenn er doch nur endlich die Hochrüstmethoden lernte!

Einen Moment lang stand ich bloß da und analysierte ihn, und das nutzte er aus.

»Chain Bind! Chain Needle!«

Verflucht … Mit dem Schild hatte ich das Gröbste abgehalten, aber dennoch durchzuckte mich ein schwacher Schmerz. Das wurde langsam gefährlich. Ich musste auf Raphi aufpassen. Ren nutzte meine momentane Schwäche und feuerte einen Skill nach dem anderen ab.

»Diesem törichten Verbrecher werde ich nun seine Strafe erteilen: Tod durch Enthauptung. Es wird dir keine Zeit zum Schreien bleiben, wenn dein Haupt sich von deinem Leib löst. Mögest du verzweifeln! – Guillotine!«

Plötzlich schoss eine Kette aus dem Erdboden und fesselte mich. Dann hatte sie mit einem Mal auch noch Dornen, die in meine Haut stachen. Zuletzt erschien über mir ein Hinrichtungswerkzeug mit einem gigantischen Beil. Diese Attacke erinnerte

*Rākshasas sind Dämonen der indischen Mythologie. Sie werden manchmal auch als menschenfressende Dämonen bezeichnet Mit ihren übernatürlichen Kräften schaden sie den Menschen.

mich an meinen Skill Iron Maiden. Verdammt … Würde ich das überstehen?

»Lass den Scheeeeeeeeiß!«

Ich riss die Kette herunter und blockte die herabstürzende Schneide mit den Händen. Mann, tat das weh. Es kam sogar Blut! Offenbar hatte endlich etwas meine Abwehr durchdrungen. Aber Ren hatte es nicht durch Hochrüsten geschafft, es lag einfach an der Natur seines Skills. Traurig. Ich verlor restlos meine SP.

»Ren … Reicht's mal langsam? Hör auf zu kämpfen, ehe ich noch richtig wütend werde.«

»Herr Naofumi!«

Raphtalia hatte anscheinend Raphis Alarm gehört. Sie kam angerannt und hieb mit dem Katana nach Ren. Super, jetzt schnappten wir ihn uns!

»Transport Sword!«

»Ah! Hau nicht ab, du Penner!«

Ehe ich ihn packen konnte, löste er sich vor meinen Augen auf.

Was war das denn jetzt gewesen? Dieses Verhalten … War er ein Monster oder ein Mensch? Aber das musste ja ein Mordsungeheuer sein, wenn es durch meine Verteidigung drang. Ohne eine dieser Techniken der alten Schachtel, die meine Verteidigung ignorierten oder sich zunutze machten, dürfte das praktisch unmöglich sein.

Aus seinem Versteck heraus hatte er seinen Skill Assassinating Sword auf mich abgefeuert.

Dem Namen nach war das eine Spezialtechnik, die man getarnt oder aus einem Versteck heraus anwandte. Ich glaubte, dass es in manchen Games so etwas gab. Es war die Art von Skill, den nur bestimmte Klassen benutzten. Keine gewöhnlichen Schwertkämpfer oder Ritter, sondern Attentäter, Ninjas oder Scouts.

Das passte aber gar nicht zu Ren, oder?

Aber das er mich so unvermittelt überfallen hatte ... Er hatte ja auch dieses komische VRMMO gespielt. War er etwa der Typ Gamer, der andere Spieler umlegte? Sollte er gar der Räuberhauptmann sein? Das Verhaltensmuster deckte sich jedenfalls mit den Informationen, die wir im Vorfeld gesammelt hatten.

Sein unheimliches Schwert roch nach Curse Series, und seine Attacke sah verdächtig wie ein Fluchskill aus. Jeder andere wäre wohl nicht bloß gestorben, sondern zweigeteilt worden. Und hätte Raphi mich nicht gewarnt, hätte er mich vielleicht hinterrücks kaltgemacht. Da wurde einem ja schlecht.

»Geht's dir gut?«

»Ja, schon ...«

»Ich habe es auch gesehen.« Eclair kam dazu, mordlüstern dreinblickend. »Was fällt dem ein?«

Als Erstes wirkte ich Heilmagie auf die Wunde, die er mir zugefügt hatte. Dieser Guillotinenskill hatte wegen des Fluchs wahnsinnig weh getan. Auch heilte die Wunde nur langsam.

Seit Beginn unserer Suche war gerade einmal eine halbe Stunde vergangen. Doch mit einem Mal sah ich unserer Aufgabe mit großer Sorge entgegen.

Wir spürten dann noch ein Räuberversteck auf, aber Ren fanden wir wie erwartet nicht. Das hieß dann wohl, die Berichte stimmten und er fiel feige über Einzelne her.

»Also ... Was ist hier eigentlich los?«

»Sollte der Held des Schwerts denn wirklich der Anführer sein ...«, sagte Eclair kopfschüttelnd.

»Wir müssen davon ausgehen, dass Witch im Hintergrund die Strippen zieht.«

»Die ehemalige Prinzessin? Immer wieder so töricht und barbarisch ...«

Auch sie war nicht in dem Versteck. Vielleicht verkroch sie sich woanders.

Dann wollten wir erst mal die Räuber ausque... Hm? Ich näherte mich einem der Räuber, die dieses Versteck betreuten, und sah mir sein Gesicht genau an. Das hatte ich doch schon mal gesehen. Und es war auch noch nicht lange her ... War das nicht einer von denen, die Ren gefangen hatte? Was machte der denn hier?

»Sag mal ... Solltest du nicht hinter Gittern sitzen?«

Ich hatte hier also einen der Räuber vor mir, die Filo jedes Mal einschüchterte. Als wir ins Versteck einmarschiert und sie alle festgesetzt hatten, hatte er sich noch gelassen gegeben, doch nun, da er mich erkannte, begannen seine Knie zu schlottern und er blickte sich nervös um. Ich zeigte ihm, wo Filo stand.

»Raphuffu.«

Raphi setzte ein böses Grinsen auf. Es war wirklich klasse, wie sie immer bei allem mitmachte. Davon konnte Raphtalia sich ruhig eine Scheibe abschneiden.

»So, Filo, jetzt gibt's was zu es...«

»Ich ergebe mich!«

Der Räuber hatte einfach kapituliert. Die anderen ließen sich jedoch nicht einschüchtern und fingen sofort an, ihn als Feigling zu beschimpfen. Ich belehrte sie natürlich rasch eines Besseren.

»Was für eine Verbindung besteht zwischen Euch und diesen Räubern, Herr Iwatani?«

»Eine unglückselige. Denen bin ich damals begegnet, als noch diese Verleumdungen über mich in Umlauf waren. Da ich sie nicht zur Bürgerwehr bringen konnte, hab ich ihnen eben ihren Schatz abgenommen. Beim nächsten Mal stand ich gerade unter Verdacht, Melty entführt zu haben. Da haben wir deren Unterschlupf als Herberge benutzt.«

»Ihr wolltet sie also festnehmen, hattet aber keine Möglichkeit?«

»So sieht's aus. Und dann haben wir sie vor rund einer Woche wiedergesehen, als Ren sie aufgegriffen hat. Das hier ist die vierte Begegnung.«

»Und warum sind diese Räuber nun hier?«

»Das will ich ihn ja gerade fragen!«

Wer noch Kampfeswille zeigte, den brachten meine Untergebenen augenblicklich zur Räson. Diesmal lief alles höchst gemütlich ab, weil wir in der Überzahl waren.

»W... Wer seid ihr? Seid ihr etwa Ungeheuer?«

»D... Der ist so stark wie unser Boss ... Nein, noch stärker!«

»Macht mir Komplimente, so viel ihr wollt, ihr kriegt trotzdem nichts. Eher müsstet ihr mich bezahlen.«

»Für welche Dienstleistung denn bitte?«

Raphtalia hatte die trockenen Kommentare gemeistert. Wir sollten als Comedyduo auftreten.

»Grrr ...«

»Sagt mal, ihr seid doch letztens gefangen worden. Warum räubert ihr jetzt schon wieder rum?«

Wenn man mal darüber nachdachte, war das doch merkwürdig. Eigentlich hätten sie in irgendeinem Gefängnis schmoren müssen oder so.

»Das stimmt«, sagte Raphtalia. »Was ist da vorgefallen?«

»Wir konnten entkommen, weil die Gefangenenkutsche von einem Räuber überfallen wurde.«

»Aha.«

Komischer Zufall. Ein Räuber, der einen Gefangenentransport überfiel. Hieß das, sie hatten Hilfe von einem Kumpan bekommen?

Der Wachschutz in diesem Reich war schon überraschend unzuverlässig. Ich musste wohl mal ein Wörtchen mit der Königin reden.

»Von unserem Hauptmann.«

»Reeeeeeeeeeeeeeeeeeeeeen!«, brach es aus mir hervor.

Dieser Idiot befreite Räuber? Was fiel dem denn ein? Und er befreite sie, nachdem er sie selbst gefangen hatte? Was hatte es damit auf sich? Hatten sie etwa nur Theater gespielt, und er war einer der Darsteller gewesen?

»Was macht der denn nur?«, ächzte Raphtalia.

Ich war ebenso fassungslos. Eclair sah aus, als würde sie vom Glauben abfallen.

»Und wann war das?«

»Ähm ... Etwa vor einer Woche.«

Dann war das ja passiert, kurz nachdem wir uns getrennt hatten. Hatte Witch Ren um den Finger gewickelt und gleich darauf eine Räuberorganisation aufgebaut?

»Okay. Ren also ... eher nicht, oder? War euer Anführer mit einer nuttigen Rothaarigen unterwegs?«

»Diese Wortwahl, Herr Naofumi ... Wobei es sie schon recht treffend beschreibt.«

»Eine Frau? Nein. Unser Hauptmann ist immer allein.«

»Das passt zu ihm. Er war immer schon ein Einzelgänger. Selbst seine Gefährten hatte er auf Distanz gehalten.«

Rens Stil war der eines Soloplayers, um es in Gamersprache zu sagen.

»Oh nein. Jetzt tut er mir irgendwie leid ...«

Er war so ein armer Tropf, dass selbst Raphtalia schon Mitleid mit ihm bekam. Wobei er jetzt immerhin die Hexe hatte. Ich hatte jedoch nicht den Eindruck, dass die Räuber von ihr wussten und es uns nur verheimlichten. Es war eher so, als kannten sie

sie nicht und hätten sie auch noch nie gesehen. War sie womöglich doch nicht mit Ren zusammen?

Ich musste wieder daran denken, wie schäbig seine Ausrüstung gewesen war. Diese Bande überfiel Abenteurer und machte einigen Profit dabei. Er konnte also nicht so sehr in Not gewesen sein, dass er seine Sachen hatte verkaufen müssen, um seinen Lebensunterhalt zu sichern. Witch führte doch so gern ein ausschweifendes Leben. Gab er sein ganzes Geld für sie aus? Hm ... Dafür hatten die Räuber hier aber zu viele Reichtümer angehäuft.

»Was haben die beiden denn bloß vor?«, fragte Raphtalia.

War Witch die Drahtzieherin, die nicht in Erscheinung trat? Oder hatte sie ihn bereits sitzen lassen? Aber dieses Rätsel konnten wir immer noch lösen, wenn wir Ren gefasst hatten.

Seiner Verhaftung mussten wir jetzt den Vorrang einräumen.

»Ren hatte ein Schwert, das nach Curse Series aussah. Es könnte gefährlich sein, sich ihm zu nähern. Wir müssen vorsichtig sein.«

»Da hast du recht ...«

»Aber was für ein Fluch war das dann wohl?«

Von der Art und der Macht her musste der Skill zu einer Curse Series gehören. Wenn wir die Natur des Fluchs bestimmen konnten, könnte uns das in die Lage versetzen, Rens Verhalten zu deuten. Darüber mussten wir also nachdenken. Was für ein Fluch mochte das sein?

Wenn es noch andere Varianten gab als Zorn, dann wären die sieben Todsünden vorstellbar. Aber der Skill, den er benutzt hatte ... Das war eine Guillotine gewesen. Unsere beiden Skills waren gleichermaßen Werkzeuge fürs Foltern oder Hinrichten, aber identisch waren sie doch wieder nicht.

Angenommen, es gab noch etwas anderes als Zorn, dann würde mich nicht überraschen, wenn sich die Waffen auch unterschiedlich auswirkten.

»Mein Schild des Ingrimms hieß anfangs Schild des Jähzorns. Das könnte von den sieben Todsünden abgeleitet sein. Gibt's die in dieser Welt?«

Raphtalia kam vom Land. So etwas musste ich wohl eher Eclair fragen.

»Ja, ich habe gehört, in dem Legendenmaterial, das auf die Helden zurückgeht, werden solche Sünden erwähnt.«

Jene alten Helden hatten wie wir aus anderen Welten herübergewechselt. Darauf beruhten dann sicher diese Überlieferungen. Nun, vielleicht hatten alle Helden, die aus anderen Welten beschworen wurden, ein Faible für so etwas.

»Gehen wir mal die sieben Todsünden durch. Da wären Hochmut, Neid, Zorn, Trägheit, Habgier, Völlerei und Wollust. Stimmt das so weit?«

Eclair nickte. »Es ist genau, wie Ihr sagt, Herr Iwatani.«

In meinem Fall hatte sich der Zorn aus dem gespeist, was Witch, Drecksack und die Leute dieser Welt mir angetan hatten. Und bei Ren ... Wollust war es wohl eher nicht. Bei den übrigen Todsünden war schwer zu sagen, ob eine auf ihn passte.

»Warum hat sich eigentlich nicht herumgesprochen, dass der Held des Schwerts sich zum Anführer einer Räuberbande aufgeschwungen hat?«

»Womöglich weil er eine Maske trägt?«, schlug Raphtalia vor.

»Das würde es erklären ...«

Sein Schwert konnte er auch verwandeln, sodass ihn niemand erkannte. Und sollte tatsächlich die verrückte Geschichte im Umlauf gewesen sein, dass der Schwertheld jetzt ein

Räuberbaron sei, dann musste sie versandet sein, ehe sie mich erreicht hatte.

»Hat denn unter euch Räubern niemand seine Stimme erkannt?«

»Er hat uns gedroht, dass er uns umbringt, wenn wir plaudern. Ein falsches Wort, und es wäre mit uns vorbei gewesen!«

Ah, Ren war auch so ein Geheimniskrämer. Deswegen trug er wohl auch eine Maske, damit man ihn nicht erkannte.

»Ehrlich gesagt bin ich erleichtert, dass ihr mich verhaftet. Dann ist es endlich vorbei.«

»Ach, tatsächlich …«

Was trieb Ren denn nur? Das fragte ich mich, während wir die Räuber fesselten und ihre Beute konfiszierten.

»Unglaublich. Ihr Helden seid wohl alle so, was?«

»Was weiß ich. Schmeiß mich nicht mit denen in einen Topf.«

»Herr Iwatani … Muss man als Lehnsherr etwa auch zu so etwas bereit sein?«

»Das schon wieder? Ich sag's gern noch mal: keine Ahnung. Wie deine Eltern geherrscht haben, wissen wir nur durch Hörensagen.«

»Meint Ihr etwa, mein Vater hat sich ebenfalls auf diese dunkle Seite eingelassen?«

Über irgendetwas schien Eclair sich den Kopf zu zerbrechen. Ich sollte später Raphtalia und Sadina bitten, sich um sie zu kümmern.

»Jetzt ist jedenfalls Ren unser Problem. Wenn wir den nicht bremsen, richtet der nur noch mehr Schaden an. Außerdem könnte er diesen Typen begegnen, die den Helden nach dem Leben trachten. Irgendwie müssen wir ihn einfangen.«

Er hing in seiner Spielwahrnehmung fest, und wenn er schlechte Laune hatte, glaubte er nur denen, die ihm Honig ums Maul schmierten. Das mussten wir ihm austreiben. Ich meinerseits wurde ja eher misstrauisch, wenn jemand Süßholz raspelte. Solche Leute fand ich von allen am verdächtigsten.

Solang wir nicht wussten, was es mit diesen Fremden auf sich hatte, konnten sie uns jederzeit ein Bein stellen. Jetzt galt es, Ren zu fassen, damit er nicht starb.

»Aber wie fängt man einen Assassinen, auf dem ein Fluch liegt?«

»Ein schwieriges Problem«, stimmte Raphtalia zu. »Wir müssen dafür sorgen, dass er dabei nicht stirbt. Wenn wir ihn nur besiegen müssten, hätten wir Möglichkeiten.«

»Vielleicht hat er mich als einen Endgegner oder so was gesehen und dachte, er kriegt Erfahrungspunkte, wenn er mich überrumpelt.«

»Das könnte durchaus sein … Furchterregend!«

In dieser Welt bekam man auch EXP, wenn man Menschen umbrachte.

»Wenn er also quasi Erfahrungspunkte verschlingt, dann könnte es bei ihm die ›Völlerei‹ sein.«

Es schien ihm ja zu gefallen, sein Level hochzutreiben. Dazu neigten Typen wie er. Falls diese Emotion nun außer Kontrolle geraten war, dann hatte ich, als ich ganz allein mit Raphi die Bergstraße entlanggegangen war, womöglich wie leichte Beute ausgesehen.

»Außerdem könnte es ›Habgier‹ sein: Er will alles besitzen und benutzt die Räuber, um Schätze anzuhäufen.«

Ich hätte mich gern gebrüstet, dass auf Gier doch wohl eher ich das Patent hatte, aber bei mir hatte sie sich nicht gezeigt.

»Hast du gerade irgendetwas Selbstquälerisches gedacht?«

»Du merkst aber auch alles.«

»Wir kennen uns eben schon lange.«

Vor Raphtalias Fähigkeit, meine Gedanken zu erraten, musste man den Hut ziehen. Sah man mir so viel an der Nasenspitze an?

Wenn nun allerdings bei jeder Waffe eine andere Curse Series auftrat, dann käme ich nicht weiter.

Kam als Nächstes »Hochmut«?

Auch solche Typen findet man in Webgames: Ihr Level geht ihnen über alles, und sie blicken auf alle hinunter, die ein niedrigeres Level haben. Ren war schon stolz. Wie er ständig allein trainierte und den einsamen Wolf spielte, das deutete schon auf ein übersteigertes Selbstwertgefühl hin. Na ja, aber eigentlich passte das besser zu Itsuki.

»Eclair. Statt der sieben Todsünden könnten es auch die acht Laster sein.«

»Ah!« Rishia hob schüchtern die Hand. »Davon hab ich gehört.«

Die gab es also auch noch. Da musste ein Held der Vergangenheit einiges für Sünden übriggehabt haben. Pubertät? Nun, die sieben Todsünden waren eine Revision. Davor hatten sie die acht Laster geheißen: Völlerei, Unzucht, Habgier, Traurigkeit, Zorn, Trägheit, Ruhmsucht und Stolz. Neid hatte gefehlt, dafür hatte es Traurigkeit und Ruhmsucht gegeben. Später hatte man Traurigkeit und Trägheit zusammengefasst, Ruhmsucht war mit Stolz zusammengefallen, und Neid war hinzugefügt worden.

»Wenn hier die älteren acht Laster zur Anwendung kommen, dann könnte es die Ruhmsucht sein … Das Anhaften an Unwesentlichem, an Äußerlichkeiten.«

»Ach ja?«, sagte Raphtalia. »Ich verstehe nicht viel davon, aber …«

»Gibt der Held des Schwertes denn viel auf Äußerlichkeiten?« Eclair schien ebenfalls Zweifel zu haben. »Ein wenig vielleicht, aber das scheint mir als Begründung ein bisschen schwach.«

»Na ja, das ist mein Verständnis. Ihr Andersweltler habt wohl eure eigenen Empfindungen. Wie erklär ich das am besten …

Ach so. Eclair, Rishia, gibt es bei euch irgendwelche Tischspiele, Karten oder so, wo man gegen Monster kämpfen kann?«

»Ah ja«, rief Rishia. »Es gibt Lehrmaterial, das einem beibringt, wie man gegen Monster kämpft und stärker wird.«

»Lehrmaterial? Na, meinetwegen. Sagen wir einfach, Leute aus anderen Welten wie ich oder Ren haben oft mit solchem Lehrmaterial gespielt. Aber durch solche Spiele allein wird man nicht wirklich stark, oder?«

Rishia nickte als Erste, dann folgten alle anderen. Davon konnte Rishia ja sicher ein Lied singen.

»In dieser Welt spielt man solche Lernspiele bestimmt mit einer kleinen Gruppe, aber wo die Helden herkommen, gibt es Spiele, die man gegen Menschen überall auf der Welt spielen kann.«

»Ojeee ... Ihr habt mit so vielen Leuten auf einmal gespielt?«

»Itsuki ist ein Sonderfall, aber im Allgemeinen ja.«

Itsuki war ein Konsolenspieler. Ich hatte nicht nachgefragt, ob man mit seinem Gerät auch online gehen konnte, daher wusste ich es nicht.

»Ich verstehe«, sagte Eclair. »Das erklärt, warum Ihr Helden so gut über unsere Welt Bescheid wisst. Das ist nur möglich, wenn man über Vorkenntnisse verfügt.«

In Webgames ließ sich nur eine fiktive Stärke erlangen. Sich daran zu klammern, war nichts anderes als Ruhmsucht. Natürlich konnte man in solchen Spielen durchaus wertvolle Erfahrungen sammeln. Die waren nicht fake, und in der Stärke lag wohl auch ein Wert.

Manche hatten über solche Wege eine Arbeit gefunden, und auch mich hatte mal ein Bekannter aus dem Netz gefragt, ob ich nach der Uni nicht fest bei ihm angestellt werden wolle. Ich hatte ihn auch im echten Leben getroffen. Ich wusste natürlich nicht, ob es stimmte, aber was er gesagt hatte, war schön zu hören gewesen: *Du bist nicht schüchtern und hast in deiner Zeit als Gildenmeister Charisma bewiesen. Das können wir in der Firma gut gebrauchen.* Wenn ich jetzt daran dachte, hatte er mir wahrscheinlich nur Honig ums Maul schmieren und mich zu seinem Laufburschen machen wollen.

Aber wenn ich an Rens Charakter und seine Freundschaften dachte, dann konnte ich mir überhaupt nicht vorstellen, wie er solche Hoffnungen hegte und derartige Kontakte pflegte. Ich stellte ihn mir eher als Soloplayer vor, der irgendwelche Bosse besiegte und hinterher mit den seltenen Items angab, die sie abwarfen.

Man musste nicht unbedingt der Stärkste sein. Und als ich jene Gilde geleitet hatte, war mir schmerzlich bewusst geworden, wie nervig und sinnlos es war, wenn Leute ständig mit ihren Items angaben. Es waren in Webgames aber auch genug Spieler unterwegs, die gerade darauf abfuhren. Und von den profitierte das Unternehmen am meisten.

»Angenommen, er hält an flüchtiger Stärke fest und missachtet sein inneres Wachstum, das könnte man doch zweifellos Ruhmsucht nennen, oder?«

Aber war Ren dann der, auf den das am besten passte? Das wäre doch wohl eher Itsuki.

»Wir wissen nicht, unter welchen Bedingungen die Curse Series getriggert wird, insofern lässt es sich nicht kategorisch sagen, und ich weiß auch nicht, welche Sünde hier zutrifft, aber … Er scheint ja völlig ungerührt ziemlich viele Sünden zu begehen.«

»Hm«, machte Eclair. »Bei all den Sünden, die Ihr begeht, ohne dass das Phänomen auftritt, stellt Ihr selbst den Gegenbeweis dar. Das dürfte es wohl erschweren, die Sünde zu bestimmen …«

Da hatte sie recht. Wenn man einfach nur danach ging, ob sich jemand wie ein Bösewicht verhielt, dann hatte ich schon viele Sünden begangen. Dennoch war bei mir nur Zorn getriggert worden. Falls das persönliche Verhaltensmuster die Flüche auslöste, dann hätte ich am meisten Angst vor der Habgier haben müssen. Denn ich wusste ja selbst, wie gierig ich war.

Meinen Zorn hatte ich in letzter Zeit zu beherrschen gelernt, und da ich Gefährten hatte, die mich jederzeit retten würden, fürchtete ich mich davor auch nicht mehr.

Die Voraussetzung schien eine wahre Gefühlsexplosion zu sein, bei der man glaubte, es zerspringe einem das Herz. Ich musste nun die Bedingungen bestimmen, die so einen Zustand auslösten. Das war auch für mich selbst wichtig, um mich dagegen zu wappnen.

Aber Geldgier fiel auch unter Habgier, oder? Als ich an all die Schätze dachte, die sich direkt hinter mir auftürmten, wallte Gier in mir auf. Aber es ging bei der Sünde wohl eher um eine grenzenlose Gier, oder? Nichts Derartiges ergriff von mir Besitz. Und dafür musste es einen Grund geben.

Hielten wir erst einmal fest, dass Rens Kontamination durch die Curse Series sich wahrscheinlich auf Völlerei, Habgier, Ruhmsucht oder Stolz gründete. Wir hatten die Möglichkeiten nun ein Stück weit eingegrenzt. Von hier aus konnten wir weiterdenken.

Ich hatte das eindeutige Gefühl, dass es gefährlich wäre, ihn zu lange in seinem unkontrollierten Zustand zu lassen. Die Curse Series brachte Skills mit sich, die dem Nutzer einen Preis abverlangten. Gab es nicht eine Möglichkeit, ihn unter Kontrolle zu bringen, ehe er sie einsetzte?

»Hm?«

»Raph?«

Raphtalia und Raphi blickten hinter mich, zum Eingang des Räuberverstecks, und blinzelten mehrmals.

»Was ist?«

»Ach ... Es sieht irgendwie so aus, als versteckt sich da jemand.«

Raphtalia und Raphi verwendeten beide Illusionsmagie und schienen daher eine Resistenz gegen Tarnskills oder magie zu haben. Tatsächlich hatte Raphi ja auch vorhin Ren entdeckt. In letzter Zeit waren sie beide stärker geworden und erspähten nun auch versteckte Schatten auf Beobachtungsposten.

»Ist da jemand?«

»Ich bin nicht sicher. Er ist anscheinend recht geschickt darin, sich zu verbergen. Als wir ihn bemerkten, ist er sofort geflohen.«

»Ren? Das wird ja immer lästiger.«

»Ich denke, wenn es der Schwertheld war, dann wüsste ich es. Wahrscheinlich war es jemand anderes.«

Hatte also jemand heimlich zugesehen, wie wir den Unterschlupf eingenommen hatten? Wenn Ren uns noch einmal entwischte, wäre die Sache außer Kontrolle.

»Herr Iwatani, ich denke, es wäre das Beste, erst einmal der Krone Bericht zu erstatten.«

»Wenn wir das machen, könnten die dann einen Ritualzauber wirken, um ihn an der Flucht zu hindern?«

»Ja.«

Dann wäre das wohl eine angemessene Strategie. Wenn er mit seinem Teleportationsskill floh, hatten wir gar nichts mehr. Jetzt war er erst einmal entwischt, aber ehe wir ihm das nächste Mal begegneten und er wieder abhauen wollte, musste sein Skill geblockt sein. Ehrlich, könnten wir ihn einfach besiegen, wäre es ein Kinderspiel. Ihn lebendig fangen zu müssen, machte das alles so mühselig.

Plötzlich fiel mir wieder ein, was in Zeltoble passiert war.

»S'yne«, sagte ich.

Angeblich überwachte mich Murder Pierrot doch. Also müsste sie doch kommen, wenn ich sie rief, oder nicht? Und tatsächlich: Nur einen Wimpernschlag später tauchte sie vor mir auf.

»Was …?«

Es blieb schwierig, mit ihr zu kommunizieren, aber immerhin schien sie uns ganz gut zu verstehen. Mein Problem war nur, dass ich nicht allzu sehr auf sie setzen mochte.

»W… Wieso ist sie plötzlich hier?!«

Ach, Eclair hatte ich das Ganze ja gar nicht erklärt.

»Ich bin doch auch schon plötzlich per Teleport plötzlich irgendwo aufgetaucht, oder nicht? Brauchst dich also nicht jedes Mal zu erschrecken. Denk dir einfach, sie sei … ein auf mich spezialisierter Schatten.«

Es war mir zu mühsam, ihr haarklein von Helden aus anderen Welten zu erzählen. Das gerade musste genügen.

»Offenbar ist sie uns nicht feindlich gesinnt«, sagte Raphtalia. »Du brauchst also nicht auf der Hut zu sein.«

Sie erklärte Eclair, um wen es sich bei S'yne handelte.

Einfach vertrauen konnten wir ihr nicht, aber sie schien mich beschützen zu wollen, das musste ich ihr zugestehen. Vielleicht sollte ich ihre Hilfe ruhig in Anspruch nehmen.

Hm? Links und rechts von S'yne schwebten zwei Stoffpuppen. Die eine war eine naturgetreue Nachbildung Raphis. Die andere glich Sadina in ihrer Tiermenschenform. Als ich die Puppen anstarrte, zeigte S'yne bloß darauf und sah mich fragend an.

»Ja, die Dinger meine ich. Die, die wie Raphi aussieht, kannst du mir später überlassen.«

»Was für eine Bitte ist das denn?!«, platzte Raphtalia dazwischen.

»Raph.«

Was war denn so schlimm daran? Ich konnte bestimmt besser einschlafen, wenn ich die Puppe neben mir auf dem Kopfkissen hatte.

»Ich bin S'y... Gehilfin. ... erfreut.«

Die Raphipuppe verbeugte sich.

Och nee ... Raphi machte ja sonst nur »Raph«. Das machte sie doch gerade so süß.

»Abgelehnt. Du hast Raphis Niedlichkeit nicht verstanden. Eine Raphi, die wie ein Mensch spricht, ist nicht Raphi. Wähle ein anderes Design.«

»Gut. Dann sorge ich dafür, dass ... nicht reden ...«

Und auf der anderen Seite schwebte ausgerechnet Sadina.

S'yne machte irgendetwas, und die Raphipuppe hörte auf, sich zu bewegen.

»Jetzt diskutierst du auch noch mit S'yne darüber, wie sie ihre Puppen ... Gehilfen macht?«

Nun, so gesehen ... Na gut, zurück zum Thema.

»Du hast doch einen Skill, mit dem du die Skills deiner Gegner blockieren kannst.«

»Ja. Der Skill blockiert ... anderen Ski...«

»Du überwachst mich ja, also weißt du sowieso, was ich vorhabe, oder?«

S'yne nickte. »Soll ich den flüchtigen ... fangen?«

»Genau. Darf ich dich darum bitten?«

S'yne nickte nachdrücklich, als wollte sie sagen: Überlass das nur mir.

»Bring ihn aber nicht um, ja? Ich glaube, selbst mit seiner verfluchten Waffe kann er uns nichts anhaben.«

»So schwa... ist er?«

Ich wandte den Blick ab und nickte.

»Macht einen irgendwie traurig, oder?«, sagte Raphtalia.

»Sag doch so was nicht …«

Er hatte mich mit einem Finisher-Skill überrumpelt, und ich hatte es trotzdem ausgehalten. Selbst sein Skill vom Iron-Maiden-Kaliber hatte mir bloß ein bisschen wehgetan, und das obwohl ich noch unter meinem Fluch litt. Jetzt wusste ich, wie Glass sich gefühlt hatte, als sie gegen uns gekämpft hatte. Er war nach wie vor schwach.

Sterben durfte er nicht, fliehen auch nicht, und wir mussten ihn lebendig fangen. Nur deswegen war das Ganze so mühselig. Müssten wir ihn einfach nur schwächen und dann einen Ball nach ihm werfen wie in diesem bekannten RPG, wäre es ein Klacks.

»Na, dann breche … auf, was?«

»Ja, bitte. Er überrumpelt gern andere. Wenn du alleine rumläufst, greift er dich bestimmt an. Kommst du damit klar?«

»Mhm.«

Leichten Fußes verließ sie die Räuberhöhle – und kehrte sofort wieder zurück.

»Was?«

»Da …!«

Ich blickte in die Richtung, in die sie so hektisch deutete.

»Was?! Wieso lebst du noch?«

Da kam seelenruhig der Mann herbei, den S'yne umgebracht hatte, und er brachte einen Gefährten mit.

Kapitel 16: Der Vorteil, in fremde Welten einzufallen

War das ein Gespenst oder so? Ach nein, dem Augenschein nach war er am Leben. Als S'yne gegen ihn gekämpft hatte, war da ein anderer an seiner Stelle gestorben? Hatte er mit Magie einen Doppelgänger erschaffen? Das wäre dann aber richtig ätzend.

»Du bist der Held des Schildes! Hi hi hi, du hast mich umgebracht, und jetzt werde ich mich dafür rächen!«

»Oh ...«, machte sein Gefährte. »Ich hatte zwar gehört, dass sich hier so ein heldenartiger Typ rumtreibt, aber das ist ja tatsächlich ein Treffer, was?«

Er war ein hochgewachsener Mann und trug so etwas wie eine Sichel an einer längeren Kette. Der Große und der Kleine sahen nebeneinander echt verboten aus. Dem Gesagten nach klang es so, als hätten sie den Unterschlupf gesucht, um Ren umzubringen, und waren dabei zufällig auf uns gestoßen.

Und wofür wollte sich der Kleine bitte rächen? Wir hatten uns nur gewehrt!

»Herr Naofumi!«, rief Atla, die Miene angespannt.

»Unser Feind?!«

Fohl schaltete ebenfalls und machte sich kampfbereit, doch Atla hob die Hand und bedeutete ihm, zurückzuweichen.

»Das darfst du nicht, Bruder. Er ist so viel stärker als wir! In unserer gegenwärtigen Verfassung sind wir ihm nicht gewachsen.«

»A... Aber ...«

»Wenn du vorstürmst, fällst du Herrn Naofumi nur zur Last.«

Alle Achtung. Sie konnte zwar nicht sehen, aber in jeder anderen Hinsicht war sie besonders feinfühlig. Offen gesagt hatte ich allein schon genug Probleme gegen diese Gegner. Wenn jetzt noch Atla und die anderen losstürmten, würde es noch schwerer.

»Wir bringen die Gefangenen weg, damit ihnen nichts passiert. Ich glaub, das ist jetzt gerade die beste Strategie.«

»Du hast es kapiert«, sagte ich. »Genau, zieht euch zurück. Wir kümmern uns um die beiden.«

»Ja!«

»Raph!«

Raphtalia zog ihr Katana, und Raphi sprang mir auf die Schulter.

»Herr Iwatani, ist das der Feind, dem Ihr begegnet seid?!«

»Ojeee ...«

Eclair und Rishia gingen in Kampfhaltung, bereit, jederzeit loszuschlagen.

»Auf euch hatten wir's zwar nicht abgesehen, aber ... Hi hi hi, die paar schaffen wir schon, was?«

Im Augenblick waren Raphtalia, Filo, Raphi, Eclair, Rishia und S'yne bei mir. Ich war einfach nur froh, dass Atla und Fohl die Lage erfasst und sich zurückgezogen hatten. So hatte ich etwas weniger Verantwortung zu tragen. Unsere Gegner waren nur zu zweit. Wir waren in der Überzahl. Der Kleine hatte jedoch ungeheuer mächtige Zauber beherrscht und hatte sich mit seiner Gewandtheit nicht hinter Raphtalia verstecken müssen. Zudem hatte er jetzt auch noch Verstärkung dabei. Wäre schön, wenn Raphtalia und ich das irgendwie schnell über die Bühne bringen konnten.

»Und euer Ziel ist also, Helden umzubringen?«

»Hi hi hi, so ist es.«

»Hat das womöglich was mit Überlieferungen aus eurer Welt zu tun?«

Wenn ich zu ihnen durchdrang, ließe sich ein Kampf vielleicht vermeiden. Womöglich konnten wir ja wie mit Kizuna ein Nichteinmischungsabkommen vereinbaren, weil wir uns alle keine Kämpfe zwischen Welten wünschten.

»Ah ... So wenig wisst ihr also, ich verstehe.«

»Mit diesen ... kann man nicht reden!«, rief Syne, holte weit mit ihrer Schere aus und stach dann nach dem Großen.

»Pah!«

Der blockte die Schere und schwang entschlossen seine Kettensichel nach S'yne. Eilig wich sie zurück und entging der Attacke, aber die Kette wickelte sich um ihre Schere.

»Tut mir leid, aber die vier Helden dieser Welt werden sterben – das ist unverhandelbar.«

»Damit eure Welt länger fortdauert?«

Glass aus Kizunas Welt hatte uns umbringen wollen, weil sie an eine Legende geglaubt hatte. Und diese beiden verfolgten wahrscheinlich das gleiche Ziel. Ich wusste nicht, was die richtige Vorgehensweise war, aber wenn man solchen Gegnern gegenüberstand, sollte man doch sicher erst einmal versuchen, sie umzustimmen. Im schlimmsten Fall entlockte man ihnen wenigstens ein paar Informationen.

»Fortdauert?«, sagte der Kleine. »Unsere Welt überlebt sowieso, das ist doch selbstverständlich. Wisst ihr das nicht?«

Seine Augen funkelten. Er schien von Selbstvertrauen erfüllt, als bestünde gar kein Zweifel an ihrem Sieg.

»Hi hi hi hi. Na ja, ihr werdet sowieso vor der nächsten Welle umgebracht, da können wir es euch auch verraten. Wenn man fremde Welten vernichtet, bringt das waaahnsinnig viele Erfahrungspunkte, und man erwirbt alle möglichen Fähigkeiten. Unser verehrter Vasall sagt Boni dazu.«

Das war ja ein beschissener Grund. Wegen so etwas sollte diese Welt untergehen? Aber da erzählten sie ja durchaus etwas Interessantes.

»Und wegen dieser Boni könnt ihr sterben und hinterher geht's euch wieder gut?«

»Hi hi hi hi, na klar!«

»Schluss mit dem Geschwätz«, sagte der Große. »Die wollen ohnehin nur einen auf gut Freund machen.«

»Da hast du wohl recht. So sind diese Helden nun mal. Hi hi hi.«

Das nun auch wieder nicht, dachte ich.

Das Selbstvertrauen stand den beiden ins Gesicht geschrieben. Und dann riefen sie plötzlich im Chor: »Unsere Welt ist die stärkste Welt!«

»W… Was?«, fragte Eclair. »Die stärkste Welt? Was sagt ihr da?«

Sie sah bestürzt aus. Raphtalia und Rishia ebenso.

Der Aussage der beiden ließ sich entnehmen, dass es Leute gab, die herumzogen und mutwillig Welten vernichteten, weil das gigantische Boni brachte. Und diese Leute waren weder Helden noch Vasallen. Dass sie auch ohne diese Waffen mit Eclair und den anderen reden konnten, hatten sie dann sicher auch jenen erlangten Fähigkeiten zu verdanken.

S'ynes verzerrten Zügen entnahm ich, dass ihre Welt von diesen Leuten vernichtet worden war. In dem Fall war an eine Aussöhnung gar nicht zu denken. Wer einmal jemanden ermordete, bei dem sanken die Hemmungen, es wieder zu tun, und Weltenvernichtern ging es sicher nicht anders.

Wenn sie dafür dann auch noch mit der Fähigkeit belohnt wurden, vom Tod zurückzukehren, dann hatte man vollkommen die Umstände in einem Webgame erreicht. Ein unschaffbares allerdings, denn wir hatten nur ein Leben, während unsere Feinde wiederauferstanden! Wenn die beiden nicht zu töten waren und wie die Zombies immer wieder über uns herfielen, dann war es aussichtslos!

Ich wollte nicht plötzlich anfangen, aufgrund meines Spielwissens und meiner Erfahrungen zu agieren, aber vielleicht gab es irgendwo einen Speicherpunkt oder so etwas, und solang wir den nicht zerstörten, ging die Zombieattacke weiter.

Eins stand nun jedenfalls fest: Es gab noch unangenehmere Gegner als Kyo.

In Kizunas Welt hatten er, die anderen Vasallenwaffenträger und jenes Genie wohl das gleiche Ziel verfolgt. Zerstörte man eine andere Welt, gelangte man also zu solchen Fähigkeiten? Schon nett ... Es war unmoralisch, und ich wollte es nicht tun, aber im Hinblick auf das, was noch auf uns zukam, mussten wir diese Möglichkeit wohl im Auge behalten. Zumindest solang die Wellen nicht abgeklungen waren.

S'yne starrte mich wortlos an. Kein Wunder: Ihre Welt war wegen so etwas zerstört worden, und darum trieb sie jetzt ziellos umher. Etwas, das solche schlimmen Folgen hatte, konnte man wohl kaum gutheißen, hätte Kizuna sicher gesagt, und ich musste ihr recht geben.

»Hi hi hi hi, los geht's!« Der Kleine zog seinen Shamshir und war im Nu in meinem Nahbereich. »Stirb!«

Er stach gezielt nach meiner Kehle, doch Raphtalias Katana ging dazwischen, und Eclair stieß mit ihrem Kurzschwert zu.

»Hoppla!«

Um Haaresbreite entging er der Attacke und malte ein Symbol in die Luft. Ich packte sofort seine Arme, um ihn zu stören, aber er wirkte augenblicklich seinen Zauber.

»Granate!«

Es gab eine Explosion, und er stand mittendrin. Wahrscheinlich hatte der Zauber den praktischen Effekt, dass der Anwender nicht verwundet wurde.

»Aaaaah!«

»Aaargh ...«

Die Druckwelle schlug mir entgegen. Raphtalia und Eclair hinter mir wurden mehrere Meter zurückgeschleudert. Zum Glück konnten sie sich abfangen, aber sie waren schlimm angeschlagen. Der Kampf lief erst seit ein paar Sekunden, und schon zeigte sich deutlich, wie stark unsere Gegner waren.

»Heeepp!«

»Ha! Fesselstoß!«

Zugleich stellten sich Filo, Rishia und S'yne dem anderen Mann. Filo hatte ihre Königinnenform angenommen, wohl wegen der Größe ihres Gegners.

»High Quiiick!«

Filo beschleunigte und versuchte, den Großen wegzutreten. Gut so! Dann wollte ich sie magisch unterstützen.

»Aura, Stufe zwei!«

Ich richtete die Hand auf sie und hob ihre Werte an. Sofort schoss Filos Tempo mächtig in die Höhe.

»Raph!«

Raphi unterstützte uns mit ihrer Illusionsmagie: Es sah so aus, als hätte Filo sich vervielfältigt. Würde der Große erkennen, wer von den Filos die echte war?

»Hm? He!«, rief er dem Kleinen zu. »Mach die Unterstützungsmagie unwirksam!«

»Hi hi hi ... Wenn man das bei denen tut, werden die nur stärker.«

Er sprach wohl von dem Vorfall mit Raphtalia, als er nicht nur ihre Boni, sondern auch ihre Mali annulliert hatte – woraufhin sie ihn in die Ecke gedrängt hatte.

»Oho … So was könnt ihr? Interessant! Und wie sieht's hiermit aus?«

Kurz bevor Filo ihr Ziel traf, bildeten sich Ringe in der Luft, als hätte man einen Stein ins Wasser geworfen. Ihr Tritt prallte ab wie an einer Wand.

»W… Was? Meister, das ist ganz anders als bei dir. Fühlt sich an, als würde man gegen Wasser treten.«

»Die Attacke hatte doch so viel Wucht«, rief Rishia. Was ist das nur?«

Was für eine erstaunliche Verteidigungstechnik! Auch S'yne versuchte jetzt, zusammen mit ihren Gehilfen anzugreifen, doch vergeblich. Waren diese Gehilfen Varianten jener unheimlichen Puppen, die sie im Kolosseum auf uns gehetzt hatte? Schicke Modifikation!

Es sah wirklich sehr nach Raphi aus, wie die Puppe mit dem Schwanz peitschte und mit den Klauen hieb. Einen Erfolg brachte es jedoch nicht. Die Sadinapuppe gehörte offenbar zu dem Typ, der schwebend immer wieder auf die Gegner zustürmte.

»Ihr wisst nicht, woran ihr abprallt? Wie armselig! Das ist unser Absolute Shield, der eure Attacken absorbiert.«

»Häää?«

Mist, die hatten ja alle möglichen praktischen Kräfte. Jetzt verteidigten die sich schon mit Schutzwällen, die Angriffe absorbierten?

»Hey, träum nicht!«, rief ich Filo zu.

Der kleine Mann schoss mit vorangerecktem Shamshir rotierend auf sie zu – was ganz nach ihrer Spezialität aussah, dem Spiral Strike. Scheiße, ganz schön eklig! Entschlossen sprang ich dazwischen und versuchte, ihn zu packen, aber ich bekam ihn nicht recht zu fassen, und er drehte sich weiter, als wollte er sich durch meine Verteidigung fräsen.

»Hi hi! Na guck, der Held ist auf Verteidigung spezialisiert. Mann, ist der zäh!«

»Jetzt bin ich dran.«

Ich hatte nach wie vor den Demon Dragon Shield angewählt. Wenn er getroffen wurde, schleuderte er magische Kugeln auf den Gegner.

Die Kontaktrate war hoch, und dementsprechend viele Geschosse prasselten nun auf den Kleinen ein.

»Auauau! Scheiße! Heißt das, Mehrstufenangriffe sind ein Nachteil gegen den?«

Ehe ich ihn packen konnte, war er zurückgewichen. Aber jetzt lachte er nicht mehr.

»Dich lass ich nicht entkommen! Haaa!«

Raphtalia schwang ihr Katana und versetzte ihm einen Streich quer über die Brust.

»Hi hi … Du wieder. Ganz schön lästig.«

»Mich solltest du auch nicht vergessen!«

Eclair stieß ebenfalls zu, und die Spitze ihres Schwerts ritzte seine Wange.

»Ihr seid zwar schwach, habt aber gute Techniken, was? Nicht zu verachten. Und euer Schildheld ist ganz schön robust. Sollen wir *ihn* rufen, damit er sie erledigt?«

»Hi hi hi, wir hätten wohl jemanden mitbringen sollen, der mit Helden vom Typ Verteidiger umgehen kann.«

»Und da die Blöße!«

Eclair nutzte ihre Chance. Der Stoß war weit mächtiger als alle zuvor und traf den Kleinen hart.

»Oho! Gar nicht übel!«

Sie hatte ihm mit aller Kraft in die Schulter gestochen. Eigentlich hätte er vor Schmerz das Gesicht verziehen müssen, aber die Stelle flimmerte, und dann warf der Kleine sich zur Seite. Hing das auch mit seiner Fähigkeit zusammen, von den Toten zurückzukehren? Das war ja extrem ärgerlich.

»Hopp!«

Filo legte ihr ganzes Körpergewicht in einen Kick und traf den Großen ins Gesicht.

»Hm, du kannst was«, sagte er, »aber gewinnen werde ich.«

Er schwang seine Kettensichel, um zu kontern, aber Filo wich reflexartig aus.

»Rassel, rasseeel!«

Und dann warf sie etwas, was sie in ihrem Gefieder versteckt hatte. Was?! Sie hatte ihr Spielzeug dabei? Diesen Morgenstern hatte sie in Zeltoble in die Finger bekommen. Wenn er auf etwas traf, schoss dort eine Feuersäule empor. Wo hatte sie den denn versteckt? Das war doch bestimmt gefährlich! In letzter Zeit hatte ich ihn nicht mehr gesehen und daher geglaubt, sie habe ihn verloren. Aber er hatte die ganze Zeit in ihrem Gefieder gesteckt – netter Trick! Die Barriere wogte machtvoll und zerplatzte dann.

»Hiaaah!«

»Jetzt komm ich!«

Sofort trat Filo mit ihren scharfen Klauen zu, und Rishia traf mit ihrem Wurfmesser ins Ziel.

»Ihr habt den Schild durchstoßen? Ihr seid besser, als ich gedacht hab. Hatte lange nicht mehr so viel Spaß!«

»Stimmt. Ich muss mein Urteil, dass sie schwach seien, wohl revidieren.«

Was war das? Sie hatten keine Schmerzen, kämpften mit uns, als wäre das ein Game ... Nein, ganz so war es auch nicht. Sie schienen sich schon gewahr zu sein, dass wir einander hier umbrachten. Nur fühlten sie sich überlegen. Man merkte ihnen an, dass sie das Kämpfen genossen und überzeugt waren, sie würden gewinnen.

»Hi hi hi hi ... Wir verbrennen hier nur Ressourcen. Wenn wir es durchziehen wollen, brauchen wir wohl mehr Leute.«

»Ihr wer... nicht entkom...«

»Ich lass mich hier bestimmt nicht noch mal umbringen.«

S'yne ließ einen Faden aus ihrem Knäuel schießen, aber der Kleine zauberte ein weiteres Mal.

»So, ich bin dran – jetzt kriegt ihr alle Unterstützungszauber.«

Wir mochten schwächeln, das hieß aber nicht, dass unsere Angriffe nicht durchdringen würden. Zudem hatte Raphtalia von uns die größte Kampfkraft. Was wäre, wenn ich ihren stärksten Skill mit Attack Support verdoppelte? Mit so einem harten Treffer konnten wir sie vielleicht erledigen.

»Aura, Stufe zwei!«

Ich begann mit Raphtalia und konzentrierte mich, um mehrmals hintereinander zaubern zu können.

Unsere Gegner beobachteten uns sehr genau. Wir mussten sie erledigen, ehe sie ein klares Bild von unserer Stärke gewannen, sonst würden wir in Nachteil geraten. Verhandeln war ohnehin aussichtslos mit Bewohnern einer Welt, die versuchten, Helden umzubringen, nur um selbst stärker zu werden. An der Tatsache war wohl nicht zu rütteln.

»Raphtalia, du weißt Bescheid, oder? Ich mach Attack Support.«

»Ja.«

Raphtalia nickte bestimmt und steckte ihr Katana in die Scheide. So würde sie ihren mächtigen Skill mit erhöhter Geschwindigkeit einsetzen können.

»Filo, Rishia. Sorry, ich muss euch trennen. Auf mein Zeichen hin schnappt sich jede einen und setzt ihre stärkste Attacke ein. Eclair kommt nach Raphtalia, dann S'yne. Verstanden?«

»Jaaa.«

»Verstanden.«

»Sehr wohl.«

»J...«

Wir waren so viele, dass wir sie mit Attacken geradezu eindecken konnten. Manche würden durchdringen, da würden ihnen ihre ätzenden Fähigkeiten auch nicht helfen.

Ich wusste nicht, ob sie irgendwie ihre Schmerzen dämpften oder einer besonderen Art angehörten wie Glass. Aber sie hatten etwas Rauchartiges an sich. Wie hatte S'yne es bloß geschafft, den Kleinen umzubringen? Ich kannte den Schwachpunkt der beiden nicht, aber es schien ratsam, sie hier und jetzt zu erledigen. Der Gedanke widerstrebte mir etwas, aber unsere Feinde wollten uns ebenfalls umbringen. Hier durften wir nicht zimperlich sein.

»Hi hi hi, beim nächsten Mal bring ich dich um, Schildheld!«

Der Kleine sprang an die Seite des Großen und begann wieder zu zaubern.

»Daraus wird nichts!«, rief Raphtalia.

»Friss das!«

Ich warf meinen Dorn, und er prallte gegen die wabernde Barriere, die den Großen schützte.

»Rassel, rasseeel!«

»Haaa!«

Irgendwann musste Filo ihren Morgenstern wieder aufgehoben haben. Nun warfen sie und Rishia ihre Waffen und durchbrachen das Wabern.

»Aufblitzendes Katana: Nebelzeichen!«

Raphtalias Katana fuhr in die entstandene Lücke, um den Kleinen aufzuschlitzen – doch der Große warf sich vor ihn. Blut spritzte aus seinem Arm.

»So eine scharfe Klinge ... Das ist eine Vasallenwaffe!«

»Hi hi hi, scheint so. Und wie man es von einer Heldenparty erwarten würde, stimmt die Koordination.«

»Ihr entkommt nicht! Four Cross!«

Eclairs Kurzschwert strahlte auf, und sie hieb zu. Die Klinge drang durch das Wellenwabern, das sich gerade neu verdichten wollte, und traf unsere Gegner. Die hatten jedoch erahnt, dass sie nicht würden ausweichen können, und rechtzeitig eine Verteidigungshaltung eingenommen. So nahmen sie keinen Schaden. Dreck.

»Na dann, Ortswe...«

»Ni... da!«

Und damit ließ S'yne ihren Skill Seal los: Aus dem Knäuel schoss ein Faden und wickelte sich um die beiden.

»Verdammt, der stört den Skill!«

»Dann reiß den blöden Faden doch durch!«

»Ja doch.«

S'yne warf mir einen Blick zu. Jetzt galt es, unsere Feinde zu erledigen, bevor sie flohen.

»Attack Support!«

Ich warf einen zweiten Dorn. Jetzt musste nur noch irgendwer angreifen. Jawoll! Der Dorn hatte den Großen getroffen.

»Haaa! Dreierstoß!«

Raphtalia führte einen Skill aus, mit dem sie in einer Sekunde drei Mal zustieß – und zwar beidhändig. Das hieß, sie würde sechs Luftlöcher stechen – falls es klappte.

»Pah!«

Der Große schwang geschickt seine Sichel, beschrieb damit ein Kreuz in der Luft und blockte. Es klirrte, und Funken sprühten, als Raphtalias Angriffe abprallten.

»Hargh!«

S'ynes Faden riss.

»Hi hi, da war ich kurz beunruhigt. Ortswechselstrahl!«

Und schon hatten sich die beiden in Luft aufgelöst.

»Verflucht! Sie sind uns entwischt!«

Das würden wir noch bitter bereuen. Wie absurd, dass wir uns überhaupt hier über den Weg gelaufen waren!

»Was hatte das zu bedeuten?«, fragte Eclair. »Wer sind diese Männer?«

»S'yne und den Aussagen der beiden zufolge sind sie Attentäter aus einer anderen Welt. Sie sind bösartig und haben vor, diese Welt zu vernichten.«

Welten zu vernichten brachte Vorteile. Glass und die anderen hatten so etwas noch nicht vollbracht, darum hatten sie das wohl nicht gewusst. Dass man auf diese Weise sogar die Fähigkeit zur Wiederauferstehung erlangte ... Alles schien die Welten zum Kampf zwingen zu wollen.

»Das hier ist ein Zusammenprall zwischen den Welten, der nichts mit den Wellen zu tun hat. Die beiden wollen wohl beweisen, dass sie die Stärksten sind, indem sie die Helden anderer Welten umbringen.«

Was für ein idiotischer Grund. Zudem waren sie weder Helden noch Vasallen. Das war, als würden Filo oder Rishia in andere Welten wechseln und dort kämpfen. Ihr Boss musste ein Vasallenwaffenträger sein, denn die vier Heiligen konnten nicht so ohne Weiteres in andere Welten eindringen. Was, wenn nächstes Mal ihr Boss bei uns auftauchte? Der war doch sicher superstark. Bei so einem Kampf stünde unser Überleben auf dem Spiel.

»Jedenfalls treiben sich solche Leute in dieser Welt herum«, sagte ich, während ich die anderen verarztete. »Darum dürfen wir nicht zulassen, dass Ren weiter frei da draußen rumläuft. Irgendwie müssen wir ihn unter unseren Schutz bringen.«

»Worum es sich bei den Wellen handelt, habe ich ja bereits gehört. Aber dass wir uns auch solchen Feinden stellen müssen …«

»Schwer zu begreifen. Und dann erwachen die auch noch wieder zum Leben, wenn man sie umbringt.«

»Sie treiben ihre Späße, sind jedoch enorm stark. Und unsterblich sind diese Ungeheuer auch noch? Herr Iwatani, es gilt, unverzüglich zur Tat zu schreiten! Wir müssen herausfinden, auf welche Weise sie wiedererweckt werden.«

»Schon klar. Aber zuerst die Helden.«

»Genau«, stimmte Raphtalia mir zu. »Die drei Helden brauchen sofort unseren Schutz.«

»Die waren voll stark«, sagte Filo. »Aber ich glaub, ihre Level sind noch nicht so hoch.«

Das konnte gut sein. Wir hatten ja bereits erfahren, wie das alles funktionierte. Womöglich waren sie erst kurz vor unserer Begegnung in diese Welt gewechselt, um zu leveln. Wir mussten sie schnell hervorlocken, ergründen, wie sie wieder ins Leben zurückkehrten, und ihnen dann den Garaus machen. Zugleich mussten wir jedoch die anderen Helden schützen. Was zuerst? Ein Dilemma. Je länger wir brauchten, desto größer würde unser Nachteil.

Es würde noch eine ganze Weile dauern, bis Raphtalia, Filo und ich uns vollständig von dem Fluch erholt hatten und unsere Werte wieder auf dem alten Stand waren. S'yne war nicht besonders stark, und es war unklar, inwieweit Eclair den Stil der Unvergleichlichen Veränderung schon beherrschte. Rishia entwickelte sich gerade. Wohin? Das wusste ich erst, wenn sie Level 100 erreichte, aber ich setzte große Erwartungen in sie.

Doch selbst wenn wir diese Wiederbelebungsmethode ergründeten und herausfanden, wie man diese Feinde umbringen konnte, blieb ungewiss, ob wir dazu überhaupt in der Lage waren. Nichtsdestotrotz hatten die Helden Vorrang. Wenn ich erreichte, dass sie stärker wurden, würde das meine Unruhe ein wenig lindern. Noch ruhiger wäre ich, wenn wir endlich mit den Helden der sieben Sterne sprechen konnten – das wurde gerade in die Wege geleitet.

»Herr Naofumi.«

»Ah, Atla!«

Sie näherte sich, hatte die Lage wohl als sicher eingeschätzt.

»Mir ist bewusst geworden, wie … schwach ich bin. Ich möchte stärker werden.«

»Aber Atla, das musst du doch nicht!«, rief Fohl. »Das mach ich!«

»Bruder, bitte stelle dich der Wirklichkeit.« Atla zog mahnend die Augenbrauen zusammen. »Wir beide sind viel zu schwach, um an der Seite Herrn Naofumis zu kämpfen. Sagen wir, ich halte mich tatsächlich heraus: In deiner gegenwärtigen Verfassung bist du ihm bloß ein Klotz am Bein. Du solltest dich darauf konzentrieren, selbst stärker zu werden!«

»A… Atla?!« Fohl knirschte mit den Zähnen. »Stärker werden soll ich also, ja?!«

Mit einem Mal wirkte er höchst motiviert. Die Hakuko gehörten zu den hochrangigsten Subhumanoidenarten. Sie konnten es ziemlich weit bringen. Es stimmte: Bei allem, was uns bevorstand, mussten sie so schnell wie möglich Fortschritte machen.

»Herr Iwatani, auch ich möchte mich bemühen, mehr Stärke zu erlangen. Ganz gewiss werde ich nicht zusehen, wie diese Unholde unsere Welt vernichten!«

»Ja, so ist's recht. Aber gehen wir erst mal das dringlichste Problem an und beschützen Ren. S'yne, sieh zu, dass du wie besprochen Ren …«

Während ich Anweisungen erteilte, spürte ich plötzlich, wie mich etwas streifte. Oh Mann … Ein Problem nach dem anderen. So langsam hatte ich es satt.

Kapitel 17: Temptation

»Was ist denn jetzt wieder?!«

Waren die Typen von eben wieder da? Oder etwa Ren?

»W... Was ist das?«

Raphtalia hielt sich den Kopf, schüttelte ihn und blickte in alle Richtungen.

»Hmmm? Ich hab ein ganz komisches Gefühl!«

Filo schien es auch wahrzunehmen.

»Uh ...«

Eine Art Stoß durchlief mich, ich bekam aber keinen Schaden. Manche von uns zeigten jedoch eine merkwürdige Reaktion.

»Atlaaa!«

»Herr Naofumiii! Bruder, lass mich los! Lass mich!«

»Atla, Atla, Atlaaa!«

»Ojeeeeee!!«

»I... Ich hab keine Ahnung, was ... Verdammt, was ist das nur?«

Ich blickte mich um: Offenbar spürten alle, dass hier etwas nicht mit rechten Dingen zuging.

Okay ... Die Hakuko-Geschwister würde ich erst einmal ignorieren. Fohl zu helfen, erschien mir mühsam, und Atla zu retten, kam mir auch mühsam vor. Ich ... wusste nicht so recht. Bei Rishia und Eclair schienen die Symptome schwächer zu sein. Sie wanden sich ein wenig. Was war passiert? Solange ich nicht wusste, was hier vor sich ging, konnte ich auch nichts dagegen unternehmen.

»Meister ...«

Filo stand keuchend da und blickte mich aus blutunterlaufenen Augen an ... Ich sollte wohl lieber etwas auf Distanz gehen.

Wenn ich mir Filos, Fohls und Atlas Reaktionen so ansah, schienen sie alle in ungewöhnlicher Verfassung zu sein.

»Raph!«

Raphi verpasste Filo eine Ohrfeige. Filo blinzelte und war mit einem Mal wieder normal.

»Nanu? Was war denn?«

»Raph!«

Dann sprang Raphi auf Filos Kopf und machte irgendetwas. Bestimmt baute sie irgendeinen Schutz auf. Sie hatte nämlich ziemlich praktische Fertigkeiten.

»Da drü...«

S'yne deutete mit dem Finger in eine Richtung.

»Was ist da?«

»Das sollten wir uns mit eigenen Augen ansehen«, sagte Eclair.

Plötzlich wirbelte in der Richtung Staub empor.

»Herr Iwatani!«

»Herr Naofumi!«

»Stimmt. Ich weiß nicht, was hier vor sich geht, aber das sollten wir uns ansehen.«

Ich hatte keine Ahnung, was hier los war, aber wir liefen los, um es herauszufinden.

»Bruder! Lass mich los!«

»Atlaaa!«

Ähm ... Genau. Die beiden würde ich hier lassen. Ihre Level waren ohnehin zu niedrig. Unsere Feinde hatten das Ziel, die Helden umzubringen. Die beiden waren wohl sicherer, wenn ich nicht in ihrer Nähe war.

»Huaaaargh! Ha, so! Du bist schwach! Du bist viel zu schwach!«

»Sch... Scheiße!«

Als wir ankamen, sahen wir …

»Motoyasu?!«

»Ah, Vater! Sieh nur, ich gebe mir die größte Müüühe!«

Irgendwie redete er jetzt noch komischer. Er kreuzte die Waffen mit Ren und winkte mir zu.

Nervig. Von wegen Vater. Und was winkte der mitten im Kampf?

»W… Was machst du denn?«

»Du hast gesagt, du willst Ren lebendig. Darum habe ich ihn hervorgelockt und dafür gesorgt, dass er nicht flieht!«

»Herr Naofumi! War das etwa der Held der Lanze, der sich vorhin im Unterschlupf versteckt hat?«

»Gut möglich.«

Hatte er uns etwa belauscht und war dann losgelaufen, um eigenmächtig zur Tat zu schreiten? Und er war kaum weg gewesen, da waren die Feinde aufgetaucht. Er wollte Ren für uns fangen – dabei waren wir doch auch hinter ihm her! Irgendwie bekam ich Kopfschmerzen.

»Transport Sword!«

Ah, jetzt hatte er uns bemerkt und wollte ausreißen!

Doch nichts geschah. Stille breitete sich aus. Rens Skill musste fehlgeschlagen sein, denn er verschwand nicht. Blockierte dieses mysteriöse Etwas, das an uns vorbeigehuscht war, womöglich irgendwie den Teleport?

»Ha ha ha! Meiner Kraft ›Temptation‹ entrinnst du nicht!«

Also steckte tatsächlich Motoyasu dahinter? Aber … Es sah so aus, als wäre seine Lanze von einem schwarzen Mosaik überzogen. Hatte ich jetzt schon Sehstörungen? Und dann dieser Skillname. Mir fiel wieder ein, wie Fohl reagiert hatte … Erzeugte der Skill etwa ein Feld der Anziehung? Das sah Motoyasu mal wieder ähnlich.

Huch? Was war das denn? Mit einem Mal fiel mir auf, was für ein hübsches Gesicht er hatte. Er war von einem Funkeln umgeben, wie von Gold und Silberfäden, und sein Hintergrund war pink gefärbt.

Oh wow, was für ein Adonis er doch war. Für so einen Schönling würde sogar ich ...

»So weit kommt's noch!«

Ich schüttelte den Kopf, um wieder zu Sinnen zu kommen. Das war knapp gewesen. Noch ein wenig länger und es hätte kein Zurück mehr gegeben. Das war ja ein unerhört mächtiges Zustandsmodifikationsfeld!

»Geht's dir gut?«, fragte Naofumi.

»J... Ja.«

Auf Raphtalia schien es keinen Einfluss zu haben. Offen gesagt wäre ich auch enttäuscht gewesen, wenn sie ihn plötzlich anziehend gefunden hätte, Statusveränderung hin oder her. Was war wohl der Grund für ihre Immunität? Lag es daran, dass sie auf Illusionsmagie spezialisiert war? Sie war dagegen resistent, und womöglich betraf das ja auch solche Verlockungen. Ein Glück! Tanukis waren ja dafür bekannt, dass sie gern ihre Spielchen mit Menschen trieben. In dem Sinne: Gepriesen seien die Waschbärhunde!

»O... Oh ...«

Eclair Reaktion bereitete mir ein wenig Sorgen. Ich hoffte, dass sie sich schnell wieder fing.

»I... Ich kann nicht ... Ich habe doch schon Herrn Itsuki!«

Eine eigenartige Reaktion zeigte Rishia da! Hatte der Versuchungsskill bei ihr den Effekt, dass sie sich zwischen Itsuki und Motoyasu hin und hergerissen fühlte?

»Mir geht's auch gut!«

Ach, Filo. Das lag aber nur daran, dass Raphi auf ihrem Kopf saß! Kurz vorher hatte sie ja noch irgendetwas mit mir anstellen wollen.

Und S'yne?

»Alles in Ord...«

Sie schien keine Probleme zu haben.

Motoyasus Feld führte zwar eine sehr fragwürdige Zustandsveränderung herbei, bot uns aber auch eine Gelegenheit, und die durften wir nicht verstreichen lassen.

»Ah ... So, Ren, erst mal zu dir. Sieht so aus, als wäre das Versteckspiel vorbei.«

Wie sollte ich reagieren? Dass Ren gerade nicht fliehen konnte, kam mir schon sehr gelegen. Und da Motoyasu uns hier so schön zugearbeitet hatte, sollten wir ihm gegenüber wohl Nachsicht zeigen.

»Kleine Filooo!«

»Lass mich!«

Filo wich Schritt für Schritt zurück. Dann wirbelte sie herum und lief davon.

»Hey!«, rief ich. »Wo willst du hin?«

»Raphuuuuuu ...«

»Ah, lass Raphi hier!«

Sie saß ja noch auf ihrem Kopf ...

Was war hier los? Mir kamen immer mehr Gefährten abhanden. Jetzt hatte ich bloß noch Raphtalia, Eclair, Rishia und S'yne. Nur mit ihnen Ren und Motoyasu lebendig einfangen ... Ging das überhaupt?

»So, Ren – Zeit, den Tribut einzutreiben!«

»Tribut? Den kannst du lieber mir geben.«

Jetzt hatte er auch noch Widerworte. Immerhin schien Motoyasu vorerst mit uns zusammenzuarbeiten. Daher war die Hürde, Ren zu fangen, nun deutlich niedriger, oder? Der schien allerdings noch immer Realitätsflucht zu betreiben.

»Jetzt rottet ihr euch schon gegen mich zusammen. Alleine kriegt ihr wohl nichts gebacken!«

»Heul doch, du Einzelgänger«, erwiderte ich bissig – so langsam wurde ich ärgerlich. »Glaub nicht, dass ich vergessen hab, was du gemacht hast!«

»Alle auf einen, ja? Gegen solche Feiglinge verliere ich bestimmt nicht!«

»Sagt der, der andere mit einem Tarnskill aus dem Hinterhalt angreift – selbst wenn sie nicht mal angreifen können!«

»Dein Pech, wenn du's nicht mitkriegst.«

»Du Schnacker. Klar hab ich's mitgekriegt! Im Gegensatz zu dir hab ich ja Gefährten.«

Ren folgte offenbar nur noch seinen eigenen Regeln. Insgesamt redete und verhielt er sich eigenartig. Drückte sich hier irgendetwas Tieferliegendes aus? Er benahm sich wie manche Onlinespieler, die nur noch ans Hochleveln dachten. Mal ehrlich: Dass er keine Teammitglieder mehr hatte, war allein seine Schuld. Ich hätte es ihm gern gesagt, aber auf mich hörte er ja sowieso nicht.

»Jetzt bist du fällig!«

»Lass mich doch erst mal erklä…«

Aber Ren ließ mich nicht ausreden. Er stieß Motoyasu von sich und stürmte auf mich zu.

»Ah, mal hübsch langsam!«, rief Motoyasu.

Ich machte mich bereit, Rens Attacke zu blocken. Anschließend konnten Raphtalia und Eclair angreifen. Offenbar erahnten sie meinen Plan, jedenfalls zogen sie sich hinter mich zurück. Auch S'yne schien mich als ihren Schild nutzen zu wollen.

Rishia ... wirkte kopflos. Mensch, warum machte sie sich nicht kampfbereit? Etwas heikel war die Situation, aber halbwegs koordiniert waren wir wohl.

Ren stürmte mit erhobenem Schwert auf mich zu – nein, auf Rishia! Urplötzlich hatte er auf sie umgeschwenkt. Mit dem stimmte doch tatsächlich irgendetwas nicht. Er ließ keine Kohärenz, keine Orientierung erkennen.

»Oje!!«, schrie Rishia, als sie so unvermittelt attackiert wurde.

Anscheinend hatte sich Ren die herausgepickt, die ihm am schwächsten erschien. Schwächen auszunutzen, war zwar ein Grundsatz erfolgreichen Kämpfens, aber was war eigentlich aus seinem Sinn für Fairness geworden? Zudem hatte er sich gründlich verschätzt. Die jetzige Rishia ...

»Haaaaaaaaaaargh!«

Brüllend schwang er sein Schwert nach ihr.

»Ojeeeeeeeeeeee!«

Sie veränderte ihre Haltung, als wollte sie sich ducken, schleuderte dann jedoch ihr Messer auf einen Baum in der Nähe und nutzte das daran befestigte Seil, um sich Ren blitzartig zu entziehen. Im selben Moment warf sie eine Handvoll Nadeln nach ihm.

»Jetzt bin ich aber baff«, sagte Rishia.

»Und ich erst!«, entgegnete ich.

Was für ein gewandtes Ausweichmanöver! Einmal geblinzelt, und schon war sie weg gewesen. Spielte sie jetzt in einer anderen Liga? Ach nein, ich hatte ihre Bewegungen ja verfolgen können, also könnte ich ihre Attacken wohl noch abwehren.

»Rishia, das war wirklich großartig!«

Da hatte Raphtalia völlig recht. Selbst die staunte, als sie Rishia so flink herumwirbeln sah. Und wo hatte sie überhaupt diese Nadeln versteckt? Waren das geheime Waffen, die im Stil der Unvergleichlichen Veränderung zur Anwendung kamen?

Ren stöhnte. Er war zwar nicht durchbohrt worden, aber es lief ganz klar nicht so, wie er sich das gedacht hatte.

»Mich dürft ihr nicht vergessen!«, rief Motoyasu.

»Würd ich aber gern.«

Dass Motoyasu hier das Ruder übernahm, konnte ich gerade gar nicht gebrauchen. Er sollte sich lieber zurückhalten. Nun, da Ren nicht entwischen konnte, wollte ich gern Verschiedenes in Erfahrung bringen. Und zwar über die Strippenzieherin im Hintergrund. Um Motoyasu ging es hier nicht.

»Hey. Kommt die Hexe gar nicht?«

Ren sagte nichts, sah mich nur mit verzerrtem Gesicht an. Jetzt strömte noch mehr jener finsteren Kraft aus seinem Schwert.

»Da habt Ihr wohl einen wunden Punkt erwischt, Herr Iwatani.«

Hm ... Wenn ich beim Befragen zu ungeschickt vorging, erreichte ich wohl das Gegenteil. Das machte es allerdings schwierig, etwas aus ihm herauszubekommen. Ich würde aber gern erfahren, wo sie sich aufhielt.

»Dann erst mal nur eins, Ren: Ich bin nicht dein Feind. Dass du dich von diesem Miststück zum Räuberhauptmann machen lässt ...«

»Haaaaaaaaaaaa!«

Ren ließ mich nicht ausreden, schwang schon wieder zornentbrannt sein Schwert nach mir.

»Du Teufel gibst dich bloß als Held aus. Jetzt bringe ich dich zur Strecke!«

Begriff er nicht, in was für einer Lage er war? Er selbst wurde gerade in die Ecke gedrängt!

»Erwacht, meine Kräfte! Inmitten des Kampfs werde ich stärker!«

Aua! Mann, tat das weh! Ein kalter Schauder lief mir über den Rücken. Jetzt reichte es mir aber mit dem pubertären Scheiß!

»Du bist des Todes!«, rief Motoyasu plötzlich.

»Nein, bring ihn nicht um!«

Motoyasu hatte Ren mit seiner Lanze den Gnadenstoß versetzen wollen, aber ich hielt ihn zurück. Dann traf Rens Schwert meinen Schild. Hm ... So hoch war die Angriffskraft wohl doch nicht. Wahrscheinlich hätte ich das Schwert sogar mit bloßen Händen blocken können. Was jetzt? Würde er sich ergeben, wenn er begriff, wie viel stärker ich war?

»Ich werde stärker als jeder andere ... Mein Verlangen kennt keine Grenzen ... Ich werde zu ungekannter Stärke erwachen und dich umbringen ... Mein Verlangen ist unendlich! An ihm soll meine Stärke sich nähren. Ich erwache für die Kraft, siege, bringe meine Ausrüstung in Ordnung, sammle Geld, erhöhe meine Kraft, werde der Stärkste aller Welten. Ich fordere alle Welten!«

Hatte der noch alle Latten am Zaun? Sagte immer wieder das gleiche. Verlangen, Verlangen. Voll nervig. Für welche Kraft wollte er erwachen? Er war doch schon zum Schwerthelden erkoren worden. Reichte das nicht? So komisch wurde man also, wenn so ein Fluch sich in einen hineinfraß ... Bei dem Typen bekam man ja noch Migräne. Diese Idee, der Stärkste in allen Welten werden zu wollen, widerte mich an. Es erinnerte mich an die beiden, gegen die wir gerade gekämpft hatten.

Immerhin hatte ich nun eine Ahnung, welcher Fluch Ren befallen hatte: Es war die Habgier. Aber aus irgendeinem Grund kam mir seine Gier schrecklich armselig und winzig vor. Das sollte die berüchtigte Habgier sein? Eine Gier, die einen nach allem verlangen ließ, die keine Grenzen kannte?

Bei Ren konzentrierte sich alles auf Stärke. Natürlich konnte man das als Gier bezeichnen. Aber wer wahrhaft habgierig war, der war doch viel gemeiner und wollte alles an sich reißen. Ren war im Grunde nur von Stärke besessen …

Ach so, jetzt wusste ich warum! Bei ihm war sozusagen der Prozess zum Ziel geworden.

Gier hieß, man nahm sich etwas, weil man es wollte. Und sobald man es hatte, wollte man etwas anderes und griff danach. So in etwa. Bei Ren aber war das Stärkerwerden das Ziel. Er wollte nicht stärker werden, um damit etwas Bestimmtes zu erreichen. Ergebnis und Prozess waren vertauscht.

Ich konnte es mir vorstellen, denn ich hatte eine ähnliche Erfahrung gemacht. Ursprünglich hatte ich mit dem Reisehandel begonnen, um Geld verdienen und meine Ausrüstung auf den neuesten Stand bringen zu können. Doch hin und wieder war das Geldverdienen zum Selbstzweck geworden.

Schon für etwas so Banales konnte einen die Curse Series heimsuchen? In dem Fall wunderte mich gar nicht, dass seine Gier nicht gegen meinen Zorn hatte gewinnen können. Sein Fluch mochte ihm noch so viel Kraft verleihen, gegen meinen Zorn konnte er mit einer derart trivialen Gier nichts ausrichten.

Rens Waffe stammte jedoch aus der Curse Series, davon war ich überzeugt. Also musste es einen besonderen Grund geben, dass der Fluch getriggert wurde. Bei mir war der Anlass wohl gewesen, dass Witch sich mit ihrer Magie in mein Duell gegen Motoyasu eingemischt hatte. In dem Moment war der Fluch zwar noch nicht in Kraft getreten, doch wenig später, als ich geglaubt hatte, der Zombiedrache hätte Filo umgebracht, da war zum ersten Mal der Schild des Jähzorns erschienen.

Auch Motoyasu hielt eine Waffe in der Hand, die verflucht aussah. Hieß das womöglich, bei den Nutzern der legendären Waffen wurde der Fluch getriggert, wenn sie mental extrem in die Enge getrieben wurden? Motoyasu und ich waren beide in einem ziemlich verwundbaren Zustand gewesen. Vermutlich musste der psychische Druck so groß sein, dass sogar Selbstmord nicht auszuschließen war. Aber die Helden durften nicht sterben, denn das könnte den Untergang dieser Welt bedeuten. Selbstmord stand also außer Frage. War die Curse Series dann womöglich so etwas wie ein Verteidigungsreflex, der sich einstellte, wenn ein Held ernstlich in Seelennöte geriet?

Doch angenommen, ich lag mit meiner Vermutung richtig, was hatte Ren dann derart in Bedrängnis gebracht? Bei unserer letzten Begegnung war er doch einigermaßen entspannt gewesen. Ich hatte mich sogar mit ihm unterhalten können. Na ja, und dann war er mit seinen Ausreden angerückt, von wegen seine Gefährten seien gestorben, weil sie schwach gewesen seien.

»Ich bin der stärkste aller Helden und werde die Welt retten!«

Rens Worte rissen mich aus meinen Gedanken. Wut kochte in mir hoch. Dachte der an nichts anderes als an diesen Scheiß? Konnte er sich nicht mal zusammenreißen?! So langsam war mir fast egal, was den Fluch verursacht hatte. Hauptsache, ich brachte ihn irgendwie zum Schweigen.

»Die Welt willst du retten? Dann rette sie doch, du Riesenblödarsch! Das erreichst du bestimmt nicht, indem du hier den Räuberhauptmann spielst!«

Der Stärkste wollte er sein? Die Welt retten? Spielte hier in den Bergen den Banditen, und wenn jemand vorbeikam, der ihm nicht gefiel, attackierte er ihn aus dem Hinterhalt. Wenn er auf diese Weise diese verkommene Welt retten konnte, dann nur zu!

Doch leider lief das so nicht, und die Wellen würden so auch nicht enden.

»Ich hab jetzt echt die Schnauze voll von deinem Brustgetrommel! Mit jemandem wie dir, der hier in der Einöde den Bergkönig spielt, hab ich nichts zu schaffen!«

»Nein! Es ist noch nicht vorbei! Jetzt kriegst du meine Stärke zu spüren!«

Ein weiteres Mal verwandelte sich sein Schwert.

War das ein Grow-up? Ich wusste noch, wie mein Schild des Jähzorns zum Schild des Ingrimms geworden war, und was ich hier zu sehen bekam, war zweifellos das Gleiche. Höchstwahrscheinlich hielt Ren nun also ein Schwert höheren Ranges in den Händen.

»Aha. Eine neue Technik hat sich mir erschlossen! – Rākshasa: Shooting Star Sword!«

Die hatte er doch schon gegen mich eingesetzt!

Warum redete er, als hätte er die soeben erst bekommen? Selbst in Mainstream-Manga konnte man nicht ständig dieselben Techniken bringen. Was war nur los mit ihm? Ehrlich mal!

»Diesem törichten Verbrecher werde ich nun seine Strafe erteilen: Im Namen Gottes sollst du zermalmt werden! Erdulde diesen göttlichen Angriff, der sich aus meinem Vermögen speist! – Gold Rebellion!«

Als Ren sein Schwert gen Himmel reckte, erschien von irgendwoher ein Schatz aus Gold und Silbermünzen und verdichtete sich zu einer menschlichen Gestalt. Eine schrecklich geschmacklose Statue blickte bedrohlich auf mich herab.

Wenn das Ding mich traf, kam ich wahrscheinlich nicht nur mit einem Kratzer davon. Aber manche meiner Gefährten würden sicher nicht ausweichen können … Ich seufzte innerlich.

Warum nur musste ich so einen dämlichen Angriff abwehren? Das war doch zum Heulen. Und überhaupt, was sollte das mit dem alten Skill? Das hier war doch definitiv eine andere Technik, oder nicht? Seine Methoden wurden auch immer niederträchtiger. War es Teil seiner Gier, gewinnen zu wollen?

Womöglich war dies hier ein Skill von der gleichen Art wie Blood Sacrifice. Für den müsste er dann aber einen Preis bezahlen ... Ach, war das vielleicht der Grund, weswegen seine Aufmachung so ärmlich war?

»Nimm das!«

»Los, lasst euch zurückfallen!«, rief ich meinen Gefährtinnen zu.

»J... Jawohl!«

»Herr Naofumi, kommst du denn zurecht? Deine Werte sind doch gerade ...«

»Ich glaub nicht, dass wir's alle wegschaffen ...«

Könnte eine meiner Gefährtinnen fliegen, dann könnte ich vielleicht entkommen. Filo zum Beispiel, wie drüben in Kizunas Welt. Etwa zu der Zeit, als wir zurückgekehrt waren, war sie so weit gewesen, dass ich auf ihr hätte fliegen können. Daran musste ich denken, während ich meinen Schild hochhielt.

Ein heftiger Schlag durchfuhr meinen Körper und brachte all meine Organe zum Erzittern. Verdammt ... Es musste am Fluch liegen, dass die Attacke mir so zusetzte.

»Raphtalia!«

»Ja!«

Ihr Katana steckte in der Scheide. Bereit zum Iaigiri sprang sie auf meinen Peiniger zu.

»Aufblitzendes Katana: Nebelzeichen!«

Sie zog das Katana – ein wunderschönes Geräusch –, und steckte es gleich nach der Landung wieder in die Scheide.

Mit einem Klirren traf die Lichtklinge ins Ziel, und die Statue stürzte in sich zusammen.

Oh Mann ... Hoffentlich hörte Ren jetzt mit dem Quatsch auf.

»Herr Iwatani ...«

»Ich halte zwar einiges aus, aber auch ich habe Grenzen!«

Wenn Eclair und die anderen davongekommen wären, dann hätte es wenigstens etwas gebracht, diesen Schlag abzuwehren. Aber es war wohl nicht zu ändern: Je größer unsere Gruppe wurde, desto schwerer wurde es, spontan zu reagieren. Es wäre mir lieber, wenn alle etwas schneller schalteten. Andererseits hatten wir dafür nun eine größere Streitmacht, wie Kizuna und die anderen. Aber zurück zu Ren.

»Scheiße ... Es ist noch nicht vorbei! Ich werde noch stärker ... Ich muss mehr opfern, alles opfern, um zu gewinnen!«

»Lass den Scheiß!«

Immer wieder schwang Ren sein Schwert, um mich umzubringen, bearbeitete mich mit Hieben, Streichen und Stößen. Ich wich aus, parierte und ließ abgleiten.

Wieso gab ich mir das überhaupt? Andere belogen ihn, wie es ihnen gefiel. Denen glaubte er, mir aber nicht. Und jetzt fuchtelte er auch noch mit dem Schwert vor meiner Nase herum und schwadronierte von Stärke.

Immerzu tat er so, als sei das alles nur ein Spiel – bei der Geisterschildkröte und zu jeder anderen Gelegenheit. Den Stil der Unvergleichlichen Veränderung zu üben, war ihm zu mühsam gewesen, also hatte er das Training geschmissen. Was ich ihm über die Hochrüstmethoden erzählt hatte, hielt er für unmöglich, wollte er nicht glauben. Ich war mit meiner Geduld am Ende. Vielleicht sollten wir ihm Arme und Beine abhacken und ihn wegsperren, ehe ihm noch etwas passierte. Wenn er draufginge, hatten wir nämlich erst richtig Probleme.

»Soll ich ihm den Garaus machen?«, fragte Motoyasu höflich.

»Ich hab dir doch gesagt, dass du ihn nicht umbringen sollst!«

Ständig kam er wieder mit dem Angebot an, als könnte er es gar nicht erwarten, Ren ins Jenseits zu befördern. Wieso gab er sich hier überhaupt als unser Verbündeter?

»S'yne, sorg erst mal dafür, dass Ren keine Skills mehr benutzen kann. Dann knocken wir ihn aus und nehmen ihn mit. Sollte er sich nicht bändigen lassen …«

Hier brach ich ab. Alle schienen verstanden zu haben, was ich andeuten wollte.

»Vielleicht haben wir keine andere Wahl«, stimmte auch Raphtalia voller Bedauern zu.

»Bitte wartet«, protestierte Eclair als Einzige. »Herr Iwatani, dürfte ich noch einmal gegen den Helden des Schwerts kämpfen?«

»Warum?«

»Seit wir zuletzt die Klingen gekreuzt haben, frage ich mich immerzu, ob er vielleicht nur die Sprache des blanken Stahls versteht …«

»Du weißt aber schon, dass das ziemlich hitzköpfig und banal ist, oder?«

»Mag sein. Aber auch meine Geduld neigt sich dem Ende. Ich möchte vorher herausfinden, ob man diesen selbstsüchtigen Schwerthelden nicht mit Schwertkunst zur Räson bringen kann. Also lasst mich ein Duell gegen ihn ausfechten!«

»Das klingt doch schon besser. Wenn ich die Lage als gefährlich einschätze, schreite ich aber ein, klar?«

Das ging bestimmt gegen Eclairs ritterliche Ehre, aber ich konnte sie nicht verlieren, weder als Mitstreiterin noch – auch wenn das nicht nach mir klang – als Gefährtin. War ich nicht bereit, irgendwen zu opfern, bis wieder Frieden herrschte? So naiv war ich nicht, dass ich das behauptet hätte. Aber für diesen Blödsinn hier sollte sie jedenfalls nicht ihr Leben hergeben. Außerdem ging es hier gegen einen Helden. Da hatte Eclair einen Nachteil, Können hin oder her.

»Als Ausgleich für seine Heldenkräfte wende ich Unterstützungsmagie auf dich an. Akzeptiere das, oder ich stimme dem Duell nicht zu. Das wäre nämlich unfair.«

»Es soll mir recht sein. Ich danke Euch für Euer Bestreben, dieses Duell so ausgeglichen wie möglich zu gestalten.«

Ich zauberte Aura, Stufe zwei, auf sie. Wäre Sadina hier, hätten wir per Ritual die »Herabkunft des Donnergottes« beschwören können. Im Augenblick konnte ich nicht mehr tun als dies, denn Sacrifice Aura auf Eclair zu sprechen, ginge sicher zu weit.

Sobald sie meine Magie empfangen hatte, richtete sie ihr Kurzschwert auf Ren! Der versuchte gerade, ein weiteres Mal auf Rishia loszustürmen, aber Eclair versperrte ihm den Weg.

»Herr Amaki, Held des Schwerts – abermals treten wir einander entgegen!« Blitzschnell richtete sie ihre Klinge auf ihn. »Wollt Ihr gegen Herrn Iwatani kämpfen oder gegen Herrn Kitamura, den Helden der Lanze, so müsst Ihr erst an mir vorbei!«

»Pah! Komme wer wolle – mir kann niemand das Wasser reichen!«

»Beim letzten Mal habt Ihr Euch einem klaren Ergebnis verweigert – hier und jetzt wollen wir es herbeiführen! Held des Schwerts, mein Name ist Eclair Seaetto! Man hat Euch zu sehr verwirrt. Doch mit diesem Schwerte, das mir die Königin verliehen hat, will ich Euren Kopf wieder geraderücken!«

Und mit dieser Ansage begann das Duell.

Kapitel 18: Der Blitz

Wir nutzten die Konfrontation, um auf Abstand zu gehen und das Duell aus einiger Entfernung zu verfolgen. Motoyasu sah aus, als wartete er nur auf eine Chance, Ren von hinten abzustechen.

»Motoyasu, stör die beiden nicht.«

»Verstanden!«

Bis auf Weiteres kooperierte er – aber auch ihn würden wir irgendwie noch bequatschen müssen. Na ja, im Augenblick war er mir zwar lieber als Ren – immerhin hörte er auf mich –, aber auch ihn hatte immer wieder der Fluchtimpuls überkommen.

Eclair führte einen raschen Stich aus und traf Ren in die Schulter. Die Klinge drang nicht durch, aber es zählte.

»Hm, ist das alles?«, stichelte Eclair. »Ihr bewegt Euch ja noch schwerfälliger als beim letzten Mal.«

Er riss die Augen weit auf und packte sein Schwert fester.

»Ich … verliere nicht«, stammelte er. »Ich werde … der Stärkste werden … und darum … werde ich mir alles holen und … fressen!«

Das unheimliche Schwert in seiner Rechten verwandelte sich in ein pechschwarzes Langschwert. Auch die schwarze Aura, die daraus hervordrang, war mächtiger geworden. Würde Eclair damit zurechtkommen?

Bei diesem Schwert würde es mich nicht wundern, wenn die Werte so in die Höhe geschossen waren, dass sie meine Verteidigungskraft übertrafen. Ich sah genauer hin und stellte fest, dass es auf unterschiedliche Weise verziert war. Das Stichblatt schmückte ein dickliches Lebewesen … ein Fuchs? Am Griff sah ich ein Schwein.

Nun sprach Ren noch merkwürdiger. Er wollte sich alles holen und »fressen«? Konnte es sein, dass nun auch die »Völlerei« in ihm erwacht war?

»Ich ... werde der Stärkste! Selbst ... in diesem Moment wachse ich, bewege mich auf Stärke von ewigem ... Rang zu. Ich besiege euch, und dann ... fresse ich eure Erfahrungspunkte!«

Er riss sein Schwert hoch und stürmte los. Es wirkte unbeholfen, aber er war ziemlich schnell geworden.

»Huaaaaaaaaaaaargh!«

Blindlings schwang er das Langschwert herum. Von formaler Kampftechnik war nichts mehr zu erkennen. Eclair entging den Attacken, indem sie sich zurückneigte, sich duckte oder auswich.

»Eure Technik mit dem Langschwert ist gleichförmig. Eure Werte mögen noch so sehr steigen, damit würdet Ihr nicht einmal die einstige Eclair treffen!«

Nun, sie hatte nicht unrecht: Seine Bewegungen waren für sich genommen schnell, aber es steckte kein Plan dahinter. Wer bereits so lange schon ein Schwert schwang wie Eclair, konnte solchen Attacken wohl mühelos ausweichen.

Es war ähnlich wie in der Arena, beim Kampf zwischen Raphtalia und Sadina. Sadina hatte Raphtalias Schwerttechnik komplett durchschaut und war kunstvoll immer um Haaresbreite ausgewichen. Und das beherrschte Eclair offenbar ebenso gut.

»Verflucht ... Lass dich schon treffen! Meine Attacken sind so mächtig, dass sie alles zerschlagen sollten!«

Rens Werte waren wahrscheinlich höher; dass er dennoch nicht traf, lag an der schlechteren Technik.

»Warum? Warum treffe ich nicht?!«

»So wollt Ihr mich treffen? Ihr legt keinerlei Kraft in Eure Hiebe und Eure Attacken sind einfallslos. Es ist ganz so, als wolltet Ihr mich gar nicht treffen.«

»Ruuuuuuuuuhe!«

Wie wären Raphtalia und Filo an Eclairs Stelle wohl mit diesen Angriffen umgegangen? Sie wären wahrscheinlich nicht so knapp ausgewichen, sondern einfach hastig weggesprungen. Raphtalia war stark aufs Angreifen ausgerichtet. Das war wohl unvermeidlich, schließlich kämpfte sie immer an meiner Seite. Statt auszuweichen, suchte sie eher Schutz hinter mir und passte günstige Gelegenheiten ab, um zerstörerische Treffer anzubringen. Vielleicht war tatsächlich die Zeit gekommen, da auch wir mehr trainieren mussten.

Ich beschloss, ihre Mitschülerin Rishia nach ihrer Meinung zu fragen. Vielleicht konnten wir uns hier ja etwas abschauen.

»Na, Rishia, was hast du für einen Eindruck?«

»Ojeee … Ähm, die Attacken des Schwerthelden sind alle gleichförmig. Jeder, der ein bisschen kampferprobt ist, könnte ihnen ausweichen.«

»Hm …«

Na ja, da war schon was dran. Schnell war er, aber selbst ich hätte seinen Schlägen wohl ausweichen können, so abwechslungslos wie er mit dem Schwert herumfuchtelte. Es waren nichts als vertikale oder horizontale Hiebe. Gelegentlich bog er auch mal im rechten Winkel um, aber man sah immer sofort, was er vorhatte.

Technisch waren L'Arc und Glass ihm weit voraus. Verglichen mit ihnen war er kaum mehr als ein Kind mit einem Holzschwert. Der Fluch tat wohl nicht mehr, als seine Werte zu erhöhen. War Ren nicht sogar stärker gewesen, ehe er ihm zum Opfer gefallen war?

»So sieht es also aus, wenn Ihr Ernst macht? Nun, dann lasst es mich auch einmal probieren!«

»Es ist noch nicht vorbei!«, knirschte er. »Du wirst chancenlos untergehen!«

Was für ein Spruch. Das hieß doch, er wollte einen Treffer nach dem anderen landen, ohne ihr die Gelegenheit zum Gegenangriff zu geben! Ach, hatte er mir nicht erzählt, in seinem VRMMO sei die Schild-Klasse praktisch ausgestorben? Deswegen hatten die Spieler darauf gesetzt, den Gegner niederzumachen, ehe der zum Gegenangriff ansetzte. Lieber Ausweichen als Abwehren oder so. Fragwürdige Geschichte.

In alten Webgames zeigte sich der Sinn der Verteidiger-Klasse vor allem im Kampf gegen Menschen. Motoyasu, Ren und Itsuki schienen ziemliche Amateure zu sein, wenn es um solche Kämpfe ging. In ihren Games mochte das alles ja so gewesen sein, wie sie behaupteten, aber in dieser Welt lief es anders. Das konnte ich mit Sicherheit sagen.

»Nimm das!«

Geradezu halsbrecherisch ließ Ren sein Schwert herabfahren. Der Boden bebte, als die Klinge auf die Erde traf, und ein Riss klaffte auf. Oha, seine Attacken waren mächtig genug, den Erdboden zu spalten!

»Und da die Blöße!«

Wie im vorigen Kampf stach Eclair blitzschnell nach seiner Schulter.

Ein *Klonk* war zu hören – der Angriff war abgeprallt, ohne etwas auszurichten. Seine Verteidigungskraft schien höher zu sein als zuvor.

»He he he ... Dieses Schwert ist mit einer starken Selbstheilungsfunktion ausgestattet. Deine kümmerlichen Attacken sind sinnlos.

Sieh es ein: Du hast verloren!«

Ren lachte böse und seine Augen funkelten. Er musste zu dem Schluss gelangt sein, dass Eclair ihm keinen entscheidenden Treffer versetzen konnte. Und schon ließ er den Lehrmeister raushängen – unglaublich. Dabei hatte er es nur seinem Schwert zu verdanken. Ich hatte zuvor eine Rüstung getragen, die mich ebenfalls automatisch geheilt hatte.

»Hm …« Eclair betrachtete die Spitze ihres Schwerts. »Verglichen mit Herrn Iwatani seid Ihr weniger gut gepanzert, doch sobald ich Euch treffe, schließt sich die Wunde? Wie ärgerlich.«

Sie schien noch Luft zu haben. Auf ihrer Stirn stand keine einzige Schweißperle.

»Jetzt erkenne deine Niederlage endlich an – ich will meine Erfahrung! Rākshasa: Shooting Star Sword!«

Das schon wieder? Der Skill deckte jetzt einen größeren Bereich ab, wohl weil das Schwert größer war. Doch Eclair wich jedem einzelnen schwarzen Stern aus. Ihre Gestalt war nur verschwommen zu sehen.

»Ah, das war eine der Ausweichformen des Stils der Unvergleichlichen Veränderung: Hitzeflimmern!«

Hm. Wenn es um dieses pubertäre »höher, schneller, weiter« ging, war Rishia wohl auch ganz vorn mit dabei.

»Rishia, werd bloß nicht zu einem Erklärbär. Was soll ich dazu sagen? ›Was?! Das kann sie?!‹ Dazu verstehe ich zu wenig davon.«

»Hm, aber es stimmt«, sagte Raphtalia. »Jetzt, da ich Rishias und Eclairs Technik sehe, wird mir bewusst, dass wir auch trainieren müssen.«

Wahre Worte. So langsam bekam ich das Gefühl, dass Eclair und Rishia uns technisch abgehängt hatten. Vor Kurzem war der Unterschied noch nicht so groß gewesen.

»Wohl wahr ... Wir müssen die Sache endlich ernsthaft angehen.«

Wenn man lernen konnte, sich derart geschmeidig zu bewegen, dann ergab es Sinn, diesen Übungen den Vorrang einzuräumen. Wegen unserer Heldenwaffen konnten wir vielleicht nicht alles umsetzen, aber es würde uns dennoch nicht schaden, den Stil zu lernen.

Sollten wir uns eine Zeit lang in die Berge zurückziehen? Damit wir überlebten, was noch auf uns zukam?

»Es ist noch nicht vorbei! Chain Bind!«

»Pah!«

Rens Kette flog auf Eclair zu, doch sie hieb sie mit ihrem Schwert in Stücke.

»Was?!«

»Es zeigt sich mal wieder: Die robusteste Kette oder Verteidigung bricht, wenn man das schwächste Glied erwischt.«

»Na und? Wehr erst mal meinen Finisher-Skill ab! Hide Sword!«

Ren waberte und verschwand. Der hatte ja nur exakt ein Angriffspattern. Was war aus Hundred Swords oder Thunder Sword geworden? Er hatte doch unzählige Mittel zum Angriff. Wenn er sich nicht bald etwas ausdachte, würde er nicht gewinnen.

»Wie lasch ... Wenn Raphtalia vor meinen Augen verschwindet, dann spüre ich ihr Qi nicht mehr.«

Eclair schwang ihr Schwert in einem weiten Bogen seitwärts. Das reichte schon, um seinen Tarnskill platzen zu lassen – da war er wieder. Wahnsinn!

»Und?«, fragte ich Raphtalia. »Hat sie recht?«

»Nun ja ... Diese Art von Magie ist nun mal meine Stärke ...«

Okay, es wäre ja auch ärgerlich, wenn sie ausgerechnet bei der Magie unterlag, die sie am besten beherrschte. Gleiches bei mir:

Wenn jemand mich in der Verteidigung ausstäche, bekäme ich auch schlechte Laune.

»Soll ich Euch nun auch etwas zum Abwehren geben?«

Tief vornübergebeugt rannte sie auf Ren zu und stach mit ihrem Schwert nach ihm. Und er – Verteidigen hielt er ja für überbewertet – wich sofort ein ganzes Stück zurück.

»Vergeblich!«

Eclair war jedoch schneller in seinem Nahbereich, als er flüchten konnte.

»Four Cross!«

Ihre leuchtende Klinge beschrieb ein Kreuz. Das war wohl diese Technik des Magieschwerts, die sich sowohl von Skills als auch von herkömmlicher Magie unterschied. Gegen unsere vorigen Gegner hatte sie die Technik auch schon eingesetzt.

»Uff …«

Eclairs Attacke traf Ren. Es war, als hätte ihn ein Lichtstrahl durchstoßen. Doch der erlittene Schaden wurde auf der Stelle wieder geheilt. Er stand da, als wäre nichts passiert, ein Grinsen auf dem Gesicht.

»Gegen mich bringst du ’nen Angriff durch? Nicht schlecht! Dann machen wir mal langsam Ernst.«

Was redete er da? Es war gar nicht zu übersehen, wie sehr er zu kämpfen hatte, und jetzt wollte er so tun, als wäre das bloß Theater gewesen? Jetzt war aber mal gut! Wenn wir Ernst machten, könnten wir ihn sicher problemlos umbringen. Und was war überhaupt mit dem Fluch der Curse Series? Wirkte der bei ihm nicht? Er bewegte sich jedenfalls ganz normal. Ich erwartete beinahe, dass er sagte, Flüche hätten keine Wirkung auf ihn, würden ihn nur stärken, aber es kam nichts dergleichen.

»Genug mit der Narretei. Wie beleidigend wäre es, in einem ernsten Kampf Nachsicht zu üben! Nur ein Tor heuchelt Gelassenheit!«

Oje … Jetzt hatte Ren sie wieder wütend gemacht. Die beiden waren wie Hund und Katz.

Jedenfalls las sie ihn wie ein Buch. Schnell mochte er sein, aber das war auch schon alles. Jede seiner Attacken war vorhersehbar, und so brachte ihm seine Geschwindigkeit gar nichts.

Doch auch Eclair hatte einen Schwachpunkt: ihre geringe Angriffskraft. Selbst der Angriff der alten Schachtel, der sich die Verteidigungskraft des Gegners zunutze machte, brachte nicht viel, wenn sie nicht extrem hoch war wie etwa bei mir. Geschickt mit dem Schwert war Eclair ja, aber gegen einen Helden, der von einem Fluch befallen war, zog sie wohl doch den Kürzeren.

Diese verteidigungskraftbezogenen Attacken hatten ohnehin etwas Unnatürliches an sich, als wären sie ganz auf den Schildhelden ausgerichtet. In welcher Gegend war der Stil der Unvergleichlichen Veränderung wohl entstanden? Stammte er aus Melromarc, dann war er womöglich mit dem Gedanken ans Feindesland entwickelt worden – ganz gezielt, um ihn gegen den Schildhelden einzusetzen.

»Meine Attacken verschlingen alles. Ja, selbst deine Erfahrungspunkte!«

»Eure Attacken können noch so mächtig sein, zuerst müsst Ihr mich treffen!«

Das Kampfgeschehen war ins Stocken geraten. Rens Attacken trafen nicht und Eclairs drangen nicht durch. Wenn der Kampf sich noch lange hinzog, würde Eclair ins Hintertreffen geraten. Ren mochte nicht treffen, aber mächtig waren seine Angriffe dennoch. In diesem Kampf hatte er die besseren Aussichten.

»Was jetzt, Eclair?«, fragte ich sie. »Auf Dauer hältst du das nicht durch, oder?«

»Herr Iwatani, habt noch etwas Geduld! Schon sehr bald wird uns der Schwertheld seinen Herzensgrund offenbaren.«

Seinen Herzensgrund, aha. Aber ich konnte nichts als Schilde verwenden. Vielleicht war so etwas für mich eine fremde Welt.

»So sprecht, Schwertheld«, sagte Eclair. »Was ist Euer Ziel? Übrigens gedenkt Herr Iwatani einmal in seine eigene Welt heimzukehren.«

»Hey, halt mich da raus!«, rief ich.

Ren wollte doch der Stärkste von allen werden. Am Ende geriet ich noch in seine Schusslinie! Was dachte sie sich nur? Also wirklich ...

Huch? Ren sah aus, als hätte sie ihn ein wenig aus der Fassung gebracht. Drang sie etwa tatsächlich zu ihm durch?

»I... Ich ...«

»Euer Ziel. Ihr wollt unbedingt stärker werden – aber was bezweckt Ihr damit?«

Ach, auf so eine Frage würde sie doch bloß eine blöde Antwort bekommen. Aber Ren hatte einen komischen Blick. Von Nachdenken war darin nichts mehr zu erkennen.

»Ich werde erst zufrieden sein, wenn ich der Allerstärkste bin! Ich werde der Stärkste aller Welten, aller Zeiten, in Zeit und Raum! Das ist mein Verlangen: Ich will sämtliche Erfahrungspunkte erlangen und sie mir einverleiben!«

Als er das sagte, verströmte er abermals seine nachtschwarze Aura. Anscheinend bereitete er sich darauf vor, irgendetwas einzusetzen.

»Und darum, damit ich stärker werde, werde du jetzt zu Erfahrungspunkten! – Diesem törichten Verbrecher werde ich nun seine

Strafe erteilen: Im Namen Gottes sollst du zur Beute werden! Die Kraft der Erde, die ich gewonnen habe, werde ich opfern und dich mit Fäulnis schlagen, auf dass du verzehrt werdest! – Strong Decline!«

Ren ballte eine Faust; aus seinem ganzen Körper drang ein fluoreszierendes Licht und versickerte im Erdboden. Ringsumher begann es zu rumpeln, und plötzlich klaffte unter Eclairs Füßen der Boden auf. Ach, war dieser Skill etwa von dem Hieb vorhin abgeleitet, mit dem er die Erde gespalten hatte? Die Beschwörung erinnerte mich jedenfalls an mein Blood Sacrifice. Dann brachen mit einem Mal knirschend Zähne aus den aufklaffenden Felskiefern hervor, um sich in Eclair zu versenken.

»Diese Attacke bietet zu viele Angriffsmöglichkeiten! Stünde an Eurer Stelle Herr Iwatani, ja, *er* könnte sie erfolgreich einsetzen!«

»Jetzt vergleich mich doch nicht mit ihm! Sonst nimmt er mich noch ins Visier!«

»Herr Naofumi, wir sollten still sein und einfach zusehen.«

»Aber …«

»Keine Sorge. Ich hab irgendwie das Gefühl, es läuft gut. Bitte glaube an Eclair.«

Tatsächlich? War das etwas, das nur Kampfkünstler spüren konnten? Aber gut, wenn Raphtalia es sagte, wollte ich Eclair vertrauen.

Rens Attacke sah Blood Sacrifice wahnsinnig ähnlich, aber einen kleinen Unterschied gab es doch: Plötzlich spuckte die Erde etwas aus, grau und übelriechend. Der Götze aus Geld war ja schon abstoßend gewesen, aber das hier war einfach nur ekelhaft. Selbst für mich wäre das gefährlich gewesen. Aber Eclair entging der Attacke mühelos.

Dennoch würde Ren nun, ganz wie bei Blood Sacrifice, den Preis bezahlen müssen, obwohl er nichts dafür bekommen hatte. Wenn ich an damals zurückdachte ... Nicht auszumalen, was geschehen wäre, hätte ich mein Ziel verfehlt! Hmm. Wenn ich den Skill je wieder benutzte, würde ich sichergehen müssen, dass er auch traf.

Hätte die Königin den Heiligen Vater nicht an der Flucht gehindert, wäre er mir entwischt. Das sollte ich wohl lieber nicht vergessen.

»O... Ojeee ... Was ist das denn?!«

»Wer weiß. Aber ist bestimmt gefährlich, wenn es einen berührt.«

Wir hatten vorerst genug Abstand und mussten uns keine Sorgen machen, aber um die Kämpfenden begann rumpelnd der Erdboden wegzubrechen. Die Gegend hatte sich in eine Brandwüste verwandelt. Überall sprossen Pilze und Schimmel, und es breitete sich ein fürchterlicher Gestank aus. Und dann brachte der verdorbene Erdboden – ein Meer der Fäulnis – etwas in der Gestalt einer gewaltigen Fliege hervor. Dies war ein Fluchskill, wie er ihm Buche stand, und das Angriffsziel schien allein Eclair zu sein. Schon stürzte das Fliegenungeheuer auf sie hinab.

»Ihr solltet ordentlich zielen. Auch spüre ich keine Entschlossenheit hinter Eurer Attacke. Als Herr Iwatani damals jenen Angriff führte, auf dass die Bitte der Herrin Ost nicht ungehört verhallen möge, *das* hatte Gewicht! Seine Entschlusskraft damals, die erachte ich als wahre Stärke!«

Die gewaltige Fliege startete nun ihre Korrosionsattacke – doch Eclair sprang einfach frontal über das Ungetüm hinweg und landete direkt vor Ren. Das Fliegenmonster wusste nun nicht mehr wohin. Es flog kläglich noch ein Stück weiter, zerfiel dann und löste sich auf. Aber meine Güte ... War die Gegend jetzt nicht völlig verseucht? Dieser Typ richtete doch wirklich nur Schaden an!

»Alsdann, lasst mich Euch noch einmal fragen: Wenn Ihr einmal der Stärkste seid, was wünscht Ihr Euch dann?«

»Wenn ich ... der Stärkste ...?!«

»Angenommen, Ihr hättet Euer Ziel erreicht. Was stellt Ihr an mit Eurer Kraft?«

Er schien um Worte verlegen. Ich hatte wohl recht behalten. Darum also war seine »Habgier« so schwach! Mir war ja bereits der Gedanke gekommen, dass bei ihm Prozess und Ziel vertauscht waren. Jenseits des bloßen Stärkerwerdens gierte er nach ... gar nichts.

Vielleicht war ich aus diesem Grund nicht von der Habgier befallen worden. Ich mochte zwar von Profitgier getrieben sein, aber an sich war das Geld dieser Welt für mich nur ein nötiges Mittel, um die Wellen zu überleben. Darüber hinaus hatte ich kein Interesse daran. Ich würde ja ohnehin heimkehren. Allenfalls könnte ich das Geld irgendwann Raphtalia überlassen, als Belohnung für ihre Mühen. Um ehrlich zu sein, hatte ich manchmal schon Lust auf ein wenig Luxus, aber wenn ich einmal Geld hatte, wandte ich es dann doch lieber für Ausrüstung und dergleichen auf.

Mit der »Völlerei« sah es genauso aus. Sie war wohl aus seiner Gier nach Stärke erwachsen, aber hatte er einmal seinen Gegner zu Erfahrungspunkten gemacht und verschlungen, war es damit schon getan. Würde er der Stärkste von allen, dann wäre er zufrieden. Er gab sich der Völlerei bloß hin, bis er satt war. Es war nicht die Art von Völlerei, bei der man, einem grenzenlosen Hunger folgend, aß und aß und doch niemals zufrieden war.

Mein Fluch war der »Zorn«. Wenn mir ein Unrecht widerfuhr,

dann packte mich eine Wut, die mich fast in den Wahnsinn trieb. In erster Linie galt sie zwar Witch, aber letztendlich erstreckte sie sich auf die ganze Welt. Ich hoffte natürlich, dass sich dieser Zorn in Wohlgefallen auflösen würde, sobald ich in meine eigene Welt zurückkehrte, aber womöglich fühlte ich auch dort irrationale Wut. Und der musste ich die Stirn bieten.

Was erzeugte wohl mehr Leid: Wenn man sich endlos von seinem Zorn mitreißen ließ oder wenn man sich nach einer Stärke sehnte, die man nie erreichen würde? Hatte ich womöglich in letzter Zeit meinen Zorn besser unter Kontrolle, weil ich mich ein Stück weit an Witch und Drecksack hatte rächen können? Womöglich beeinflussten die eigenen Emotionen die Kraft des Fluchs?

»I... Ich ... Ich werde der Stärkste und ... r... rette die Welt!«

»Diesen Auftrag habt ihr von anderen erhalten! Den wollt ihr hier geltend machen? Schweigt lieber davon, denn es klingt wie cin bloßer Vorwand!«

Eclair hatte seine Antwort geradeheraus abgeschmettert. Nun, er war schon sehr am Schwimmen. Das erkannte man an seinen Worten wie an seinem Blick.

»Wenn Ihr es so gar nicht begreifen wollt, dann werde ich Euch ins Gesicht sagen, was Ihr euch wahrhaftig wünscht.«

»Was?!« Mit einem Mal begann Ren heftig zu zittern.

»Ihr wollt nicht stark werden«, sagte Eclair in belehrendem Ton. »Ihr wollt wiedererlangen, was Ihr verloren habt!«

Ren schluckte.

»Töricht und gedankenlos seid Ihr vorgeprescht, habt Eure Gefährten verloren und das Vertrauen der Menschen. Das alles wollt Ihr ungeschehen machen. Und was tut Ihr stattdessen? Ihr trachtet nach eitler Stärke!«

»S... Sei still!«

»Doch das kann niemand, weder Gott noch göttlicher Held. Der Stärkste von allen werden – glaubt Ihr ernstlich, das sei jetzt Eure Aufgabe?!«

»Ruheeeeeeeeeeeeeeeeeee!«

Ren schwang in weitem Bogen sein Schwert nach ihr. Sollte ich lieber dazwischengehen? Doch als ich den ersten Schritt machte, hielt sie mir die Handfläche entgegen. Offenbar sollte ich nicht stören. Ren bestürmte sie mit Attacken, aber sie wich einer nach der anderen um Haaresbreite aus. Wahnsinn.

»In Wahrheit wisst Ihr es bereits: Ihr habt keine Zeit, hier Trübsal zu blasen!«

»F... Fresseeeeeeeeeeeeeeeeee!« Ohne Unterlass hieb er weiter auf sie ein. »Kritisier mich niiiiiiiicht!«

»Statt derer, die bis zuletzt an Euch geglaubt haben, anstelle der Gefallenen, schwinge ich fortan mein Schwert!«

Eclair hob ihr Schwert vor die Brust und ließ eine Technik auf Ren los.«

»Schwerttechnik des Stils der Unvergleichlichen Veränderung: Vielschichtiger Zerstörungsschlag!«

Eclair ließ eine Reihe von Attacken auf Ren einprasseln. Ich nahm ein Fließen von Magie wahr ... Oder war das dieses Qi? Ich hatte keine Ahnung. Ich sah auch Effekte, also musste es das wohl sein. Dann schwoll ein Licht in Ren an. Es war, als sollte diese Technik ihn von innen heraus vernichten. Dies war dann wohl die Spezialität der alten Schachtel, dieser verteidigungsbezogene Angriff. Es sah ganz ähnlich aus wie das, was ich schon abgewehrt hatte. Was, wenn mich so eine Kombo traf, die meine eigene Verteidigungskraft gegen mich richtete? Ich war gegen solche Angriffe empfindlich, und es lief mir kalt über

den Rücken, als ich es nun mitansah. Ren stand reglos da und keuchte.

»Held des Schwerts, Ihr seid schwach. Gerade darum nehmt nun Eure Schwäche an, auf dass Ihr stärker werdet!«

Dann steckte Eclair ihr Schwert zurück in die Scheide.

»Die, die Ihr verloren habt, kehren nicht wieder. Ihr jedoch seid am Leben und solltet künftig an ihrer statt kämpfen. Ich werde Euch dabei zur Seite stehen, so gut ich kann.«

Sie machte sich ja ganz schön wichtig – dabei schien Ren kaum Schaden genommen zu haben.

Nun, er war ja auch immer noch ein Held und hatte schon zwei Arten der Curse Series freigespielt.

Es musste auch für Eclair ein harter Kampf gewesen sein. Mal angenommen, sie hätte tatsächlich einen von Rens Treffern abbekommen, der hätte sie doch glatt in der Mitte durchgehauen!

»Uh ... Argh ...«

Doch mit einem Mal brach Ren zusammen. Oha, sie hatte ihn besiegt, so richtig animemäßig! Dabei schien er doch noch Kraft zu haben.

»Flieht nicht mehr vor Eurer Schuld. Tut Ihr es doch, so werde ich mich Euch in den Weg stellen. Für Eure gefallenen Gefährten.«

Ren lag am Boden. Ein Stöhnen drang aus seiner Kehle. Ich sah, dass ihm Tränen über die Wangen liefen. Geschah das unbewusst? Ansonsten regte er sich überhaupt nicht.

Dann verwandelte sich das Langschwert in ein gewöhnliches Schwert zurück. Es strahlte nichts Unheilvolles mehr aus.

Endlich drehte Eclair sich zu mir um.

»Gar nicht übel, deine Psi-Attacken!«, rief ich ihr zu.

Allzu viel Lob auszuschütten entsprach nicht meinem Charakter. So war es wohl gerade noch annehmbar.

»Es gefällt mir gar nicht, wie Ihr das sagt«, beklagte sich Eclair.

Dabei stimmte es doch: Physisch hatte sie ihn nicht besiegt.

»Herr Naofumi! Es hätte ein Gespräch der Schwerter, ein versöhnlicher Moment sein sollen. Das hast du nun verdorben.«

Raphtalia sah mich aus schmalen Augen an.

»Ach so?«

Aber das hatte wirklich wie eine Psi-Attacke ausgesehen!

»Ui … Ihr könnt ja richtig was. Hi hi hi!«

Und dann – im unpassendsten Moment – nahmen plötzlich die beiden Männer Gestalt an, die vorhin vor uns geflohen waren. Warum mussten die plötzlich wieder hier aufkreuzen? Die konnten doch nicht einfach so zurückkommen!

»Wir wollten gerade fliehen, da sahen wir Rauch aufsteigen. Wir gingen nachsehen – und da war doch tatsächlich der andere Held!«

Ich presste die Zähne zusammen.

Verflucht. Sowohl Ren als auch Motoyasu waren ungleich schwächer als ich. Zudem war Ren bewusstlos und bewegte sich nicht.

»Wer sind denn diese Herren?«

Aus irgendeinem Grund stand Motoyasu dümmlich bei Ren und Eclair herum und peilte die Lage nicht.

»Wir haben den Kampf gesehen und die ganzen Skills … Der ist viel schwächer als der Schildheld, oder?«

»Wir sollten die Gelegenheit beim Schopf packen und ihn rasch erledigen.«

»Das lasse ich nicht zu!«

Eclair stellte sich schützend vor Ren und reckte den beiden ihr Kurzschwert entgegen. Auch ich wollte nicht, dass Ren und Motoyasu in ihrem wehrlosen Zustand umgebracht wurden. Meine Last würde dadurch nur vervielfacht.

»Sterbt, Helden!«

Der Kleine begann zu murmeln, während der Große sichelschwingend auf uns zustürmte.

»Daraus wird nichts!«

»Auf keinen Fall!«

»Los, schnell hin!«

Raphtalia und ich liefen eilig los. Rishia warf ihr Messer und versuchte, die Gegner einzuwickeln, um sie zu behindern. Sollte ich Attack Support benutzen und einen Skill loslassen? Noch ein Stück, dann war ich nah genug für den Air Strike Shield. Der Große lief auf den bewusstlosen Ren zu. Er hatte ihn fast erreicht. Eclair und die anderen würden keinen entscheidenden Angriff landen können.

»Jene Technik ist zwar noch nicht vollendet«, knurrte Eclair, »aber mir bleibt keine Wahl!«

Sie nahm einen tiefen Stand ein und bereitete sich auf irgendetwas vor. Was sollte das werden?

»Herr Iwatani, wenn ich sie hier einsetze, setzt mich das außer Gefecht, verschafft Euch aber Zeit. Bitte kümmert Euch um den Schwerthelden!«

»Alles klar.«

Sie hatte also irgendein Ass im Ärmel und wollte mir Zeit verschaffen, damit ich Ren beschützen konnte.

»Ich gebe auch mein Bestes«, rief Rishia. »Unvergleichlicher ...«

Auch sie fing an, sich zu konzentrieren. Ich wollte sie tadeln, ihre Karten nächstes Mal ein bisschen schneller auszuspielen, aber dafür war keine Zeit.

»Vater, sind das deine Feinde? Sie werden mich nicht bezwingen!«

Motoyasu rannte los und bezog neben Eclair Posten.

»Motoyasu, zieh dich zurück! Das sind die falschen Gegner für dich!«

Einerseits hatte er sich verdient gemacht, andererseits würde er mir nur zur Last fallen, wenn er sich ungeschickt anstellte. Was, wenn er hier umkam? Was sollte ich dann nur tun?

»Mysterium des Stils der Unvergleichlichen Veränderung …«

»Jetzt holen wir uns den Sieg!«

Grinsend schwang der Große seine Sichel nach Motoyasu, und im selben Moment erschien über uns der Meteor, den der Kleine heraufbeschworen hatte. Hoffentlich kamen Eclair und Rishia mit ihren Attacken noch rechtzeitig!

Im Laufen konzentrierte ich mich und sprach Unterstützungsmagie auf alle einschließlich Raphtalia.

Sauber! Jetzt war ich nah genug, um Ren und Motoyasu zu verteidigen.

»Air Strike Shield! Second Shield!«

Ich ließ zwei Schilde erscheinen, um sie zu schützen. Das sollte uns ein klein wenig Zeit verschaffen.

»Nun sollst du meine Lanze schmecken!«

Motoyasu stach an dem erzeugten Schild vorbei nach dem Großen, doch der hatte ja seine wundersame Wellenwand. Motoyasus Attacke würden ihn gar nicht erreichen. Es mochte eine verfluchte Lanze sein, aber ihm fehlte Rens Angriffskraft, daher würde er sicher nicht …

Plötzlich knallte es, als wäre etwas geplatzt, noch lauter als beim letzten Mal, als Filo und Rishia es endlich geschafft hatten, den Schutzwall zu durchbrechen.

»Ugh …?!«

Motoyasus Lanze durchstieß mühelos die Barriere und fuhr dem Großen in die Brust. Er wurde komplett durchbohrt – und dann schwenkte Motoyasu ihn in der Luft herum wie eine Fahne.

»Äh … Was?«

Auch der Kleine sah fassungslos aus.

»Uh … Argh … Lass das, verdammt!«

Noch während der Große herumgeschleudert wurde, wand er sich herum, um sich von der Lanze zu befreien, die ihn aufspießte.

»Der Meteor stürzt herab, Vater – es ist nicht nötig, dass du dich mit denen abmühst.«

Motoyasu blickte in den Himmel und betrachtete den Meteor, der jeden Moment einschlagen würde.

»Wie lange willst du noch an meiner Lanze hängen? Du störst!«

Dabei hatte er den Großen selbst aufgespießt! Er sah ihn an wie ein Stück Dreck.

»V… Verarsch mich nicht!«, presste der Durchbohrte hervor und wehrte sich weiter. Er musste husten, und Blut spritzte ihm aus dem Mundwinkel. Ein kleines Stück noch, dann hätte er sich befreit.

»Ihr scheint Feinde meines Vaters zu sein. Und die Feinde meines Vaters … verdienen den Tod!«

Motoyasu packte seine Lanze fester.

»Burst Lance!«

Die Spitze begann rot zu leuchten.

»Wa… Uaaaaaaaaaaaah!«

Der Aufgespießte schrie und zappelte, um sich zu befreien – doch dann kam es an der Lanzenspitze zu einer Explosion.

»Hiaaaah …«

Es knallte, und der Aufgespießte und der herabstürzende magische Meteor zerbarsten im selben Moment. Zum Glück wurde uns der grässliche Anblick herumfliegender Fleischfetzen erspart: Der Mann zerstob einfach zu Asche.

»W... Wa...? Das kann doch nicht ...?!«

Einen Moment lang stand der Kleine fassungslos da. Doch kurz darauf hatte er sich wieder gefasst und fing an, vulgär zu lachen.

»Hi hi hi hi ... Er wurde tatsächlich umgebracht? Wie nervig, jetzt muss ich den wiederbeleben!«

Sein Gefährte ging drauf, und er gackerte immer noch so dämlich? Der benahm sich wirklich, als wäre das alles ein Spiel. Er war noch schlimmer als Ren.

»Mein Ortswechselstrahl ... scheint nicht zu gehen. Das ist ja ganz blöd.«

»Und nun bist du an der Reihe.«

»Versuch's doch!«

Der Kleine zog seinen Shamshir, scheute offenbar keine Herausforderung. Doch als er gerade loslaufen wollte, war Motoyasu bereits direkt vor ihm. Wie war das passiert? Meine Werte mochten durch den Fluch nicht einmal halb so hoch sein, aber das war doch nun wirklich zu schnell passiert.

»H... Herr Naofumi?! Hat der Held der Lanze etwa ...«

»Herr Kitamura?!«

»Ojeeeeee ...«

Seelenruhig hatte er soeben seinen Gegner zerplatzen lassen. In seinem Gesicht glaubte ich Wahnsinn zu erkennen. Ach ja: Motoyasu war ebenfalls mit einem Fluch geschlagen. Das war mir ganz entfallen, weil er auf mich gehört hatte. Aber ganz offensichtlich stimmte auch mit ihm etwas nicht.

»Aaah!«

»Zu spät! Jetzt geht's ans Sterben, Feind meines Vaters!«

Motoyasu schwang seine Lanze seitwärts. Sie schlug zuerst den Shamshir entzwei, und dann – trennte sie dem Kleinen den Kopf vom Hals.

»Wa…«

Blut schoss aus der Wunde und regnete auf Motoyasu nieder. Rot schien er ja von Haus aus zu mögen – nun war er von Kopf bis Fuß in seiner Lieblingsfarbe getüncht.

Die beiden waren uns wie übermächtige Gegner erschienen. Aber er hatte sie einfach so hingemetzelt. Sprachlos starrten wir ihn an.

»Motoyasu! Woher … hast du diese Stärke?«

»Vater, was du sagtest, war absolut richtig.«

»Heißt das, du hast meinen Rat befolgt und …«

Motoyasu nickte nur, als wäre das selbstverständlich. Dann hatte er also endlich die Hochrüstmethoden der vier heiligen Helden angewandt! Seine Fluchwaffe hatte er bestimmt ebenfalls hochgepowert. Wahrscheinlich war sie wie mein Schild des Ingrimms auf Stufe IV oder sogar V. Der hatte mir gegen die Geisterschildkröte und gegen Kyo sehr genützt. Er war ungeheuer solide und leistungsstark.

Motoyasu führte jedoch keinen Schild, sondern eine Lanze. Was wäre das Resultat? Natürlich eine außerordentlich hohe Angriffskraft. Was bedeutete, dass Motoyasu jetzt monströs stark war. Es war auch ganz und gar keine unausgegorene Stärke wie bei Ren. Alles durchaus vielversprechend.

Schon irre: Ich hatte mit den beiden Männern so zu kämpfen gehabt, und er machte sie einfach nieder, mühelos, erbärmlich.

»Dann wären wohl alle Feinde bezwungen.«

»Sieht so aus.«

Sie waren unerwartet aufgekreuzt, aber dank Motoyasu hatten wir Ren retten können. Ich war ziemlich erschüttert von diesem unerwarteten Ausgang, aber jetzt kam es erst einmal auf Ren an.

»Dann nehmen wir ihn erst mal mit«, sagte ich zu Eclair.

»Verstanden.«

Mit einem Seitenblick zu der Leiche des kleinen Mannes half ich Eclair mit Ren.

»Wir laden ihn in die Kutsche und nehmen ihn mit ins Dorf.«

»Ah, die haben wir ja beim Räuberversteck gelassen.«

»Und dann müssen wir Filo rufen«, sagte Raphtalia.

»Die ist mit Raphi irgendwohin gelaufen.«

»Ojeeeee ... Was ist denn nur passiiiiiert?«

Rishia schaute sich um und schien erst jetzt ihre Umgebung so richtig wahrzunehmen. Ich folgte ihrem Beispiel und blickte in die Runde. Eine Leiche ohne Kopf, eine verpestete Ebene ... Es wäre gar nicht einfach zu erklären, was für ein erbitterter Kampf sich hier abgespielt hatte.

Warum wurde die Leiche eigentlich nicht zu Licht? Gab es dafür irgendeinen Grund? Es konnte uns einen Hinweis geben, wie man verhinderte, dass dic beiden von den Toten zurückkehrten ...

»So, Motoyasu, du kommst auch mi...«

Ich wandte mich in die Richtung, in der ich ihn vermutete, doch er war spurlos verschwunden. Dann hörte ich ein hohes Pfeifen und blickte in die Richtung, aus der es kam. In einiger Distanz stand Motoyasu – und aus irgendeinem Grund pfiff er vor sich hin.

»Motoyasu!«, rief ich.

Er wandte sich zu mir um. »Alsdann, Vater. Nach getanem Werk zieht der Held von dannen.«

»Von dannen? Willst du mich verarschen?«

Er verwendete eine verfluchte Waffe. Wenn er sich jetzt vom Acker machte, waren wir in Schwierigkeiten! Ich wusste nicht, welchen Preis er zahlen würde, aber etwas Gutes würde kaum dabei herauskommen!

Doch ehe ich noch etwas sagen konnte, näherte sich hinter Motoyasu etwas mit hoher Geschwindigkeit. War das nicht … Filos Kutsche?

»Aaah! Meine Kutscheee!«

Huch? Filo kam von irgendwoher angelaufen. Dann plötzlich ein »Kwah!« aus mehreren Schnäbeln. Was zog denn überhaupt die Kutsche? Es waren drei Filolials – rot, blau und grün.

»Nun heißt es Adieu!«

Motoyasu lief neben der fahrenden Kutsche her und packte ihre Kante. Jeden Moment würde er aufspringen.

»Süße Filo! Vater! Sorgt euch nicht: Solltet ihr in Not geraten, komme ich sofooort!«

»Gib die Kutsche zurüüüück!«

Mit zorniger Miene und aufgeplusterten Backen lief Filo Motoyasu hinterher. Ach, Mensch … Na ja, da kam einfach einer und benutzte wie selbstverständlich ihre Sachen. Ich konnte schon verstehen, dass sie wütend war.

»Raph!«

Als Filo an mir vorbeiwetzte, sprang Raphi ab und landete auf meiner Schulter.

»Da bist du ja wieder!«

Das war bestimmt schlimm für sie gewesen, als Filo einfach mit ihr weggerannt war. Jetzt lief Filo Motoyasu hinterher, und vielleicht fing sie ihn ja tatsächlich. Aber in ihrer Verfassung würde das wohl schwierig.

»Raph! Raph, Raph!«

Aus irgendeinem Grund kletterte Raphi mir auf den Kopf und deutete, wie sie es in Kizunas Welt gemacht hatte, als sie mir

Kyos Geist hatte zeigen wollen. Ich blickte in die Richtung und sah verschwommen die Geister der beiden Männer.

»Ach, siehst du uns etwa, Schildheld? Hi hi hi.«

»Da sieh her ... Sei's drum. Dieses Mal hast du uns besiegt, aber beim nächsten Mal bringen wir euch um! Dann bekommt ihr die Vergeltung für das, was ihr uns angetan habt.«

Hä? Was ging denn hier vor sich? In dieser Situation musste man doch irgendetwas tun können.

»S'yne, da hinten stehen anscheinend die Geister der beiden Typen.«

»Ja. Die Seelen werden wiedergebo...«

Und wieder verstand ich sie wegen der Störgeräusche nicht. Aber gegen solche Gegner kannten wir doch einen wirksamen Angriff! Es war das Gleiche wie damals, als wir Kyo besiegt hatten.

»Raphtalia, nimm dein Geisterkatana und ... schlitz die beiden auf.«

»O... Okay.«

»W... Was?!«, riefen sie mit überschnappenden Stimmen.

Sie hatten wohl geglaubt, wir könnten ihnen als Geister nichts anhaben, aber da hatten sie sich geschnitten. Und mit Feinden, die Helden nach dem Leben trachteten, durfte ich kein Mitleid haben. Wenn ich sie jetzt laufen ließ, würden sie zurückkommen, um sich zu rächen. Wir mussten jetzt zur Tat schreiten, ohne zu zögern.

Das wäre ja praktisch, wenn wir sie so umbringen konnten: Dann wüssten wir nämlich, wie wir verhindern konnten, dass solche Gegner wiederauferstanden.

Erwachte man in Webgames wieder zum Leben, dann doch, indem man zum Speicherpunkt zurückkehrte, richtig? Warum blieben sie dann da drüben stehen?

Bei dem Gedanken fiel mir wieder ein, was sich hier gerade abgespielt hatte. Ja, wegen Motoyasu und Ren war wohl das Magnetfeld nicht stabil!

Teleportieren war unmöglich, und Seelen wurden hier ebenfalls festgehalten.

»Hi hi … Hä?! A… Aufhören! Bleib weg!«

»G… Genau! Wenn ihr uns in Ruhe lasst, dann werden wir euch auch nicht wieder …«

»Sorry, aber glaubt ihr ernsthaft, ich kauf euch den Scheiß ab? Los, Raphtalia, gib ihnen den Rest.«

»Jawohl. Geisterkatana: Seelenschnitt!«

Dieses Katana hatte Raphtalia aus Soul-Eater-Stoffen gewonnen. Nun hieb sie damit nach der Stelle, auf die ich zeigte.

»Hiaaaaaaaaaaaah!«, brüllten die beiden, als der Skill sie traf. Dann zerstoben sie und lösten sich in Luft auf. Wäre ja der schiere Wahnsinn, wenn sie jetzt noch mal zum Leben erwachten! Doch so viel Zeit auch verstrich, die übrige Leiche wurde nicht zu Licht. Waren sie jetzt wahrhaftig eliminiert?

»Gewonnen … Konnten wir etwa … Diese Methode …«

S'yne klang erleichtert, auch wenn ich wieder nur die Hälfte verstand. Was hatte sie uns mitteilen wollen? Ich wusste es nicht, aber ich hatte eine Ahnung, wie sie sich fühlte. Immer und immer wieder waren die beiden zurückgekehrt, nachdem sie sie besiegt hatte, und jetzt war es endlich vorbei. Natürlich fiel einem da ein Stein vom Herzen.

»Nun haben wir doch noch Leben nehmen müssen«, murmelte Raphtalia, während sie das Katana in die Scheide steckte. »Das hinterlässt einen schlechten Nachgeschmack, nicht?«

»Das kommt eben davon, wenn man rumschreit, die eigene Welt sei die stärkste. Die waren aber auch gruselig. Nichts von dem

Gefühl der Berufung, das Glass und die anderen ausstrahlen. Mit denen musst du kein Mitleid haben.«

Ich hatte das deutliche Gefühl gehabt, dass man mit denen nicht reden konnte. Anscheinend hatten wir es hier mit Kindsköpfen zu tun. Für die war das Kämpfen bloß ein Spaß. Sie hatten geredet, als wär das alles nur ein Spiel, aber sie hatten wohl einfach keinen Grund gesehen, sich vor dem Sterben zu fürchten.

Wir hatten nur ein Leben, sie hingegen unzählige ... Wer ließ sich auf so ein Spiel ein?

Ich hätte gern mal jemanden gefragt, warum sich bei uns die Probleme nur immer weiter anhäuften, aber vorerst sollten wir wohl einfach froh sein, dass wir gesiegt hatten.

»Es könnten noch Gefährten von denen unterwegs sein. Auf dem Heimweg müssen wir wachsam bleiben. Bloß nicht unvorsichtig werden.«

»Verstanden.«

Wir warteten noch, bis Filo zurückkam, dann kehrten wir nach Lurolona zurück.

Filo hatte Motoyasu eine Weile gejagt, doch dann war ihr die Puste ausgegangen, und er war ihr entkommen. Mannomann ... Der machte einem wirklich bloß Scherereien. Aber er hatte mir zur Seite gestanden, das durfte man nicht außer Acht lassen. War dies ein Zeichen dafür, dass er sich verändert hatte? Ich wollte es zumindest hoffen. So stark, wie er jetzt war, würde er jedenfalls nicht so schnell draufgehen.

Epilog: Die Versöhnung mit dem Schwerthelden

So nahmen wir also den bewusstlosen Ren mit ins Dorf.

»Uh … Hnnn … Wo bin … ich?«

»Aufgewacht? Das hier ist das Dorf, das ich verwalte. Das Gebiet, in dem du dein Unwesen getrieben hast, wurde mir nämlich als Lehen verliehen.«

»A… Ach ja?«

Nun war er ganz friedlich und sah Eclair und mich reuevoll an. Raphtalia behielt mich die ganze Zeit im Blick. Sie wollte wohl aufpassen, dass ich keinen Unsinn anstellte. Fohl war übrigens gleich wieder zur Besinnung gekommen, nachdem Motoyasu abgezogen war.

»Also ehrlich, bis zum Räuber bist du abgestiegen … Was machst du nur für Sachen?!«

»Ich weiß, das war falsch …«

Er hörte sich nüchtern alles an und nahm es hin.

Eclairs Standpauke hatte offenbar Wirkung gezeigt.

»So, spuckst du jetzt vielleicht mal aus, wo sich die Hexe rumtreibt?«

»Sorry, das weiß ich nicht.«

»Hör auf mit dem Blödsinn. Du bist doch auf ihre Anweisung hin Räuber geworden, oder nicht?«

»Nein. Dass ich so abgestiegen bin … Das war ich ganz allein.«

Er fing an zu erzählen. Noch am selben Tag, an dem die beiden die Flucht ergriffen hatten, hatte Witch ihn in eine Stadt gelotst, ganz in der Nähe der Stelle, zu der sie gesprungen waren. Dort hatten sie sich mit einem Mann getroffen. Ren hatte sofort gewusst, dass er ihn schon einmal gesehen hatte.

Dann hatte der Mann sein Schwert gezogen und Ren um eine Lehrstunde gebeten.

»Na gut. Machen wir ein Training.«

Erst hatten sie nett ein bisschen gefochten, und dann hatte der Mann angefangen, irgendetwas mit Witch zu besprechen.

»Offen gesagt … als erwartet. In dem Fall …«

»Wenn du …«

»Aber … oder?«

»Ja, aber … Sturkopf, und ihn auszunut… dürfte schwer sein.«

Es war Ren unangenehm gewesen, wie sie ihn angestarrt hatten, aber dann hatte Witch ihm zugelächelt, und er hatte sich gleich keine Sorgen mehr gemacht. Er hatte ihr ja schließlich getraut.

»Nun, Herr Ren, du bist bestimmt erschöpft, oder? Gehen wir doch in eine Herberge.«

Er hatte sich von ihr mitschleifen lassen, und sie waren in einem teureren Gasthaus untergekommen.

»Wirklich, Herr Ren«, sagte Witch, »wir haben uns schon darauf gefreut, mit euch zu reisen!«

»Ja!«, pflichtete Frau Nr. 2 ihr bei. »Ich fühle mich so viel mehr zu euch hingezogen als zum Lanzenhelden.«

»A… Ach ja? Ich werde mich auch anstrengen, für euch die Welt zu retten.«

Für sie hatte er abermals den Entschluss gefasst zu kämpfen. Er hatte es sattgehabt, dass diese Welt sich so plötzlich gegen ihn gewandt hatte. Doch für die, die an ihn glaubten, wollte er weitermachen …

Am nächsten Morgen hatte er dann festgestellt, dass sie ihm alles geklaut hatten, abgesehen von seinem Schwert. Auf einem Tisch der Herberge hatten sie ihm eine Nachricht hinterlassen.

»Das hier ist sie«, sagte Ren und reichte mir einen Zettel.

Hatte er die Nachricht etwa extra aufgehoben? Ich nahm sie entgegen. Das Papier war knittrig, als hätte er den Brief einmal zerknüllt, aber man konnte noch alles lesen.

»Ähm ... ›Du bist uns zu nichts mehr nütze, daher nehmen wir noch mit, was wir gebrauchen können. Ich bin dir zwar dankbar, dass du uns vor dem Schild und der Lanze gerettet hast, aber du bist nicht mein Geschmack, weder äußerlich noch charakterlich. Ach ja, falls du mal stark genug werden solltest, den Schild zu besiegen, dann werde ich dich lieben. Aber wenn ich mir dich so ansehe, wird daraus wohl nichts, oder? Ha ha ha ha!‹«

Wie ätzend ... Ohne weiter drüber nachzudenken, zerriss ich den Brief und warf ihn weg. Diese Hexe! Die war einfach nicht zu retten! Gleich am nächsten Tag hatte sie ihn hängen lassen? Da hatte sie ja kurzen Prozess gemacht. Der absolute Wahnsinn! In Wahrheit hatte sie sich bestimmt nur wegen seiner Ausrüstung und seines Geldes an ihn rangeschmissen. Aber wahrscheinlich hatte sie geahnt, dass sie ihn nicht ewig würde täuschen können.

»Ich weiß noch, dass in dem Moment alles ganz komisch wurde ... Mit einem Mal hab ich nur noch schwarz gesehen, und dann ist diese Curse Series aufgetaucht, von der du gesprochen hast.«

Gerade hatte er beschlossen gehabt, ihr zu vertrauen, da hatte sie ihn verraten. Ich konnte ihn gut verstehen. Hätte Raphtalia mich hintergangen, einen Tag, nachdem sie mir ihr Vertrauen geschenkt hatte, wäre das Grow-up zum Schild des Ingrimms bestimmt früher passiert.

»Von da an ging es nur noch bergab. Ich bin aus der Herberge raus und hab direkt angefangen, nach Wertsachen zu suchen. Wenn man mich jetzt schon ausraubte, dann würde ich eben auch räubern. Aber ich hab 'ne Maske aufgesetzt, damit mich keiner erkennt ...«

Dann hatte er die Gefangenenkutsche überfallen, die Räuber zu seinen Untergebenen gemacht und eine Bande gegründet. Ein überaus leicht nachzuvollziehender Absturz.

»Naofumi, das klingt jetzt vielleicht wenig überzeugend, aber ... Bitte verzeih mir.«

»Jaja. Verzeihen hin oder her, egal. Mein Ziel war von Anfang an, dich zu beschützen! Mach einfach nicht noch mal so was, dann vergesse ich den Murks. Aber nun hör auf mich und werde ein bisschen stärker!«

In dieser Welt schienen einige den vier Helden ans Leder zu wollen. Wer wusste, was noch auf uns zukam? Wir mussten unbedingt stärker werden. Stärker als ich würde Ren doch allemal, wenn er nur die Hochrüstmethoden richtig lernte.

»Na gut. Ich werde tun, was du sagst, und mein Bestes geben, um stärker zu werden.«

Ren, der immer so cool tat, der Inbegriff des Stolzes, senkte vor mir das Haupt und bat mich um Verzeihung. Er schien ernsthaft zu bereuen, was er getan hatte. Und kaum hatte er sich bei mir entschuldigt, da war Vergebung mit einem Mal eine Option. War ich zu nachsichtig?

»Ich hab ehrlich nicht gedacht, dass Witch so grausam ist. Ich will nicht sagen, dass ich ihr vollkommen vertraut hätte, aber ... Sie war nett zu mir, und da hab ich ihr eben geglaubt. Wirklich unverzeihlich, so viel Dummheit! Und dabei war's vielleicht die letzte Chance, die Frau zu fangen!«

Ren schimpfte sich ja ziemlich in Rage. Aber so war das wohl, wenn man derart verladen wurde. Jetzt hasste er sie wohl ebenso sehr wie ich. Insofern konnte ich Anteil nehmen. Es war ganz so, als hätten wir jetzt eine gemeinsame Feindin.

»Aber sie ist nun mal so unfassbar schön und kann echt gut

so tun, als würde sie heulen.«

»Ihr schmäht wohl die ehemalige Prinzessin?«, fragte Eclair. Dann kratzte sie sich am Kopf. »Nun, nicht dass ich es nicht verstehen könnte, aber ...«

Aber wohin war die Frau denn nun verschwunden? Demzufolge, was Ren erzählt hatte, schien sie ja einen Komplizen zu haben. Und dieser Mann, den er schon einmal gesehen hatte ... Irgendwann mussten sie miteinander in Kontakt gekommen sein. Wer war das bloß? Ich hatte nicht die geringste Ahnung.

Aber wenn wir die Hexe aufspüren wollten, war unser nächster Anlaufpunkt wohl Itsuki. Witch hatte mittlerweile mich, Motoyasu und Ren aufs Korn genommen. Mit großer Wahrscheinlichkeit war Itsuki als Nächster dran. Ich wusste nicht, was sie vorhatte, aber mir schwante, dass sich das alles in keine besonders erfreuliche Richtung entwickeln würde. Mit der hatte man wirklich nur Ärger. Zu allem Überfluss bestand auch noch die Möglichkeit, dass es mehr Feinde von der Sorte gab wie die beiden, die Motoyasu umgebracht hatte.

»Ach, noch was.«

Ob ich Ren noch einmal erklären sollte, wie man stärker wurde? Ach, wohl schon. Er zeigte ja ehrliche Reue, und es wäre nicht das Schlechteste, wenn ich ihn auf meiner Seite hatte. Eigentlich war es ja die Aufgabe der Helden, sich wie Kizuna, Glass und die anderen zu einer Gruppe zusammenzufinden und sich gemeinsam den Wellen zu stellen.

»Wir müssen uns deine Verfassung genauer ansehen, nachdem du so viele Fluchskills in Folge losgelassen hast. Abgesehen davon hör mir einfach gut zu und werde stark. So schwierig ist das nämlich gar nicht.«

»Okay. Naofumi ... Danke schon mal.«

»Ach, mach dir keinen Kopf. Wenn ihr Jungs ein bisschen stärker werdet, bin ich schon zufrieden. Ihr müsst einfach begreifen, in was für einer Lage wir gerade sind.«

»Ja.«

Ich konnte nur verteidigen, was Angriffe anging, musste ich mich auf meine Gefährten verlassen. Dass wir uns im Kampf so hervortaten, lag vor allem daran, dass Raphtalia zufällig vom Vasallenkatana erwählt worden war. Fürs Angreifen waren eigentlich in erster Linie die anderen drei Helden zuständig. Wenn Ren nun zu uns stieß und sich Mühe gab, stärker zu werden ... Einen besseren Gefährten konnten wir uns nicht wünschen.

»Ich ... werde mich dem stellen, was ich getan habe. Ich will kämpfen, damit wieder Frieden auf der Welt einkehrt. So wie meine Gefährten Welt, Bakta, Tersia und Farrie es wollten.«

War Ren also endlich bereit, mich anzuhören? Noch machte ich mir Sorgen, aber es bestand immerhin die Chance, dass wir es irgendwie schaffen konnten.

»Werter Held des Schwerts, bitte quält Euch nicht zu sehr«, sagte Rishia tröstend, sie nahm wohl Anteil an seinem Entschluss. »Ähm ... Jetzt habt Ihr ja uns an Eurer Seite: Eclair, mich und die ganzen Kinder aus Lurolona.«

Ren nickte ihr zu. »Danke.«

»Herr Amaki, Held des Schwerts.« Eclair trat einen Schritt auf ihn zu.

Ren sah sie an. »Was gibt's?«

»Ihr habt doch verstanden, was ich Euch dort draußen sagen wollte?«

»Ja ... Du hast mich aufgehalten, und dafür bin ich dir dankbar.«

»Und ich will Euch nach Vermögen weiter zur Seite stehen.

Wollen wir von nun an gemeinsam kämpfen?«

Ren wurde still und schloss die Augen. Dann nickte er. »Es könnte sein, dass ich dir Unannehmlichkeiten bereite. Aber falls ich noch einmal einen falschen Weg einschlagen sollte, möchte ich, dass du mich wieder zurückhältst.«

»Sehr wohl. Solltet Ihr abermals vom Weg abkommen, wie oft es auch geschehen mag, so will ich mich Euch in den Weg stellen.«

»Danke ... Ähm, Eclair. Ich möchte, dass du mich mit meinem Vornamen ansprichst.« Er hielt ihr seine Hand hin.

»Na dann, Herr Ren.«

»Einfach nur Ren reicht. So, Eclair, dann hoffe ich, dass ich noch viel von dir lerne.«

»In Ordnung, Ren. Ich bin jedoch eine strenge Lehrerin.«

»Das will ich doch hoffen.«

Und dann schüttelten sie sich kräftig die Hand. Es lag eine Stimmung in der Luft, als hätten gerade zwei Kerle Freundschaft geschlossen.

»Herr Naofumi, was denkst du gerade Gemeines?«

»Ach, ist bloß gerade so, als würden sich da zwei Kerle anfreunden.«

»Eclair ist eine Frau!«

»Herr Iwatani ... Ich muss doch bitten.«

Ren sah Eclair einen Moment an, dann sagte er zu mir: »Naofumi.«

»Was?«

»Tut mir leid, dass ich dir nicht glauben konnte.«

Aha, jetzt mit einem Mal? Ach, Schwamm drüber. Die Hexe hatte uns beide reingelegt. Wir mussten einander zwar nicht die Wunden lecken, aber ich hatte schon das Gefühl, dass wir

uns nun besser verstanden. Und so wuchs der Club derer, die schon mal von dem Miststück betrogen worden waren.

»Lassen wir's heute erst mal ruhig angehen. Ab morgen wird's wieder hektisch. Man sieht sich.«

Ich überließ ihn Eclair und ging aus dem Zimmer. Raphtalia folgte mir.

»Wir sind ein großes Stück vorangekommen, stimmt's? Der Schwertheld blickt jetzt hoffnungsvoll nach vorn.«

»Ja, läuft gut ... Die Kampfkraft wächst, mit der wir die Wellen in Angriff nehmen können ... und das nächste Schutztier, den Phönix.«

Und dann war da noch jene Macht, die es auf die vier heiligen Helden abgesehen hatte. Ich bezweifelte, dass diese Sache schon ausgestanden war. Es konnten noch viel mehr von ihnen irgendwo lauern. Bei dem Gedanken befiel mich ein ungutes Gefühl, dass sich nicht abschütteln ließ.

In Kizunas Welt hatte es viele Probleme gegeben, doch auch hier türmten sie sich berghoch auf. Aber uns blieb wohl nichts anderes übrig, als Schritt für Schritt die Ordnung wieder herzustellen.

»So, Raphtalia, uns erwartet ein Haufen mühseliger Arbeit. Wir haben keine Zeit, es uns gemütlich zu machen. Welcher Feind es auch sei, wir müssen uns gegen alle erdenklichen Gefahren schützen.«

»Ja! Was steht als Nächstes an?«

»Der Aufbau und die Stärkung unserer Truppe sind wichtig, aber wenn ich mir ansehe, was für rasante Fortschritte Rishia und Eclair gemacht haben, frage ich mich, ob wir uns nicht eine Weile ernsthaft mit diesen Übungen befassen sollten.«

»Unbedingt ... Erst vor Kurzem hat mir Sadina gesagt, meine Schwerttechnik sei ungenügend. Seitdem schmerzt mich dieser Mangel.«

Wir konnten uns zwar damit herausreden, dass unsere Werte gesenkt waren, aber ich sah es zunehmend als notwendig an, dass wir uns von Grund auf eine vernünftige Technik aneigneten. Die beiden Angreifer waren sicher nur die Vorhut gewesen. Diese Feinde waren weder Helden noch Vasallen, waren von keinem höheren Rang als Heldengefährten. Es kam gar nicht infrage, dass wir uns gegen solche Gegner so abmühten. Wir würden auch alle bisherigen Arbeiten fortführen müssen, aber jene Übungen kamen mit auf den Stundenplan.

»Super. Nun, da das geklärt ist, legen wir los!«

»Okay!«

Ich blickte mich einmal in unserem Dorf um, dessen Wiederaufbau so zügig voranschritt. Und dann kehrten Raphtalia und ich zurück an die Arbeit.

Charakterdesign

Atla

Charakterdesign
Fohl

Fohl

Charakterdesign

S'yne

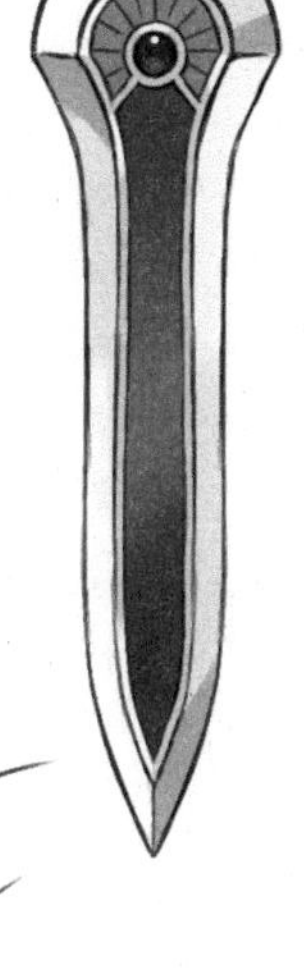

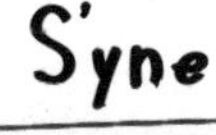

Autorenprofil: Aneko Yusagi

Stammt aus der Präfektur Kanagawa. Die Liebe zu Videospielen und zum Lesen gipfelte in dem Wunsch, Romane zu schreiben.
Verfasste *The Rising of the Shield Hero* und veröffentlichte die Geschichte im Netz. Vom ersten Teil an fieberten die Fans jeder Fortsetzung entgegen.
Debütierte im August 2013 bei *MF Books*.
»Ich komme von ganz unten und will nach ganz oben.«

TOKYOPOP GmbH
Hamburg

TOKYOPOP
1. Auflage, 2024
Deutsche Ausgabe/German Edition
© TOKYOPOP GmbH, Hamburg 2024
Aus dem Japanischen von Bernd Sambale

TATE NO YUUSHA NO NARIAGARI Vol.11
© Aneko Yusagi 2015
First published in Japan in 2015 by KADOKAWA CORPORATION, Tokyo.
German translation rights arranged with KADOKAWA CORPORATION, Tokyo
Through TUTTLE-MORI AGENCY, INC., Tokyo.
Illustration: Minami Seira
Design: ragtime

Redaktion: Simone Meinecke
Lettering und Herstellung: Mathias Neumeyer
Umschlaggestaltung: Anja Winteroll, Annika Meyer-Wülfing
Druck und buchbinderische Verarbeitung:
CPI–Clausen & Bosse GmbH, Leck
Printed in Germany

Wir achten auf die Umwelt.
Dieses Produkt besteht aus FSC®-zertifizierten und anderen kontrollierten Materialien.

Alle deutschen Rechte vorbehalten. Nachdruck, auch auszugsweise, verboten. Kein Teil dieses Werkes darf ohne schriftliche Genehmigung des Verlages in irgendeiner Form reproduziert oder unter Verwendung elektronischer Systeme verarbeitet, vervielfältigt oder verbreitet werden.

ISBN 978-3-8420-9638-7

www.tokyopop.de

THE RISING OF THE SHIELD HERO

Kyu Aiya / Yusagi Aneko / Seira Minami

Held der Verteidigung

Der Nerd Naofumi soll die unbekannte Fantasy-Welt, in die er beschworen wurde, vor dem Untergang bewahren. Doch als unbeliebter, weil auf Verteidigung spezialisierter, »Held des Schildes« muss er seine Tauglichkeit erst einmal unter Beweis stellen und der Verachtung seiner Mitstreiter und Schutzbefohlenen mutig entgegentreten!

www.tokyopop.de

IS IT WRONG TO TRY TO PICK UP GIRLS IN A DUNGEON? – LIGHT NOVEL

Fujino Omori / Suzuhito Yasuda

In der Stadt Orario gibt es ein gewaltiges unterirdisches Labyrinth, das von allen »Dungeon« genannt wird. Dort locken nicht nur unbekannte Reichtümer, Ruhm und Ehre, sondern auch schicksalhafte Begegnungen mit hübschen Mädchen. In einer Stadt, in der unzählige Abenteurer ihren Träumen folgen, begegnet ein Junge einer klein gewachsenen Göttin. Das Schicksal hat die beiden zusammengeführt: den jungen Abenteurer Bell, der von jeder anderen Familia abgelehnt worden ist, und die kecke Göttin Hestia, die keine Mitglieder für ihre Familia findet. Die Saga einer neuen Familia, die »Familia Myth«, nimmt ihren Anfang.

www.tokyopop.de

KONOSUBA! GOD'S BLESSING ON THIS WONDERFUL WORD – LIGHT NOVEL

Natsume Akatsuki / Kurone Mishima

Kazuma glaubt, endlich mal eine große Heldentat vollbringen zu können – aber das Mädchen, dem er zu Hilfe eilt, schwebte nie wirklich in Gefahr und letztendlich stirbt er vor Schreck! Im Jenseits wartet eine zweite Chance auf ihn: Göttin Aqua bietet ihm an, sich in einer anderen Welt als Held zu beweisen. Dazu darf er sich ein legendäres Objekt aussuchen. Kurzerhand wählt Kazuma die freche Göttin! Das ungleiche Paar findet sich in einer an ein Game erinnernden Welt wieder. Doch statt des erhofften Ruhms erwartet sie bloß harte Arbeit. Bis sie versehentlich die Burg des Dämonenkönigs beschädigen ...

www.tokyopop.de

KONOSUBA! GOD'S BLESSING ON THIS WONDERFUL WORLD!

Masahito Watari / Natsume Akatsuki / Kurone Mishima

Schöne neue Welt? Von wegen!

Beim Versuch, ein junges Mädchen zu retten, stirbt der Nerd Kazuma vor lauter Schreck an einem Herzinfarkt. Zu allem Übel lacht ihn im Jenseits die arrogante Göttin Aqua für seinen peinlichen Tod auch noch aus. Weil er immerhin versucht hat, Gutes zu tun, darf sich Kazuma in einer Welt, die ihn sehr an seine Lieblingsgames erinnert, erneut behaupten und sogar ein Objekt seiner Wahl mitnehmen. Kurzerhand schnappt er sich die freche Göttin, die nun mit ihm gemeinsam den Dämonenkönig besiegen soll. Doch kann das den beiden Streithähnen überhaupt gelingen, wenn sie es noch nicht einmal schaffen, eine warme Mahlzeit aufzutreiben?

www.tokyopop.de

OVERLORD – LIGHT NOVEL

Kugane Maruyama / so-bin

Zwölf Jahre lang beherrschte das Online-Rollenspiel Yggdrasil die Gaming-Welt. Für den Gildenmeister, den sogenannten Overlord, mit dem Alias »Momonga« und seine Gilde Ainz Ooal Gown war es ein aufregendes Abenteuer. Doch jetzt ist der Hype um das Game vorbei und die Server sollen abgeschaltet werden. Als sich Momonga ein letztes Mal einloggt, um da zu sein, wenn das Spiel offline geht, geschieht das Undenkbare: Er kann sich nicht mehr ausloggen. Und die Spielfiguren der Großen Gruft von Nazarick beginnen, sich wie lebendige Menschen zu bewegen und zu handeln. Die Fantasie wird zur tödlichen Realität. Auch wenn das Spiel vorbei ist, hat die epische Geschichte von Ainz Ooal Gown gerade erst begonnen ...

www.tokyopop.de

ACCEL WORLD – LIGHT NOVEL

Reki Kawahara / HIMA

Welcome to the accelerated world!

Die Begegnung mit Kuroyukihime, dem schönsten Mädchen der Schule, krempelt das Leben des dicken dreizehnjährigen Haruyuki komplett um. Sie führt ihn in die »beschleunigte Welt« des Online-Games *Brain Burst* ein. Von dem Moment an ist der sonst stets verspottete Haruyuki ein »Burst Linker« und muss ritterlich seine Prinzessin beschützen. Eine neue unterhaltsame Scifi-Novel des talentierten japanischen *Sword Art Online*-Autors Reki Kawahara, der mit diesem Debütwerk den großen Newcomer-Preis des *Dengeki Bunko*-Magazins abräumte!

www.tokyopop.de

SWORD ART ONLINE – LIGHT NOVEL

Reki Kawahara / abec

Dein Spiel, dein Leben!

Wir schreiben das Jahr 2022: Gamer auf der ganzen Welt warten gespannt auf das neue Virtual-Reality-Game *Sword Art Online*, in dem man die Spielewelt so real wie nie zuvor erleben kann! Doch als die Spieler in Massen online gehen, stellen sie geschockt fest, dass es keine Möglichkeit zum Log-out gibt. Eine Rückkehr in die Realität ist ihnen nur möglich, wenn sie das Game komplett durchspielen. Doch ein Game Over in der Welt von Aincrad bedeutet den Tod im wirklichen Leben!

www.tokyopop.de

SHAMAN KING FAUST 8 – LIGHT NOVEL

Kakeru Kobashiri / Hiroyuki Takei

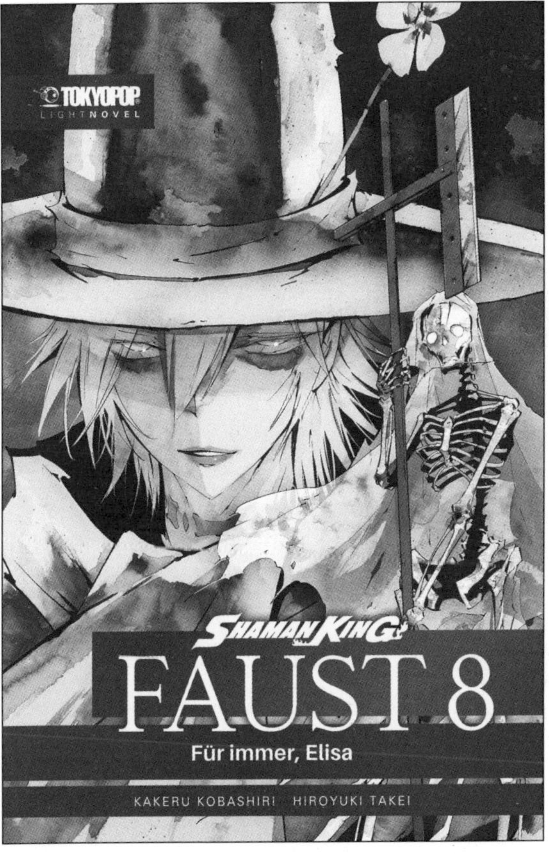

Faust 8 ist ein Mann, der die Liebe seines Lebens gefunden hat – und sie leider viel zu schnell wieder verlor ... Doch ist der Tod eigentlich endgültig? Und was bedeutet es, zu leben? Faust kann den Verlust seiner geliebten Elisa nicht ertragen und widmet sich fortan der Erforschung dieser Fragen, um einen Weg zu finden, seine Frau zurück in sein Leben zu holen.

Die Spin-off-Light-Novel zum Manga *Shaman King*

www.tokyopop.de

DEATH NOTE – LIGHT NOVEL
LIGHT UP THE NEW WORLD

Tsugumi Ohba / Takeshi Obata
Masatoshi Kusakabe / Katsunari Mano

Das Notizbuch des Todes tötet wieder

Erneut häufen sich mysteriöse Todesfälle rund um den Globus und eine virale Videobotschaft des verstorbenen Light Yagami verkündet die Rückkehr Kiras, des »Herrschers über Leben und Tod«. Doch nicht nur Kira ist wieder aufgetaucht: Interpol schickt einen Privatdetektiv, den Nachfolger von L, nach Japan, um die Kira-Sonderkommission bei ihrer Arbeit zu unterstützen. Diesmal sind noch mehr Death Notes im Spiel, von denen jeder Besitzer seine eigenen Pläne hat. Schon bald entbrennt ein heißer Kampf um die Vorherrschaft der todbringenden Notizbücher …

www.tokyopop.de